DIRTY LITTLE LIARS

BLACKWOOD HALL
BUCH 1

ASPEN SKYE

Aspen Skye
Walter-Kollo-Str. 6A
65812 Bad Soden
www.rose-bloom.de
hello@aspen-skye.de

ISBN 978-3-9894251-7-0

Lektorat: Katharina Tiemann, Die Textwerkstatt
Korrektorat: Sandra Paczulla
Umschlag: www.einzigartig-buchdesign.de

Druck und Bindung:
FINIDR, s.r.o., Tschechische Republik

3. Auflage

Bestellung und Vertrieb:
Nova MD, Vachendorf

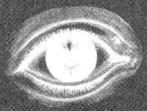

DARLING,

*hast du ihm von uns erzählt? Denkst du an uns, während er mit
dir spricht oder dich berührt, kleine Nachtigall? Fühlst du
unsere Präsenz, unsere unerbittliche Sehnsucht, die dich nicht
mehr loslässt?*
*Wir sind die Schatten in deinem Verstand, das Flüstern in der
Dunkelheit, die Sehnsucht in deinem Herzen. Wir sind deine
Versuchung, deine Qual und dein Verlangen.*
*Er kann dich niemals so kennen, so lieben, so besitzen, wie wir es
tun. Denn du gehörst uns, jetzt und für immer.*
Erinnere dich, kleine Nachtigall. Denk an uns, fühle uns.

Deine Schatten und deine Dämonen warten auf dich. Immer.

PLAYLIST
FÜR DEINE OHREN UND DEINE SINNE

Hush Hush – Klergy
Sinner – Mishaal Tamer
In the Shadows - Amy Stroup
Losing My Religion - Bellsaint
Game Changer - Cameron James
Here we Come – Nocturn, Lexxi Saal
Turn the Tide – 2wei, Edda Hayes, Kataem
Only Time Will Tell – Katie Garfield
Rival – Ruelle
Bad to the Bone – 2wei, Bri Bryant

SAFEWORD

Du denkst, du bekommst an dieser Stelle ein Safeword, Darling?

Falsch gedacht.

Wir wissen, was du brauchst. Wir wissen, nach was deine dunkle Seele und dein Körper sich verzehren und wir lesen in deinen schönen Augen, wie weit wir dich bringen können.

Du bist ein böses Mädchen, oder? Die Triggerliste ist deine Checkliste für dein Vergnügen? Dann wirst du hier ganz bestimmt fündig.

Die Liebe hat viele Facetten, und manchmal ist sie dunkel und roh. Bei Blackwood Hall ist das der Fall.

Es könnte sein, dass sich die männlichen Hauptfiguren grenzüberschreitend verhalten. Dass sie sich nehmen, was sie möchten, ohne Rücksicht auf die Protagonistin oder deine zarte Seele.

Manchmal wird der Sex hart werden, und bitte denke daran, dass sich fiktive Figuren nicht um Verhütung kümmern müssen.

Sie dürfen entführt, benutzt, unter Umständen getötet und zu diversen Dingen gezwungen werden.

Das bedeutet aber nicht, dass das in der Realität ebenfalls so sein sollte!

Du liebst Dark Romance?
Welcome to the Dark Side, Darling!

Du weißt nicht, ob das etwas für dich ist? Du bist minderjährig?

Dann breche jetzt ab. Geh. Dreh dich nicht mehr um. Denke nicht einmal an uns, auch wenn es dir schwerfallen sollte.

Checkliste für böse Mädchen:

Knifeplay, Breathplay, Impact Play, Orgasm Control, Blut, Messer, Seile, Soft Bondage, Tod, Vergewaltigung, Dominanz, Schusswaffen, sexuelle Gewalt, starke Sprache, expliziter Inhalt, Drogen, Alkohol, Liebe (auf eine verdrehte Art und Weise)

PROLOG

Du bist so schön. So traurig schön. Die Dunkelheit haftet an dir wie ein Schatten, der dich umhüllt. Deine Schönheit noch weiter unterstreicht.

Selbst wenn du lachst, schwebt sie über dir, packt dich, nimmt dich, beschmutzt dich. Genauso, wie ich es gerne mit dir tun würde.

Ich will diese fremde Dunkelheit von dir reißen und dir meine eigene aufzwängen. Will dich als mein Eigentum markieren, dich gleichzeitig vor all den bösen Dingen in dieser Welt schützen und deinen Schmerz weiter anheizen. Weil ich das Grausamste darin bin. Weil es alles ist, was ich kann. Alles, aus dem ich bestehe, ist fremder Schmerz.

Und jedes Mal, wenn ich dich sehe, kämpfe ich gegen den Drang, dich tiefer in meine Welt zu ziehen. Dennoch lässt mich die Frage nicht mehr schlafen, ob du darin erblühen oder vollständig zerbrechen würdest. Die Vorstellung, es herauszufinden, erfüllt mich mit einer bittersüßen Qual, die nur du beenden kannst.

Denn in deinem Blick liegt eine Tiefe, die ich nur zu gut verstehe. Sie spricht von Verlust und Schmerz, von Kämpfen, die im Verborgenen geführt werden. Das ist die Sprache, die ich flie-

ßend spreche. Und jedes Mal, wenn du mich ansiehst, dich mir anvertraust, frage ich mich, ob du das Monster in mir siehst. Oder schaust du nur auf die Maske, die ich sorgfältig für die Welt aufrechterhalte?

Aber auch wenn du mich nicht erkennst, ich sehe dich. Sehe, wie du mühsam versuchst, die Bruchstücke zusammenzuhalten, die dein Innerstes zerschneiden. Und genau das zieht mich unwiderstehlich zu dir. Denn in deiner Zerbrechlichkeit liegt eine Stärke, die andere nicht entdecken. Aber ich registriere sie. Ich spüre sie. Ich schmecke sie.

Du bist wie ein Rätsel, das ich lösen muss, ein Lied, dessen Melodie mir bekannt vorkommt, auch wenn ich den Text immer wieder vergesse. Mit jedem Tag, den du hier in Blackwood Hall verbringst, wird mein Verlangen, dich zu entschlüsseln, stärker.

Aber ich darf mich dir nicht zeigen. Ich sollte dich vor mir schützen, denn ich weiß, was ich bin. Und ich fürchte mich zum ersten Mal in meinem Leben vor dem Tag, an dem auch du es wissen wirst. An dem du mich durchschaust und erkennst, dass das, was du siehst, nicht deine Rettung sein wird.

Sie wird dein Untergang sein.

Und obwohl ich weiß, dass es falsch ist, werde ich jede Sekunde daran lieben, dich gemeinsam mit mir untergehen zu lassen, kleine Nachtigall.

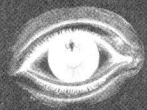

SCHMUTZIGES KLEINES GEHEIMNIS

*»Die Gänge von Blackwood Hall sind gefüllt mit einem
Flüstern, das lauter ist als die Schreie der Insassen in der Nacht.
Ein Flüstern, das voller Lügen ist. Aus diesem Grund sind mir
die dunkelsten Nächte fast noch lieber als die Tage. Sie sind roh.
Sie sind angsteinflössend. Aber sie sind wenigstens ehrlich.«*

- Margaret Holloway, 1880

1

SERAPHINA

S eine Hände hatten sich tief in die Haut meiner Oberschenkel gegraben. Verursachten einen brennenden Abdruck, der Narben auf meiner geschundenen Seele hinterließ. Als würde er mit seiner abstoßenden Tat ein Teil von mir werden.

Er hatte sich ein Stück von mir genommen und seine Dunkelheit tief in das klaffende Loch gedrückt, damit ich sie niemals wieder loswerden konnte. Sie klebte an mir wie heißer Teer. Klebte an mir jeden einzelnen verdammten Tag.

Ich spürte es jedes Mal, wenn ich versuchte, ein ganz normales Leben zu führen. Eine Beziehung zu einem netten Mann einzugehen. Immer dann wurde es offensichtlich, dass ein verdorbener Teil in mir pulsierte. Nur schlief, aber niemals weg war.

Es war wie ein wiederkehrender Albtraum, der in die tiefsten Winkel meines Unterbewusstseins gesickert war. Manchmal fühlte ich das brennende Gefühl, als wäre es real, doch jedes Mal, wenn ich versuchte, die Erinnerung zu greifen, glitt sie mir wie Sand durch die Finger. Was hatte mir diese Dunkelheit eingebrannt? Woher stammte sie? Ich fand keine Antworten auf diese Fragen. Sie war einfach da.

Ich hörte Gelächter, als ich nach draußen auf die Terrasse trat. Der gesamte Abend war eine Qual, aber ich hatte nicht angenommen, dass er noch schlimmer werden konnte. Meine beste Freundin Emily schmiss eine Geburtstagsparty in der neuen Wohnung, in die sie vor wenigen Wochen mit ihrem Freund Brandon eingezogen war. Dafür hatte sie das Zimmer in unserer WG aufgegeben, und auch wenn immer klar gewesen war, dass sie irgendwann mit Brandon den nächsten Schritt gehen würde, fand ich es zu früh. Wir waren zweiundzwanzig, wer wusste, was das Leben da noch für uns bereithielt?

Gut, vielleicht war ich nicht das perfekte Paradebeispiel für eine ganz normale Studentin mit einer ganz normalen Beziehung. Es hatte da schon immer diese dunkle Seite in mir gegeben, die ich auf Dauer nicht verstecken konnte.

Mein Blick glitt zu der Quelle des Gelächters und ich erkannte Chris mit seinen Freunden, die im Kreis standen und an ihren Bierflaschen nippten, während mein Exfreund irgendetwas erzählte. Das Problem war nicht, dass Emily ihn eingeladen hatte, weil er Brandons bester Freund war. Das Problem war, dass ich ihn falsch eingeschätzt und nicht gesehen hatte, dass er insgeheim ein Arschloch war. Anfangs war er so charmant und aufmerksam gewesen, dass ich übersehen hatte, wie oberflächlich Chris wirklich war. Und wie wenig wir zusammenpassten, auch wenn ich annahm, ohnehin niemanden zu finden, der die gestörte Dunkelheit in mir akzeptieren konnte. Vor allem, wenn ich es nicht einmal selbst schaffte. Sie mit all meiner Seele verachtete.

»Du meinst, so richtig mit würgen?«, fragte einer seiner Freunde und mein Herz begann zu rasen. Sie hatten mich anscheinend noch nicht bemerkt, sonst hätten sie garantiert aufgehört zu sprechen. Es war nicht das erste Mal, dass ich in solch eine Situation geriet.

Obwohl die Luft Ende Mai am Abend in Kalifornien

angenehm warm war, fröstelte es mich. Ich schlang die Arme um meinen Oberkörper und trat einen Schritt zurück in den Schatten eines Buchsbaumbusches.

»Ja, Mann«, antwortete Chris. »Völlig krank. Sie konnte nur so ... ihr wisst schon, überhaupt scharf werden.«

»Klingt ziemlich durchgeknallt«, antwortete jemand.

»Ich hätte es gemacht«, sagte ein anderer. »Was ist schon dabei?«

»Das war nicht alles«, sprach Chris weiter und es reichte mir, als Belustigung herzuhalten. Übelkeit sammelte sich in meiner Kehle, als ich aus dem Schatten trat und die Gruppe diese Bewegung bemerkte. Chris drehte sich zu mir um und sein Gesicht wurde blass. Immerhin hatte er genug Anstand, dass es ihm leidtat, auch wenn er sich kurz zuvor noch über mich lustig gemacht hatte.

»Nur weil du es im Bett nicht bringst, heißt es nicht, dass ich krank oder abartig bin«, sagte ich laut, auch wenn ich meinen Worten selbst nicht glaubte.

»Vielleicht brauchst du nur mal einen richtigen Mann, der dir zeigt, wo es langgeht, Süße«, höhnte einer von Chris' Freunden und die anderen unterdrückten sich ein Lachen. Am liebsten hätte ich sie alle mit Blicken getötet. Ich brauchte niemanden, der sich auch noch darüber lustig machte, dass ich kaputt war. Ich wandte mich ab, um meine Sachen zu holen. Es reichte mir. Der ganze verdammte Abend.

»Fuck, warte, Sera!«

Ich stürmte nach drinnen, durchquerte das Wohnzimmer, das voll von anderen Menschen war, mit denen ich rein gar nichts gemeinsam hatte, und lief zur Garderobe, an der meine Jacke hing.

»Sera, verdammt, das war nicht so gemeint!«

»Ach nein?«, fragte ich und drehte mich zu ihm um. Meine Atmung raste. Ich war so unfassbar wütend, doch wenn ich ehrlich war, nicht mal auf Chris. Ich war wütend auf mich selbst. Wäre ich nicht so verkorkst ...

»Nein, es ... ach fuck!«, fluchte er. Chris war nicht der Richtige, dem ich erzählen konnte, weshalb ich keinen Spaß am Sex hatte. Zumindest nicht auf diese Art und Weise. Er war für überhaupt nichts der Richtige.

»Vergiss es einfach«, murmelte ich und schnappte mir meine Jacke. Den gesamten Abend hatte ich zwischen glücklichen Pärchen und einem meiner Exfreunde verbringen müssen, der sich vor seinen einfältigen Freunden über mich lustig machte. Und während mir alle zeigten, dass ich nicht normal war, fühlte ich mich noch kranker als ohnehin schon.

»Es tut mir leid, ich hätte nicht so sprechen sollen, aber ...«

»Aber du dachtest, ich höre es nicht, richtig?«

Chris hielt meinen Oberarm fest. »Können wir es nicht noch mal versuchen? Ich meine, ich kann das ... ich könnte dich am Auto abfangen und ...«

»Oh, verdammt, lass es gut sein«, zischte ich und spürte, wie brennende Scham mein Gesicht verglühte. »Such dir jemand anderen.«

Es war nicht ich, der er hinterhertrauerte. Er suchte seinen Stolz und sein Ego, weil er mich nicht ein einziges Mal befriedigt hatte. Aber das konnte er gar nicht. Und das lag nicht einmal an ihm.

»Du gehst schon?« Emily tauchte am Durchgang zum Wohnzimmer auf. Sie trug ein hübsches, kurzes Kleid mit silbernen Pailletten und hielt ein Sektglas in der Hand, ihr blondes Haar lag in seidigen Wellen auf ihren Schultern. Sie war atemberaubend, führte eine ausgesprochen erfüllende Beziehung und hatte Bestnoten in ihrem Kriminologiestudium an der UC Berkley, an der wir uns kennengelernt hatten. Die Zukunft war schillernd und schön für jemanden wie sie.

Immer schon hatte sie alles gehabt. Liebende Eltern, eine süße kleine Schwester, ein tolles Leben.

Manchmal kam es mir so vor, als wären wir nur befreundet, weil sie Mitleid mit mir hatte oder das Gefühl, sie müsste mich vor irgendetwas retten. Vielleicht deshalb der Verkupplungsversuch mit Chris. Doch im Grunde konnte mich niemand retten, ich konnte es ja noch nicht einmal selbst.

»Sorry, ich hab etwas Kopfschmerzen, feiert ihr noch schön«, erwiderte ich und ihr Blick huschte zu meinem Ex.

»Bist du schuld, dass sie geht?«, fragte sie ihn spitz.

Er hob die Hände. »Sorry, ich kann nichts dafür, dass deine Freundin einen Knall hat. Such dir verdammt noch mal Hilfe, Sera!«

Wow. Nun hatte er es offen ausgesprochen.

»Fick dich, Chris«, stieß Emily aus. Er schnaubte nur, schüttelte den Kopf und stürmte zurück ins Wohnzimmer. »Gott, es tut mir so leid. Hätte ich gewusst, dass er so ein Idiot ist, hätte ich dir niemals vorgeschlagen, ihn zu daten!« Emily trat einen Schritt auf mich zu.

»Dafür kannst du doch nichts«, erwiderte ich. »Das ist nicht deine Schuld, nur meine eigene.« Sie presste die Lippen aufeinander und ich sah ihr an, dass sie irgendetwas loswerden wollte, sich aber nicht traute. »Frag, was dir auf der Seele brennt«, sagte ich deshalb und sie stieß die Luft aus den Lungen.

»Stimmt es denn?«, flüsterte sie. »Ich meine, dass du ...« Sie verstummte und machte eine abweisende Handbewegung. »Ach Gott, vergiss meine Frage, ich habe mich nur gewundert, weil du nie darüber gesprochen hast. Wir haben schließlich zusammen gewohnt, ich meine, ich dachte, wir wären ehrlich in unserer Freundschaft.«

»Ich weiß auch nicht alles, was du mit Brandon veranstaltest, und das möchte ich auch gar nicht«, gab ich zurück und hatte keine Ahnung, wie ich mich fühlen sollte. Das war der

Gipfel der heutigen Peinlichkeit. Wahrscheinlich würde Chris erst recht allen erzählen, was zwischen uns abgelaufen war, und ich könnte niemandem mehr von hier in die Augen sehen.

»Ich geh jetzt besser«, sagte ich schnell.

Emily nickte. »Okay. Ruf mich an, wenn du zu Hause bist.«

»Klar.« Wir schenkten uns noch eine knappe Umarmung und als ich die Tür hinter mir zuzog, atmete ich einen Moment durch.

Zum Glück begannen in wenigen Wochen die Semesterferien, in denen ich meine Wunden lecken und mir überlegen konnte, wie ich das letzte Semester bis zu meinem Abschluss verbringen wollte. Und mit wem.

In meiner Wohnung angekommen, zog ich mir zuerst etwas Bequemes an und machte mich für die Nacht fertig.

Doch als ich in meinem Bett lag, kreisten meine Gedanken unaufhörlich um das Thema, das mich schon länger als mein halbes Leben beschäftigt hatte. Wieso war ich nicht normal? Wieso konnte ich es nicht einfach abschütteln wie einen zu klein gewordenen Mantel?

Ich war zweiundzwanzig, mein Leben begann gerade erst, und trotzdem fühlte es sich so an, als würde ich diesen Teil von mir niemals unter Kontrolle bekommen. Als wäre es eher ein vorbestimmtes Ende als ein Anfang. Vielleicht hatte Chris recht. Ich brauchte Hilfe. Mein Blick fiel auf das kleine Röhrchen, das auf meinem Nachttisch stand und dessen Inhalt mir half, besser zu schlafen und alle Gedanken abzustellen.

Doch der Laut meines Handys ließ mich innehalten. Möglicherweise wollte Emily fragen, wie es mir ging, oder Chris sich noch einmal entschuldigen, auch wenn es nichts von alledem besser machte. Doch stattdessen entdeckte ich die Nachricht einer unbekannten Nummer.

»Hey, Sera, hier ist Steven, vielleicht erinnerst du dich an mich. Vorhin auf der Party, sorry, wie Chris sich verhalten hat, aber wenn du mal Lust auf ein ...«

Ich schnaubte und löschte die Nachricht, ohne sie vollständig gelesen zu haben. Es musste sich etwas ändern. Meine Mitstudierenden tuschelten auf den Fluren, sobald ich an ihnen vorbeikam. Männer dachten, sie könnten sich und ihr Ego beweisen, indem sie versuchten, mich zu knacken. Ich war ein Wettbewerb, nicht wert, mich ernsthaft kennenzulernen.

Kurzerhand öffnete ich den Internetbrowser auf meinem Smartphone. In der darauffolgenden Stunde scrollte ich mich durch diverse Seiten von Psychologen und psychiatrischen Kliniken.

Eine davon sprang mir besonders ins Auge. Sie befand sich auf der anderen Seite des Landes in Virginia, also weit genug entfernt von hier. Auf die Weise, so hoffte ich, hatte ich die Chance, die alten Dämonen, die mich hier verfolgten, bestenfalls abzuschütteln.

Blackwood Hall. Es sah ziemlich elitär aus und eher wie ein Hotel und Erholungsort als eine Klinik für psychische Gesundheit. Es gab therapeutische Programme mit Kunst, Musik und Literatur, sowie Tennisplätze, ein Schwimmbad, sogar ein kleines Fitnessstudio. Dazu wurden Events veranstaltet und laut Internetseite gab es dort die am besten ausgebildeten Psychologen des Landes. Ich klickte auf einen Namen. *Dr. Zachary Caldwell.* Als sich sein Bild öffnete, musste ich schlucken. Der Blick aus seinen hellblauen Augen war ernst, sein dunkles Haar voll und etwas zerzaust, seine Lippen zeigten kein Lächeln. Für jemanden, dem man seine dunkelsten Geheimnisse anvertraute, sah er viel zu gut aus, und die Art, wie er in die Kamera schaute, als würde er mich direkt ansehen, ließ meinen Herzschlag etwas beschleunigen.

Ich las mir kurz seinen Werdegang durch, der ziemlich beeindruckend war. Nun fungierte er als Leiter der Klinik und führender Psychologe, der bekannt für seine fortschrittlichen Behandlungsmethoden war. Interessant, was auch immer das bedeutete.

Ich klickte mich weiter durch die Webseite und schaute mir die Klinik an sich an. Sie wirkte wie ein Labyrinth aus Geheimnissen, die ich lösen wollte. Als würde eine innere Stimme den Teil in mir ansprechen, der es liebte, Puzzle zusammenzusetzen. Der nur aus diesem Grund das Studium begonnen hatte. Jeder Flur, jede Ecke schien sorgfältig gestaltet. Ich stieß auf Bilder von hellen, geräumigen Patientenzimmern, die mehr an Boutique-Hotelzimmer erinnerten als an die sterilen Krankenhauszimmer, die man erwarten würde. Große Fenster boten einen atemberaubenden Blick auf die umliegenden Wälder und Gärten, die anscheinend mit der gleichen Sorgfalt und Präzision gepflegt wurden wie das komplette Grundstück.

Es gab sogar eine eigene Seite für die verschiedenen Veranstaltungen, die regelmäßig stattfanden. Von Kunstausstellungen über Musikkonzerte bis hin zu literarischen Lesungen – es schien, als würde Blackwood Hall ebenso viel Wert auf die kulturelle Bereicherung seiner Insassen legen wie auf deren therapeutische Behandlung.

Das Gebäude an sich war ein prächtiges, kleines Schloss im viktorianischen Stil und wirkte, als wäre es einer Märchenwelt entsprungen. Es hatte fein gearbeitete Türmchen, die sich gegen den Himmel abzeichneten, und große Fenster, die wie wachsame Augen in die Welt schauten. Das Mauerwerk bestand aus einem hellen Stein, der im Sonnenlicht schimmerte, und überall kletterten Efeuranken empor. Die umliegenden Gärten waren nicht weniger beeindruckend. Auf einem der Bilder war ein kunstvoll angelegter Teich zu sehen, umgeben von perfekt geschnittenen Hecken und Blumenbeeten, die in allen Farben des Regenbogens leuchteten. Ein weiteres Foto zeigte einen kleinen, versteckten Garten mit einer Steinbank und einer Statue, die offenbar in Gedanken versunken war.

Jedes Bild und jede Beschreibung auf der Webseite vermittelte eine Atmosphäre von Exklusivität und Raffinesse. Blackwood Hall war nicht einfach nur eine Klinik, es war ein Ort, der von einem fast unerreichbaren Luxus und einer unwirklichen Schönheit durchdrungen war.

Als ich zurück zu Dr. Caldwells Profil scrollte, stellte ich mir vor, wie er durch diese Hallen wanderte, vorbei an den alten Gemälden, durch die hohen Türen, die in die verschiedenen Therapieräume führten. In meinem Kopf formte sich das Bild eines Mannes, der nicht nur aufgrund seiner fachlichen Kompetenz, sondern auch wegen seiner einnehmenden Wirkung Autorität ausstrahlte. Eine Dominanz, die mich definitiv anzog, selbst wenn ich eben angesichts dieser Neigung, die mir nur Probleme bereitete, dorthin wollte. Aber vielleicht war genau das der ultimative Test.

Ich las mir Informationen zu einer Aufnahme durch. Es gab die Möglichkeit, seinen Aufenthalt mit einer finanziellen Förderung für ausgewählte Patienten abzudecken. Da ich immer noch meinen Studienkredit abbezahlte, eine ziemlich verlockende Aussicht.

Aus einem spontanen Impuls heraus füllte ich das beigefügte Formular aus. Als ich auf *Senden* klickte, schlug mein Herz bis zum Hals und ich fragte mich, ob es wirklich eine gute Idee war, die Dunkelheit aufzuwühlen, die mich fest in ihrem Griff hatte.

Aber ich wollte von ihr befreit werden. Ich wollte normal sein. Endlich ein Leben haben!

Ich wollte das Licht wieder sehen.

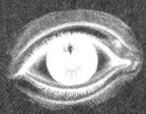

SCHMUTZIGES KLEINES GEHEIMNIS

»Eines habe ich hier in Blackwood gelernt: Die Masken, die wir
tragen, verbergen mehr als nur unser Gesicht. Sie verstecken die
Wahrheiten, die wir fürchten.
Und er zeigt mir dabei die grausamsten.
Es fühlt sich falsch an, dass ich mich genau zu diesen am
meisten hingezogen fühle. Sollte ich diese Gedanken nicht genau
hier loswerden?«

- Margaret Holloway, 1880

2

SERAPHINA

Wenige Wochen später

Die orangeroten Flammen der Fackeln am Wegrand zuckten in der Dämmerung. Mein Blick glitt von dem herrschaftlichen Anwesen hinüber zu dem beleuchteten Kiespfad, der um das Gebäude führte und aus meinem Sichtfeld verschwand.

In der Ferne hörte ich leise Musik, Gelächter und Stimmen. War es normal, dass hier am Abend so etwas veranstaltet wurde oder war ich mitten in eine besondere Feier geplatzt?

Nachdem ich wenige Tage nach meiner Anmeldung die Bestätigung für den finanzierten Platz in Blackwood Hall erhalten hatte, hatte ich nicht lange gewartet und alles für meine Abreise vorbereitet. Wenige Wochen später, pünktlich zum Anfang meiner Semesterferien, hatte ich mit rasendem Herzen und einer nervösen Vorfreude in einem Taxi auf dem Weg zum Flughafen gesessen. Zehn Stunden später war ich hier. Mein Koffer stand neben meinen Füßen und mein Blick wanderte immer noch unsicher am Efeu an der Fassade von

Blackwood Hall entlang. Zweifel schoben sich vor meine Gedanken wie dunkle Wolken vor die Sonne, nervös drehte ich den Silberring an meinem linken Zeigefinger.

Tat ich wirklich das Richtige? War das der Weg, der mich befreien, mir ein ganz normales Leben schenken würde? Aber wieso dachte ich über all diese Dinge nach? Ich konnte doch im Grunde nichts verlieren. Wenn es nicht funktionierte, fuhr ich in wenigen Wochen eben wieder zurück nach Hause. Das hier war keine geschlossene Anstalt und schon gar nicht so, wie man sich eine solche Einrichtung vorstellte. Es gab keine Gitter, keine Zäune mit Stacheldraht, kein Geschrei von Verrückten. Es glich auf den ersten Blick eher einem elitären Schlosshotel als einer Klinik.

Aber dennoch hing über all dem ein dunkler Schleier, etwas, das ich nicht wirklich fassen konnte. Es war wie ein Gefühl, das einem riet, keinen Schritt hineinzuwagen. Sich nicht von dem Äußeren locken zu lassen. Umdrehen. Wegrennen, so lange man noch die Chance dazu hatte. Ein Gefühl, das in einem erwachte, wenn man in einen dunklen Wald schaute oder einen Clown mit rotem Luftballon sah. Es war tief in einem verankert; man konnte sich noch so oft einreden, dass sich vor einem nichts Gefährliches befand, das unwohle Bauchgefühl blieb.

Ich zuckte zusammen, als im gleichen Moment eine Feuerwerksrakete in den dunklen Himmel schoss und für einige Sekunden die Welt mit einem Knall in bunte Farben tauchte. Mein Kopf ruckte in die Richtung, aus der die Stimmen lauter wurden. Immer noch zitterten die Fackeln und schienen meinen Namen zu rufen, schienen mich aufzufordern, ihnen zu folgen.

Ich musste ohnehin irgendjemandem sagen, dass ich angekommen war, denn ich nahm an, dass man auf mich wartete, seit ich heute Morgen noch eine E-Mail geschrieben hatte. Die Kontaktmöglichkeiten der Klinik waren schon ein wenig seltsam. Es gab keine Telefonnummer, nur diese E-Mail-Adresse. Der komplette Kontakt war darüber gelaufen, ich hatte nicht ein einziges Mal mit einem richtigen Menschen gesprochen.

Ich atmete tief durch, nahm den Haltebügel des Koffers und steuerte den Beginn des Weges an. Als ich die Ecke des Anwesens erreicht hatte, erstreckte sich vor mir ein endlos wirkender Garten.

Die Bäume rauschten leise im Wind und die angebrochene Nacht legte einen weichen, bläulichen Schleier über die Landschaft. Der Garten war ein Meisterwerk aus symmetrischen Beeten und sanft geschwungenen Pfaden, gesäumt von üppigen Blumensträuchern und alten, majestätischen Bäumen. Der Duft von Lavendel und frisch geschnittenem Gras mischte sich mit der kühlen Abendluft, erzeugte dabei eine fast schon surreale Atmosphäre. Ich ging weiter, konnte im hinteren Bereich jenseits der gepflegten Grundfläche die Umrisse hoher Hecken erkennen. Sie schienen wie robuste Wände und zuerst nahm ich an, dass sie das Grundstück umschlossen, doch sie hörten ab der Hälfte auf. Ein Rundbogen führte mitten in sie hinein, in die dunklen Schatten, die die Hecken verursachten. Der Blick war faszinierend und ein wenig beängstigend zugleich und ich fragte mich, was sich dahinter verbarg.

Hinter dem gesamten Garten erstreckte sich ein Wald mit dicht beieinanderstehenden Bäumen, deren Äste sich im oberen Bereich zu einem fast undurchdringlichen Dach verflochten. Sie schienen den ganzen Ort zu umrahmen wie eine natürliche Barriere, die die Welt vor den Toren des Anwesens draußen hielt. Es wirkte, als ob Blackwood Hall ein eigener Organismus wäre. Abgeschieden, mehrere Meilen von der nächsten Stadt entfernt. Unabhängig.

Die Feuerwerkskörper erleuchteten noch einmal den Himmel, ihre bunten Lichter spiegelten sich im Wasser eines kleinen Teichs wider, der in der Mitte des Gartens lag. Bewegungen unter der Oberfläche erschienen als sanfte Wellen.

Ein kalter Schauer lief mir plötzlich über den Rücken. Warum hatte ich das Gefühl, dass unter dieser augenscheinlich friedlichen Oberfläche etwas lauerte, wie in diesem Teich?

Auch wenn das Anwesen nicht aus diesem Jahrhundert stammte, hatte ich im Internet rein gar keine Geschichte darüber ausfindig machen können und ich fragte mich, ob es einfach nur nichts zu erzählen gab – oder zu viel.

Dinge, die alles andere als idyllisch und wunderschön waren, so wie es dieser Ort einem Glauben schenken wollte.

Ich schob die Gedanken beiseite und setzte meinen Weg fort. Die Stimmen und das Lachen wurden lauter, als ich mich einem beleuchteten Zelt näherte, das am Rande des Waldes hergerichtet worden war. Wahrscheinlich würde ich dort jemanden vom Personal finden, der mir helfen konnte und mir ein Zimmer gab. Oder zumindest jemanden, der mir sagen konnte, was hier vor sich ging.

Der Weg dorthin fühlte sich unendlich lang an, jeder Schritt war schwerer als der letzte.

Doch wenn ich meine Schatten endlich ablegen wollte, musste ich mich überwinden und weitergehen. Ich musste den Sprung wagen.

Immer deutlicher konnte ich die Musik hören, die aus dem Zelt drang. Ich umfasste die Griffe meines Koffers fester, als ich plötzlich Schritte auf dem Kies hinter mir hörte.

Überrascht drehte ich mich um und machte mich darauf gefasst, jemanden zu treffen, der zu dem Fest wollte. Doch stattdessen erkannte ich nur einen Schatten am Ende des Weges. Einen ziemlich großen Schatten. Er stand einfach da und beobachtete mich. Ich konnte die breiten Schemen eines Mannes identifizieren, aber nicht sein Gesicht, weil der Vollmond am Himmel in seinem Rücken hing. Zusätzlich wurde es durch eine schwarze Sturmmaske verdeckt. Er machte einen

Schritt auf mich zu und mein Herz begann zu rasen. Irgendetwas an seiner Körperhaltung verunsicherte mich und sagte mir, dass er nicht ein einfacher Gast der Party war, die hinter mir stattfand.

Ich räusperte gegen den Kloß in meinem Hals an. Die Narbe auf meiner Handfläche begann zu prickeln, wie sie es immer tat, wenn ich nervös wurde. »Hallo?«, rief ich in die Dunkelheit. Nichts. Hatte er mich nicht gehört? »Entschuldigen Sie, ich bin neu hier und ...«

Ein weiterer Schritt. Stille vor mir. Hinter mir rauschte die Party. Ich klammerte mich regelrecht am Griff meines Koffers fest. Ich befand mich hier immer noch auf dem Grundstück einer Psychiatrie, es gab hier garantiert nicht nur Menschen, die mit leichten Problemen zu kämpfen hatten. Angst ließ meinen Puls rasen und meine Atmung beschleunigte sich. Es war nicht mehr weit bis zu dem Zelt, wo sich andere Leute befanden. Konnte ich es schaffen, wenn ich rannte, oder war dieser Gedanke völlig überzogen?

Plötzlich setzte sich der riesige Schatten vor mir in Bewegung. Schnell. Er sprintete los, direkt auf mich zu, und ich reagierte blitzschnell, ließ meinen Koffer los und drehte mich herum. Rannte genauso schnell los und steuerte das Zelt an. Nur noch ein wenig, nur noch ein bisschen. Die Schritte hinter mir wurden lauter. Ein eiskalter Schauer strich über meinen Nacken, als würde jemand nach mir greifen.

Lichter erschienen vor mir, ein großer Pavillon aus cremefarbenem Stoff. Ich streckte die Hand aus. Hörte ein dröhnendes, dunkles Lachen hinter mir. Es war rau, fast wie das Knurren eines wilden Tieres auf der Jagd.

Doch ich hatte den Pavillon erreicht. Meine Geschwindigkeit ließ es nicht zu, dass ich gut bremsen konnte, also fiel ich durch die Stoffbahnen des Eingangs mitten in das Geschehen. Ich konnte den Sturz nicht abwehren, meine Hände und meine Knie schoben sich über den unebenen Kies auf dem Boden. Verdammt! Mein Herz raste.

Blitzschnell drehte ich mich um und konnte durch den flatternden Stoff nur den dunklen Garten erkennen. Angestrengt suchte ich alles mit den Augen ab. Da war kein Schatten. Kein Mann. Kein Knurren. Nichts.

Ich kniff die Lider zu. Traute mich nicht, mich umzudrehen und in die Gesichter zu sehen, die meinen Auftritt gesehen haben mussten. Verdammt, war das peinlich. Hatte ich es mir nur eingebildet, weil die gesamte Umgebung so beeindruckend und etwas angsteinflößend gewesen war? Hatten mich meine Fantasien mitgerissen und mich verrückt werden lassen?

Plötzlich spürte ich eine Hand unter meinem Arm und hörte eine weibliche Stimme. »Großer Gott, ist alles okay?«

Ich drehte den Kopf und schaute in die blauen Augen einer hübschen Blondine, die ein schwarzes Kleid trug. Als ich weiter in den Raum sah, erkannte ich einige runde Tische mit weißen Tischdecken und weitere Menschen, die ziemlich schick gekleidet waren. Es sah aus, als wäre ich mitten in eine Hochzeit geplatzt.

»Ja«, erwiderte ich mit kratziger Stimme. »Ich habe mich nur erschreckt und bin gestolpert«, fügte ich hinzu und klopfte mir den Dreck von meiner Jeans, nachdem die Frau mich losgelassen hatte. Die Party ging wieder weiter und die zwei Dutzend Leute hier schienen sich nicht länger für mich zu interessieren. »Was für ein Auftritt«, murmelte ich mit einem nervösen Lachen.

»Da hatten wir schon viel Ausgefalleneres hier«, antwortete sie lächelnd. Sie wirkte nett und war vielleicht Ende zwanzig. »Du musst Seraphina Collins sein, wenn mich nicht alles irrt.« Ich nickte überrascht. »Ich bin Beth. Quasi die Empfangsdame hier und Mädchen für alles, du bist also in genau die richtigen Arme gefallen.«

»Na wenn das mal nicht Glück im Unglück ist.«

»Hast du kein Gepäck?«

»Ähm, draußen«, gab ich zurück und deutete mit dem Daumen hinter mich. Ich ließ aus, dass ich es einfach fallen gelassen hatte, weil ich dachte, mich würde jemand verfolgen.

»Was ist das hier, wenn ich fragen darf?«

»Wir machen in regelmäßigen Abständen solche Veranstaltungen für die Gäste. Lockert die Stimmung.« Sie zwinkerte mir zu, aber irgendetwas klang nicht passend an ihrer Aussage. Außerdem fiel mir auf, dass sie Gäste gesagt hatte und nicht Patienten, was wir aber augenscheinlich waren.

»Oh, wie schön. Allerdings befindet sich in meiner Garderobe nicht gerade ein Abendkleid.«

»Das ist kein Problem, wir leihen diese auch aus. Komm, du willst nach deiner Anreise sicherlich auf dein Zimmer, außerdem möchte Dr. Caldwell alle Neuankömmlinge persönlich begrüßen.«

Caldwell. Sofort hatte ich sein Bild von der Webseite vor Augen und mein Herz begann erneut, zu rasen.

Wie würde er sein? Was für eine Wirkung auf mich haben? Und vor allem … könnte ich meine Neigungen hier wirklich endlich überwinden? Mit seiner Hilfe?

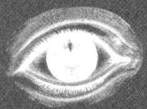

SCHMUTZIGES KLEINES GEHEIMNIS

»Mein erstes Erwachen in Blackwood Hall ist wie das Eintauchen in einen Traum, der zu real ist, um wahr zu sein. Es fühlt sich so an, als wäre dies der Ort, an dem ich endlich leben oder vollständig untergehen könnte. Und was von beidem zutrifft, bestimmt nur er.«

- Margaret Holloway, 1880

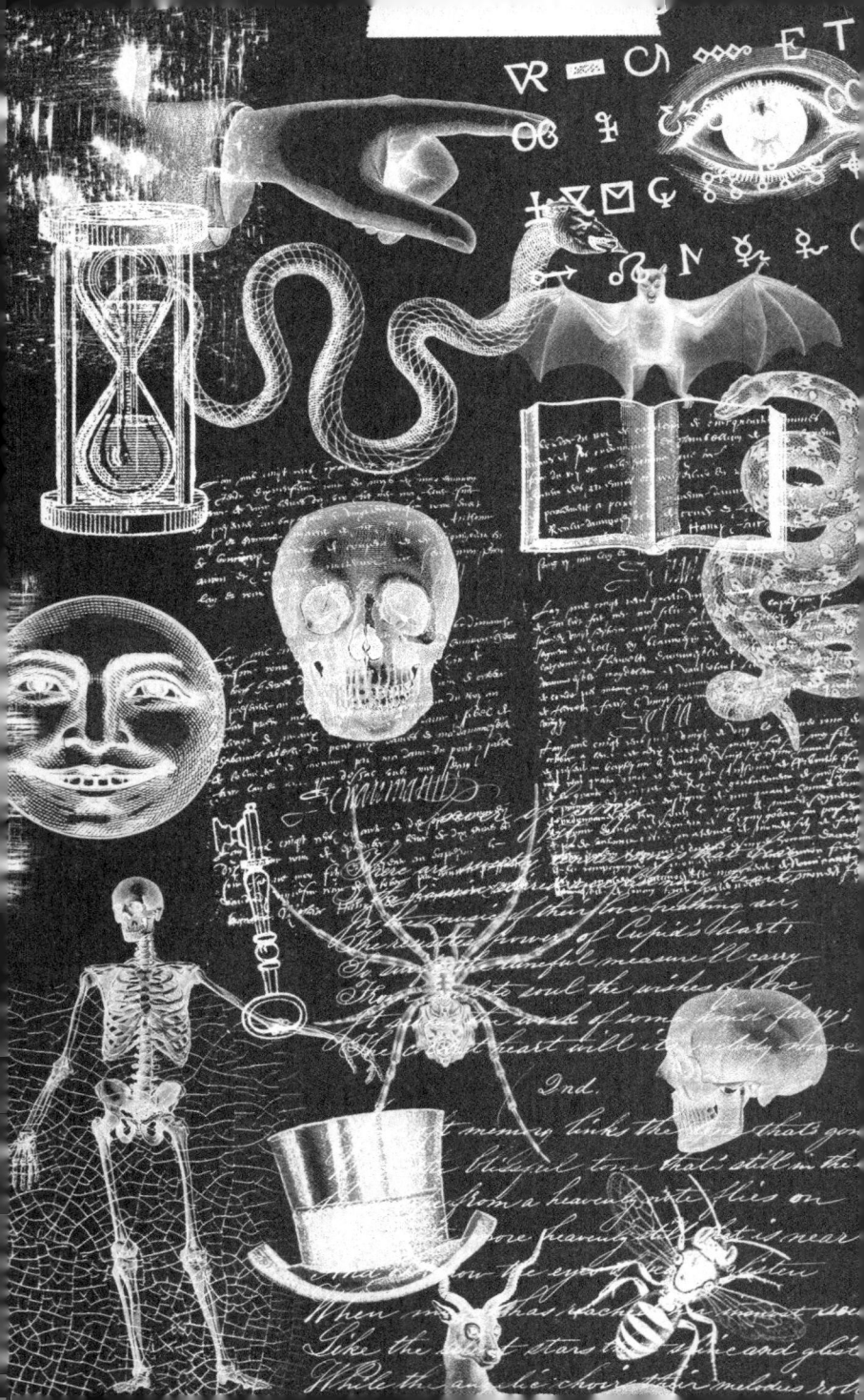

3

SERAPHINA

Wir ließen die Party hinter uns und durchquerten den Garten, der mir jetzt, mit Beth an meiner Seite, die mir etwas über den Tagesablauf hier erzählte, nicht mehr ganz so furchteinflößend vorkam. Wie albern ich mich fühlte, weil ich einem Trugschluss erlegen war und mich direkt blamiert hatte. Oder? Es konnte nichts anderes sein, denn wenn ein Patient entkommen war und hier draußen sein Unwesen trieb, würde das nicht auffallen und mehr Leute würden versuchen, ihn wieder einzufangen? Aber hier war niemand.

Ich hatte keine Ahnung, was ich von diesem ersten Moment hier halten sollte, und schaute mich ständig um, während wir meinen Koffer einsammelten und die Treppen zu Blackwood Hall emporstiegen. Das Gebäude war beeindruckend und in einer Art U angeordnet, wie Beth es mir erklärte. In der Mitte gab es einen Innenhof und drinnen jede Menge verwinkelte Flure.

»Ich habe keine Geschichte zu Blackwood gefunden, ist da nichts drüber bekannt?«

Beths Lächeln verrutschte für einen Augenblick, als sie mir die Haupttür öffnete und wir das Foyer betraten. Für einen Atemzug blieb mir die Luft weg. Es war noch deutlich atemberaubender, als es anhand der Bilder im Internet den Anschein machte.

Es fühlte sich an, als würde ich eine andere Welt betreten, die weit vor diesem Jahrhundert lag. Die hohen Decken ließen den Raum noch größer wirken, während das Licht der eleganten Kronleuchter alles in ein warmes Glühen tauchte.

Überall um mich herum sah ich kunstvoll geschnitzte Möbelstücke und wunderschöne Gemälde, die die Wände schmückten. Jedes Detail strahlte Eleganz aus.

Als ich mich umschaute, spürte ich erneut diese unheimliche Präsenz, als ob die Wände Geschichten der Vergangenheit flüsterten. Eine Atmosphäre, die mich gleichermaßen anzog und abschreckte.

Beth schaute mich flüchtig an, ehe sie zu einem Flur neben der geschwungenen Treppe in den ersten Stock zeigte. »Hier entlang.« Wir setzten uns in Bewegung. »Du hast deshalb keine Geschichte gefunden, weil es viele Versionen davon gibt«, erklärte Beth. Mein Blick glitt über die antik wirkenden Bilder, die den Flur säumten. Unsere Schritte hallten auf dem polierten Marmor. »Blackwood Hall war schon immer eine Nervenheilanstalt, zumindest so lange wie die Dokumentationen zurückgehen. Es liegt deshalb so weit draußen, weil die Menschen mit den *Verrückten* nichts zu tun haben wollten. Angeblich wurden hier früher Experimente durchgeführt.«

Für einen Augenblick zog sich der unwohle Knoten in meinem Innern noch fester zusammen. »Experimente?«

»Die Neugier der Menschen geht manchmal seltsame Wege.« Das erinnerte mich an den Satz meines Kriminologie-professors: *Menschen neigen dazu, ihre dunkelsten Begierden zu verstecken, bis sie die Möglichkeit haben, sie auszuleben.*

Es war, als würde ich in weiter Ferne einen Schrei hören und ich zuckte zusammen. »Was war das?«

Beth schaute mich mit gerunzelter Stirn an. »Was?«

»Ach, nichts«, erwiderte ich schnell und schüttelte den

Kopf. Ich würde heute Nacht kein einziges Auge zumachen. Vielleicht sollte ich mir doch besser eine moderne Klinik oder einen Psychologen in Kalifornien suchen, aber dann wäre noch das Problem mit der Bezahlung. Ich konnte mir eine Therapie schlicht nicht leisten und hier bekam ich die komplette Betreuung finanziert. Wieso sie solche Programme eingeführt hatten, musste ich unbedingt herausfinden.

»Manche behaupten, dass Blackwood deshalb von Geistern heimgesucht wird«, sprach Beth weiter.

Ein Schauer lief mir über den Rücken. »Geister? Ernsthaft?«

»Nun ja, das sind nur Gerüchte. Keine Sorge. Die Menschen haben sich schon immer gerne gruselige Gute-Nacht-Geschichten erzählt.« Sie lachte.

Ich versuchte, meine Angst zu verdrängen. Es war schließlich nicht die erste Schauergeschichte, die ich gehört hatte. Schwer schluckte ich, während Beth mich weiter durch die verwinkelten Flure führte. Alleine würde ich mich sehr wahrscheinlich mehr als einmal verlaufen.

Beth öffnete eine Tür und wir betraten ein geräumiges, weiteres Foyer. Ein massiver Kristallleuchter hing auch hier von der Decke und tauchte alles in goldenes Licht. Polierte Marmorböden reflektierten das flackernde Leuchten von Kerzen auf den antiken Möbeln. Hatten sie hier noch nie etwas von Brandschutz gehört? Definitiv blieben sie dem alten Stil des Gebäudes treu.

Als mein Blick weiterwanderte, sah ich ihn. Dr. Zachary Caldwell. Er stand in einer Ecke des Foyers, vor einem der hohen Fenster, die wohl in den Innenhof führten. Seine große Gestalt lag in dem flackernden Licht der Kerzen. Er telefonierte, ich erkannte nur seinen breiten Rücken und das Hemd, das sich über seinen Schultern spannte und in der gleichen nachtschwarzen Farbe wie sein Haar war.

Beth und ich blieben inmitten des Raumes stehen.

»Das ist inakzeptabel«, sagte er streng, ehe er erneut zuhörte. Die Zeit schien endlos lange, bis er uns bemerkte und seinen Kopf in unsere Richtung drehte. Sein Blick wanderte kurz zu Beth, dann jedoch direkt zu mir und für einen Moment wirkte es so, als wäre er überrascht.

Mein Herz begann schneller zu schlagen, als ich spürte, wie eine unbekannte Spannung zwischen uns entstand. Es war, als würde die Zeit für einige Atemzüge stillstehen, während seine Augen mich zu durchdringen schienen. War er deshalb so gut in seinem Job? Weil er andere Menschen mit einem einzigen Blick durchschauen konnte?

Meine Finger krampften sich fester um den Griff meines Koffers zusammen, bis Caldwell sich endlich löste und erneut zum Fenster umwandte.

»Ich melde mich später noch einmal«, sagte er, legte auf und steckte das Handy in die Tasche seiner dunklen Anzugshose, ehe er sich ganz zu uns umdrehte.

»Dr. Caldwell, das ist ...«

»Miss Seraphina Collins«, vervollständigte er wissend und ging einen Schritt auf mich zu. Er machte keine Anstalten, mir die Hand zu geben, was mich erneut verunsicherte.

»Dr. Caldwell«, erwiderte ich und nickte leicht.

»Herzlich willkommen in Blackwood Hall«, sagte er mit einer Stimme, die eine Gänsehaut über meinen Rücken schickte. Sie war tief und dennoch so fließend wie dunkles Öl.

»Danke«, gab ich zurück. »Das Haus ist wirklich unglaublich schön und ...« Ich suchte nach dem richtigen Wort. *Beängstigend. Einschüchternd. Genau wie er.* »Beeindruckend«, sagte ich stattdessen.

Er nickte. »Gehen Sie zurück zu den Feierlichkeiten, Beth, ich zeige Miss Collins ihr Zimmer.«

»Gerne«, sagte sie und wandte sich an mich. »Dann eine schöne erste Nacht.«

Wenn das mal möglich war. »Danke.«

Beth ging und ich fühlte mich plötzlich allein und schutzlos in der Gegenwart dieses Mannes, der eine solch starke Präsenz ausstrahlte, die mich auf seltsame Art und Weise faszinierte. Caldwell trat einen Schritt näher. Ich hatte keine Ahnung, was er wollte, aber seine plötzliche Nähe veranstaltete Dinge mit meinem Körper, die alles andere als gut waren. Er war ziemlich groß, ich legte den Kopf ein Stück in den Nacken, um ihm weiterhin in seine himmelblauen Augen schauen zu können. Sein frischer Duft, den ich unauffällig inhalierte, umfing mich. Langsam streckte er die Hand aus und berührte flüchtig meine Finger, als er nach dem Griff meines Koffers tastete.

»Darf ich?«, raunte er.

Ich schluckte und nickte schnell. »Danke, ja.«

Er nahm ihn entgegen und deutete mit der freien Hand zur Tür. »Hier entlang.«

Ich folgte ihm und erneut wanderten wir durch düstere Flure, an antiken Möbeln und Bildern vorbei, ehe wir eine Treppe erreichten und diese nach oben stiegen.

»Das Haus ist wirklich ein Labyrinth«, versuchte ich ein Gespräch in Gang zu setzen, das die Situation weniger unangenehm machte. Er antwortete nicht sofort.

»Haben Sie ein Problem mit Stille, Miss Collins?«, fragte er plötzlich provokant und ich wusste nicht so recht, wie ich darauf reagieren sollte. Wir blieben stehen und er drehte sich zu mir um. »Damit, Dinge auszuhalten?« Die Frage traf mich unerwartet. War es nicht genau das, was ich durch mein Studium erreichen wollte? Die Fähigkeit, die schrecklichsten Wahrheiten auszuhalten und zu analysieren?

Wir standen vor einem Zimmer in einem Flur, in dem es mehrere nebeneinanderliegende Türen gab.

»Beginnt die Therapiestunde bereits, bevor ich auch nur richtig angekommen bin?«

Er lehnte sich ein Stück zu mir herunter, sodass ich das

Gefühl hatte, seine Nähe tatsächlich nicht aushalten zu können. Sie war zu viel. Zu intensiv. Setzte jede meiner Synapsen in Alarmbereitschaft. »Schon als Sie einen Fuß auf mein Grundstück gesetzt haben, hat sie begonnen, Miss Collins.« Sein tiefer, hypnotischer Blick drang in mich, sickerte in jede meiner Pore, breitete sich darin aus wie flüssige Dunkelheit. Die Welt um mich herum verblasste, während ich mich in dem Abgrund seiner Augen verlor. »Eigentlich hat sie sogar schon begonnen, als Sie beschlossen haben, sich hier zu bewerben.«

Mit diesen Worten übergab er mir meinen Koffer und ging einen Schritt zurück, entließ mich aus der Situation, die an meinen Nerven zerrte.

»Der Schlüssel für Ihr Zimmer steckt von innen, Unterlagen zu dem gesamten Tagesablauf und den Zeiten Ihrer Therapiestunden liegen auf dem Tisch bereit. Jetzt möchte ich nur noch eines von Ihnen«, sagte er rau und erneut fragte ich mich, wieso die Präsenz dieses Mannes mich so verwirrte.

»Das wäre?«, wollte ich unsicher wissen.

»Ihr Smartphone.« Er streckte die Hand aus und ungläubig wechselte mein Blick zwischen seinen Augen und seiner Handfläche hin und her.

»Wie bitte?«

»Ich denke, Ihnen ist klar, dass Blackwood Hall eine elitäre Einrichtung ist, mit Persönlichkeiten, die keine Lust darauf haben, dass ihr Aufenthalt ans öffentliche Licht gerät.«

»Ich werde ganz bestimmt keine Fotos machen und sie verkaufen!«, erwiderte ich empört.

Caldwells Mundwinkel zuckte kurz. »Kontrolle ist besser als Vertrauen. Außerdem trägt es zu Ihrer Heilung bei, wenn Sie sich ganz auf sich selbst konzentrieren können.«

»Was, wenn ich Nein sage?«

»Dann wissen Sie, wo der Ausgang ist und ich wünsche Ihnen noch einen schönen Abend.«

Ich zögerte. Kein Kontakt zur Außenwelt, zumindest nicht dann, wenn ich wollte. Kontrolle war besser als Vertrauen, damit hatte er wohl recht, und ich konnte diese Maßnahme auf einer Seite verstehen, aber so verflüchtigte sich auch die Chance für mich, jemanden anzurufen, sollte ich Hilfe brauchen. Aber für was? Das hier war eine angesehene, seriöse Klinik, richtig?

»Ich warte, Miss Collins«, riss mich Caldwell mit einer Stimme aus meinen Gedanken, die keine Widerworte duldete. Seufzend zog ich mein Handy aus meiner Handtasche und übergab es ihm.

»Gute Entscheidung«, raunte er und nickte mir zu. »Dann eine gute Nacht.«

Mit diesen Worten wandte er sich ab, steckte eine Hand in seine Hosentasche und zog sein eigenes Smartphone heraus, das er gegen sein Ohr drückte. »Damian«, sagte er knapp einen Namen. »Wann findet es statt?« Damit verschwand er hinter einer Ecke und ich konnte seine Stimme nicht mehr hören.

Kopfschüttelnd betrat ich meinen mir zugewiesenen Raum und musste erneut schlucken, als ich das Licht angeschaltet hatte. Wenn alle Zimmer so waren, würde der Aufenthalt eine wahre Freude sein.

Ich ließ meine Tasche auf das gigantische Himmelbett fallen und ging langsam durch den Raum, glitt mit meinen Fingern über die antiken Möbelstücke. Ein massiver, handgefertigter Schreibtisch stand an einer Wand, darauf eine alte, aber sorgfältig restaurierte Schreibmaschine. Ein Stapel unbeschriebener Papiere lag daneben, als würde der Raum nur darauf warten, dass jemand seine Gedanken hier verewigt. An einer anderen Wand hing ein großes Gemälde, das eine düstere Waldlandschaft zeigte. Die Pinselstriche waren so lebendig, dass es fast so aussah, als wiegten die Bäume sich im Wind. Ich trat näher, um die Details zu bewundern, und bemerkte dabei einen kleinen Sekretär mit einer antiken Lampe, deren sanftes Licht den Raum in ein warmes, beruhigendes Leuchten tauchte.

Neben dem Schreibtisch befand sich ein hohes Bücherregal, gefüllt mit alten Büchern und modernen Klassikern. Neugierig zog ich ein Buch heraus und blätterte durch die Seiten. Es war eine Sammlung von Gedichten, jedes Wort sorgfältig ausgewählt und kraftvoll. Ich konnte mir vorstellen, Stunden hier zu verbringen, vertieft in die Welten, die diese Bücher boten.

Ich ging weiter zum Badezimmer und öffnete die Tür. Der Raum war fast so groß wie das Schlafzimmer selbst, mit einer frei stehenden Badewanne aus Marmor, die unter einem Fenster stand. Das Deckenlicht ließ den Marmor glitzernd schimmern. Eine geräumige Eckdusche und ein Doppelwaschbecken mit großen, vergoldeten Spiegeln rundeten den luxuriösen Eindruck ab. Zurück im Schlafzimmer zog ich die schweren, blutroten Vorhänge zur Seite und trat näher ans Fenster. Von hier aus konnte ich den Garten besser sehen. Die Hecken bildeten ein verschlungenes, beeindruckendes Labyrinth, dessen Wege oder Ende ich nicht richtig erkennen konnte, weil die Lichtverhältnisse und die Höhe des Zimmers es nicht zuließen.

Für einen Moment verlor ich mich in den Gedanken, wie viele Geheimnisse dieses alte Anwesen wohl verbarg. Das Labyrinth schien eine Metapher für meine eigenen Gefühle und Erinnerungen zu sein – komplex, verworren und schwer zu durchschauen.

Doch als ich genauer hinsah, erkannte ich erneut einen Schemen. Den Schatten. Jemand, der unter meinem Fenster stand und nach oben starrte. Ein Mann. Sein Gesicht war von der Dunkelheit der Nacht verdeckt, sein breiter Körper wirkte bedrohlich im schwachen Licht.

Ein Zittern erfasste meinen Körper. Hastig zog ich die

Vorhänge wieder zu und trat einen Schritt zurück. War das wirklich eine Einbildung? Oder hatte ich tatsächlich jemanden gesehen? Mein Herz raste und ich versuchte, meine Gedanken zu beruhigen. Es musste einfach eine Einbildung sein.

Tief in mir wusste ich, dass dies kein gewöhnlicher Ort war. Es war ein Ort voller Geheimnisse und es reizte mich, diese zu ergründen. Auch wenn es bedeutete, dass ich mich meinen tiefsten Ängsten stellen musste.

Ich setzte mich auf die Bettkante, versuchte, tief durchzuatmen. Doch die Bilder des maskierten Mannes und das unheimliche Gefühl der Beobachtung ließen mich nicht los. Der Schatten unter meinem Fenster war ein weiteres Puzzleteil in dem großen, beunruhigenden Bild, das Blackwood Hall darstellte. Und ich wusste nicht, ob ich hier war, um es zu lösen, oder selbst ein Teil davon zu werden.

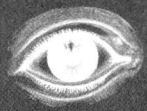

SCHMUTZIGES KLEINES GEHEIMNIS

»Hier, hinter diesen dunklen Mauern, tanzen Sünde und Heilung einen endlosen Reigen. Es gibt kein Ende und kein Anfang. Kein Gut und kein Schlecht. Kein Morgen und keine Nacht. Es gibt nur dich und das, was Blackwood Hall mit dir anstellen will.«

- Margaret Holloway, 1880

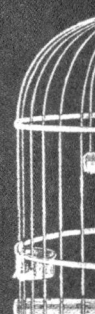

4

XAVIER

Die Haut an meinen Fingerknöcheln platzte auf. Ich spürte das Reißen, als meine Faust ein weiteres Mal gegen den Schädel des Mannes vor mir schlug. Ihn ein weiteres Mal in Richtung Bewusstlosigkeit schickte. Ich könnte ihn umbringen. Aber das war nicht mein Ziel. Er sollte nur etwas leiden. Als Exempel hinhalten, damit jeder sah, was passierte, wenn man uns verarschte.

Manche sagten, ich wäre Zacharys Wachhund, aber uns verband mehr. Viel mehr, als jemand, der uns und unsere dunkle Vergangenheit nicht kannte, jemals begreifen könnte.

Wir waren mehr als Brüder. Mehr als Verbündete in diesem Spiel, aus dem wir alle nur herauskommen würden, wenn wir starben.

Aber so lange wir immer noch lebten, gab es nur ein Ziel. An die Spitze zu gelangen.

Und dafür musste man hin und wieder Wege einschlagen, die nicht viele beschreiten würden. Wege, die so undurch-schaubar waren wie der Grund, weshalb wir alle hier auf dieser abgefuckten Erde wandelten.

Ich war kein Gläubiger, beim Teufel, ich war alles andere

als das, aber ich glaubte daran, dass es für alles einen Grund gab.

Und ich hatte vor einigen Stunden einen neuen gefunden, der mein Leben lebenswert machte. *Sie.* Die direkt in unsere Arme gelaufen war, ohne zu wissen, was das wirklich für sie bedeutete.

Ich hatte ihre aufgerissenen, puppenhaften Augen gesehen, die mich nervös von ihrem Platz an dem Fenster ihres Zimmers gemustert hatten. Augen, die mir seitdem nicht mehr aus dem Kopf gegangen waren.

Zach hatte mich irgendwann einmal als obsessiv diagnostiziert. Worüber ich nur lachen konnte, weil er einer der triebgesteuertsten Menschen war, denen ich jemals begegnet war. Und das sagte ich, der kein Problem damit hatte, einem Typen ohne Grund den Schädel einzuschlagen. Zach hatte es nur besser drauf, so zu tun, als hätte er alles unter Kontrolle. Doch unter seiner beherrschten Oberfläche brodelte es genauso wie in mir.

Ich erhob mich von dem schlaffen Körper am Boden, auf dem ich gesessen hatte, zog mir ein Taschentuch aus der Jeanstasche und säuberte meine Finger dürftig. Das sollte als Nachricht ausreichen.

Danach nahm ich mein Telefon, schoss ein Foto der Pissbacke und verschickte es mit den Worten: »Spielschulden sind Ehrenschulden, mein Freund. Morgen, abgemachte Uhrzeit. Keine Sekunde später.«

Ich schlenderte nach draußen und setzte mich in meinen mattschwarzen Mustang, ehe ich erneut den Weg zurück nach Blackwood Hall fuhr. Zurück nach Hause. Zurück an den Ort, der mich umbringen würde und an dem ich mich dennoch lebendiger fühlte als irgendwo zuvor.

Ich startete den Motor. Und wieder dachte ich an diese Augen. Das dunkelbraune, offene Haar. Die hübschen Gesichtszüge, von denen ich durch die Entfernung viel zu wenig hatte erkennen können. Ich musste sie aus der Nähe sehen. Ihre Stimme hören. Herausfinden, wer sie war.

Ich fuhr die kurvige Landstraße durch den Wald, bis sich das beleuchtete Anwesen von der Dunkelheit abhob und ich auf die Kieseinfahrt abbog. An der Seite des Hauses steuerte ich meinen persönlichen Stellplatz auf dem Parkplatz für Mitarbeiter mit direktem Zugang zu einem der Hintereingänge an und stellte meinen Wagen ab. Zach achtete peinlich genau darauf, wen er in Blackwood anstellte und ob man diesen Personen mit allem, was man hatte, vertrauen konnte. Denn die Anstalt war nicht nur eine einfache Einnahmequelle. Sie war viel mehr. Für ihn. Für mich. Für uns alle.

Ich kannte so gut wie jeden Winkel auf dem Anwesen und innerhalb des Hauses, kannte jeden Geheimgang, jedes Versteck innerhalb der Wände, von dem aus man jedes Wort verstehen konnte, was hier geflüstert wurde. Mir entging nichts. Vielleicht war ich auch deshalb so wertvoll für Zach. Ich war mehr als ein loyaler Spitzel. Auch wenn selbst ich hin und wieder seine Beweggründe nicht verstehen oder nur erahnen konnte, aber er hatte mich noch nie enttäuscht. Das allein reichte für mich als Grund aus, ihm uneingeschränkt bis in den Abgrund zu folgen.

Das alte Holz des Hauses knackte bei jedem meiner Schritte. Ich steuerte Zachs Büro an, durchquerte den kleinen Vorraum und öffnete seine Tür, ohne anzuklopfen. Er saß an dem protzigen Eichenholzschreibtisch vor seinem PC und schaute mit einer hochgezogenen Augenbraue auf. Der Raum war um diese späte Uhrzeit nur von schummrigem Licht erhellt. Der Stuck an den hohen, verzierten Wänden warf gruselige Schatten an die Decke.

»Erledigt«, sagte ich knapp und ließ mich auf das Sofa der Sitzgruppe in der Ecke fallen. Ich zog mein Smartphone aus der Tasche und überflog einige Nachrichten. »Und jetzt möchte ich eine Gegenleistung«, sagte ich locker, als würde in mir nicht etwas heranreifen, das wahrscheinlich alles andere als gut überlegt war.

»Natürlich«, erwiderte Zach, schob sich ein Stück mit seinem Schreibtischstuhl zurück und verschränkte die Arme vor der Brust. »Ist schon auf deinem Konto.«

»Nein, diesmal nicht das.« Ich sah auf. Der Mond, der silbriges Licht durch das Fenster hineinwarf, stand rund und voll am Himmel. »Ich will ab sofort Zugriff auf die Akte der neuen Patientin.«

»Interessant«, erwiderte Zach, und ein leichtes Schmunzeln erschien auf seinen Lippen. »Es ist schon ziemlich lange her, dass unser Interesse gleichermaßen geweckt wurde.«

Diesmal war ich es, der die Augenbraue hochzog. »Sag bloß.« Die Frauen hier waren tabu. Doch im Grunde waren auch wir nur Männer. Wir zogen los. Wir fickten. Aber wir begehrten schon ziemlich lange nicht mehr. »Welche Schraube sitzt bei ihr locker?«

»Kann ich dir noch nicht sagen, wir hatten noch keine Stunde«, erwiderte Zach. Er log. Er musste irgendetwas über sie wissen, sonst hätte er ihr niemals einen Platz hier angeboten.

»Übergibst du sie einem anderen Psychoheini?«

Er überlegte einen Augenblick, dann schüttelte er langsam den Kopf. »Ich glaube, diesmal übernehme ich persönlich.«

»Gute Entscheidung«, gab ich grinsend zurück. »Wo hast du sie reingesteckt? Flur 8?«

»Flur 9.«

»Dich muss es ja erwischt haben«, sagte ich lachend. »Denkst du, sie freut sich über Frühstück am Bett?«

»Übertreibe nicht, Xav.«

Diesmal musste ich wirklich laut lachen. »Das sagt der Richtige!« Ich grinste. »Wir hatten schon lange keinen Spaß mehr, wenn ich so recht überlege.«

»Patientinnen sind tabu.«

»Spielverderber«, erwiderte ich. »Sie ist volljährig, oder nicht? Und ich bin schließlich nicht ihr Arzt, sondern nur einer der Pfleger. Mal davon abgesehen ...« Ich stand auf und streckte mich kurz. Der Tag war unendlich lang gewesen. »Als ob du dich um irgendwelche Regeln scheren würdest.«

»Du weißt, was gerade auf dem Spiel steht. Keine Ablenkungen«, erwiderte Zach und ich verdrehte die Augen.

»Sie wäre keine Ablenkung. Außerdem kann ich besser denken, wenn ich nicht untervögelt bin.«

»Dann such dir draußen eine Frau.«

»Mal sehen«, gab ich entspannt zurück und steuerte die Tür in Richtung Flur an. »Erst mal möchte ich sie kennenlernen.«

»Xav«, sagte Zach mahnend. »Sie wird nicht angerührt.«

Ich drehte mich noch einmal zu ihm um. »Mal schauen, wie lange du dich an deine eigenen Regeln halten kannst, nachdem du deine erste Stunde mit ihr hattest, Mister Saubermann.« Ich zwinkerte ihm zu.

Sein Blick verharrte einen Moment auf mir und ich sah ihm direkt an, dass er irgendetwas ausheckte.

»Okay, wie wäre eine Wette? Stehst du nicht auf Wettspiele?«, fragte er mich, öffnete seine Schreibtischschublade und legte ein Kartenspiel auf die Tischplatte, das mir nur allzu gut bekannt vorkam.

Ich presste die Lippen aufeinander. Damit sprach er genau den Trieb in mir an, der es mir unmöglich machte, Nein zu sagen. »Was schwebt dir vor, du Mistkerl?«

»Derjenige, der die höhere Karte zieht, legt die Regeln fest.«

Ich presste die Kiefer aufeinander. »Ich habe noch nicht zugestimmt«, brummte ich und trat näher, zog eine Karte aus dem Stapel, den Zach mir hinhielt. Mit einem triumphierenden Grinsen schaute ich darauf. Herz Dame. Ich legte sie vor ihm auf die Platte, doch er lehnte sich nur überlegen auf seinem Stuhl zurück. »Was hast du?«

Mit einem Schmunzeln drehte er seine Karte um. Ass. Fuck.

»Lass hören«, knurrte ich.

»Geld allein als Einsatz reicht nicht«, sagte Zach und seine Stimme war kühl und berechnend. Ich wusste, dass er seine bescheuerten Psychospielchen bei mir anwandte und konnte dennoch nicht aussteigen. »Wie wäre es, wenn der Verlierer Seraphina aufgeben muss? Komplett.«

Seraphina. So hieß sie. Teufel. Ich hatte einen Namen. »Der Gewinner bekommt das alleinige Recht auf sie, über ihre Therapie und darf vor allem über ihren zukünftigen Aufenthalt in Blackwood bestimmen.«

»Was sind die Bedingungen des Gewinns?«, wollte ich wissen.

»Der, der sie als Erstes fickt, verliert.«

»Dann halten wir uns beide von ihr fern und die Sache ist geritzt.«

»Nein«, erwiderte Zach. »Es ist uns beiden klar, dass du das nicht mehr kannst, aber abgesehen davon, spielt ihr Vertrauen eine Rolle bei der Sache. Dem Gewinner vertraut sie ein Geheimnis an, das sie niemandem sonst sagt.«

»Das bedeutet, wir müssen ihr nahe kommen, ohne ihr wirklich nahe zu kommen? Emotional?« Ich verzog das Gesicht. »Das ist Folter.«

»Natürlich ist es das«, gab Zach schmunzelnd zurück. »Das macht den Reiz doch daran aus.«

»Wenn deine Patienten wüssten, was für ein verdammter Psycho du in Wirklichkeit bist... «, erwiderte ich seufzend, weil ich wusste, ich würde die Wette ohnehin annehmen. Ich konnte charmant sein, wenn ich wollte, ein Freund, ein Vertrauter. Aber das konnten wir beide, wenn wir es darauf anlegten. Wir waren nicht in der Lage, uns zu verlieben, dazu waren wir zu kaputt, aber wir waren beide dazu imstande, etwas vorzutäuschen, was nicht vorhanden war.

»Du hast einen Vorteil, dir erzählt sie ohnehin Sachen, weil du ihr Psychologe bist.«

»Es geht nicht um Oberflächliches, Neigungen oder so etwas, ich möchte das wahrhaft kranke Zeug aus ihr herauskitzeln. Das, was du wirklich niemandem jemals sagen würdest. Und das könntest du auch, wenn du Zeit bei der manuellen Therapie mit ihr verbringst.«

»Manuell? Du meinst, ich darf sie anfassen, aber nicht ficken?«

»Korrekt.«

»Ich hasse dich«, gab ich trocken zurück und Zachs berechnendes Grinsen wurde breiter. »Aber ich stimme zu.« Ich streckte ihm meine Hand entgegen. Wir schlugen ein. »Natürlich tue ich das«, murmelte ich.

»Auf einen fairen Wettstreit, Freund.«

»Auf einen fairen Wettstreit«, gab ich zurück, in dem Wissen, jeden Trick anzuwenden, war er auch noch so schmutzig.

Ich kannte Zach. Und mir war klar, er würde sich nicht so einfach geschlagen geben. Im Gegenteil. Vielleicht war das der frische Wind, der uns einige Zeit lang gefehlt hatte.

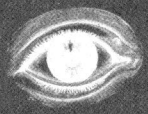

SCHMUTZIGES KLEINES GEHEIMNIS

*»In seinen Augen finde ich ein Labyrinth, in dem ich mich
bereitwillig verirre. Ich weiß, dass es mich in das dunkle
Verderben führen könnte, wenn ich den Weg zurück nicht mehr
finde, und dennoch wage ich einen Schritt hinein. Einen
weiteren. Ich laufe so weit, bis ich weiß, es gibt kein Zurück
mehr, und drehe auch dann nicht um.«*

- Margaret Holloway, 1880

5

SERAPHINA

nders als erwartet, hatte ich unglaublich gut geschlafen. Die Wände mussten extra dick sein, denn ich hatte rein gar nichts vernommen, bis ich vollkommen erholt aufgewacht war. Ich hatte keine Ahnung, wann ich das letzte Mal durchgeschlafen hatte. Aber vielleicht hatten mich auch nur die Reise hierher und all die Eindrücke so kaputt gemacht und es war weniger der Tatsache geschuldet, dass ich mich hier so etwas wie sicher fühlte. Immer noch war das genaue Gegenteil der Fall. Ich hatte keine Ahnung, was ich von dem Ort halten sollte, aber für ein Urteil hatte ich auch noch viel zu wenig gesehen. Was sich heute definitiv ändern würde.

Beim Zähneputzen stand ich vor dem breiten Waschtisch und mein Blick wanderte immer wieder zu der ausladenden Wanne hinter mir. Ich hatte mir gestern den kompletten Tagesablauf für eine Woche angesehen. Daher wusste ich, dass ich noch eine Stunde hatte, ehe ich runter zum Frühstücksraum gehen konnte.

Ich war doch auch zum Entspannen hier, oder nicht?

Also schlüpfte ich kurzerhand aus Schlafshorts, Slip und T-Shirt, ließ warmes Badewasser ein und benutzte den rosafarbenen, duftenden Zusatz, der auf dem Rand stand. Die

Ausstattung des Zimmers war wirklich wie in einem ziemlich luxuriösen Hotel, was ich mir niemals hätte leisten können. Das wenige Geld, was ich mir nebenbei als Aushilfe in einem Café erarbeitete, reichte gerade, um für die Miete im Studentenheim aufzukommen und zum Abbezahlen meines Studienkredites.

Ich verdrängte die Gedanken und konzentrierte mich auf das Hier und Jetzt. Meine Muskeln entspannten sich umgehend, als mein Körper immer tiefer in dem warmen Wasser versank. Ich schloss die Lider und legte den Kopf auf dem Rand ab. Sofort kam mir die Erinnerung an Caldwells Augen in den Sinn, als hätte jemand blitzartig eine Diashow in meinem Kopf angeschaltet.

Allein sein Bild auf der Webseite hatte meinen Atem stocken lassen, aber direkt vor ihm zu stehen, seinen Duft zu inhalieren, die Sehnen und Muskeln auf seinen starken Unterarmen sehen zu können, weil er sein Hemd nach oben geschoben hatte ... Die Kraft erahnen zu können, die in einem einzigen Griff seiner großen Hände lag.

Gott. Irgendetwas war so verdammt verkehrt mit mir, dass mir sofort der Gedanke durch den Kopf schoss, wie er genau diese Hände um meine Kehle legen würde. Aber das wusste ich bereits, dafür war ich hier, um diese kranke Sehnsucht ein für alle Mal loszuwerden, richtig?

Dennoch konnte ich das Pochen und Pulsieren zwischen meinen Beinen nicht ignorieren. Definitiv nicht. Es war falsch, an Caldwell zu denken, während meine Hand langsam über meinen Bauch nach unten strich, falsch, daran zu denken, wie er mich rücksichtslos an die Wand pressen könnte und seine Hand sich auf meinen Mund legte, damit ich nicht schrie. Wie ich versuchte, mich gegen seinen unnachgiebigen Griff zu wehren und er dennoch meine Bluse aufriss, sich nahm, was er wollte. Dabei alles in mir anzündete.

Fuck. Ich drückte den Rücken durch, als mein Finger zum

ersten Mal meinen Kitzler berührte, ihn ganz sachte streifte. *Dr. Zachary Caldwell.* Sein Name lag auf meinen Lippen, als ich tiefer fuhr und den Finger zwischen meine Schamlippen drückte, langsam in mich eindrang.

Mein Herzschlag beschleunigte sich umgehend und verlangende Hitze war das einzige Gefühl, aus dem ich bestand.

Er war Psychologe. Er würde mich studieren, um mich zu heilen und nicht, um meine Neigungen noch zu verstärken, das war mir klar. Dennoch hatte er etwas an sich, das mich sofort angesprochen hatte. Ich fickte mich selbst schneller, bewegte mein Becken im Rhythmus meiner Stöße, das Wasser schwappte leicht über den Rand und ich schwebte über dem Abgrund. Bereit, jederzeit in die dunkle Tiefe abzustürzen.

Doch es war nicht genug. Frustration nagte an mir und das Verlangen nach mehr, nach der rauen Härte, die meine Fantasien erfüllte, stieg auf ein unerträgliches Maß an. Mein Höhepunkt schien mir immer wieder zu entgleiten, es war, als wollte ich Rauch einfangen, der sich meinem Griff entzog.

»Verdammt«, flüsterte ich und biss mir auf die Unterlippe. In meiner Vorstellung sah ich, wie Caldwell mich packte, mich zwang, auf die Knie zu sinken, und mir den Atem raubte, während sein intensiver Blick mich verbrannte.

Das Gefühl baute sich erneut auf, meine Finger bewegten sich schneller. Doch es reichte nicht. Es war nie genug. Tränen sammelten sich in meinen Augen, während ich mich verzweifelt weitertrieb, mein Orgasmus heranrauschte, um sich im gleichen Moment wie eine Welle zurückzuziehen.

Ich brauchte Härte. Dominanz. Um mich frei fühlen zu können und endlich den Frieden zu finden, nach dem ich mich so sehr sehnte. Aber in diesem Moment gab es nur mich. Allein in der Dunkelheit, verloren in meinem unerfüllten Verlangen.

Plötzlich ließ mich ein lautes Klopfen gegen die

Zimmertür zusammenzucken. Seufzend zog ich meine Finger zurück und hoffte, dass der Besucher vielleicht wieder ging, aber nein. Das Klopfen wurde zu einem Hämmern, das das antike Türblatt fast aus den Angeln hob. Grundgütiger …

Ich stieg aus der Wanne und warf mir den kuscheligen Bademantel über, der im Badezimmer gehangen hatte, ehe ich zur Eingangstür ging. »Kleinen Moment!«, rief ich und öffnete kurz darauf. Und erneut fühlte ich mich völlig überrumpelt.

Ein Mann stand mit einem Tablett in seinen tätowierten Händen vor mir. Auch seine trainierten Arme waren komplett tätowiert, zumindest was ich bis zu seinem angespannten Bizeps erkennen konnte. Sein breiter Oberkörper wurde von einem mitternachtsblauen Hemd mit V-Ausschnitt eines der Pfleger verdeckt. Ein Namensschild hing daran. Xavier Knight. Wieso hatte ich ihn auf der Webseite nicht gesehen oder war er mir nur nicht aufgefallen?

Als ich weiter nach oben sah, schaute ich direkt in ein Paar unnatürlich dunkler Augen und in ein wahnsinnig attraktives Gesicht. Seine Nase war leicht schief, als hätte er sie sich bereits einmal gebrochen, aber das tat seiner Anziehung auf mich keinerlei Abbruch. Er schmunzelte überheblich, als wüsste er, dass ich ihn deutlich zu lange gemustert hatte. Natürlich wusste er ganz genau, was für einen Eindruck er hinterließ.

»Guten Morgen, Miss Collins. Ich bin hier, um Ihnen Ihr Frühstück zu servieren«, sagte er mit tiefer Stimme. »Ich wusste nicht, ob Sie süß oder herzhaft bevorzugen, deshalb habe ich es mir erlaubt, Ihnen an Ihrem ersten Morgen einfach alles zu bringen.«

»Aber … ich dachte, das Frühstück findet in dem Speisesaal statt?«, fragte ich perplex, doch er zuckte nur leicht mit den breiten Schultern.

»Geschenk des Hauses zu Ihrer Ankunft. Also, wo darf ich es abstellen?«

»Ähm … hier, auf dem Tisch?«, erwiderte ich unsicher, trat einen Schritt zurück und er ging an mir vorbei. Auch er war unfassbar groß. War das etwa ein Einstellungskriterium für alle männlichen Mitarbeiter? Verdammt, mir wurde definitiv warm, als er durch den Raum lief und das Tablett auf dem kleinen, runden Tisch in der Ecke abstellte. Ich zog den Gürtel des Bademantels fester und schlang die Arme um meinen Körper. Sein Gang war geschmeidig, fast schon raubtierhaft, und ich konnte nicht anders, als ihn zu mustern. Die Spannung in der Luft war förmlich greifbar. Als er sich umdrehte, sah ich, wie sein Blick kurz zu meinem geöffneten Koffer auf dem Boden huschte, in dem natürlich ausgerechnet meine Höschen ganz oben lagen. Gestern hatte ich keine Lust mehr gehabt, mein Gepäck auszuräumen, und hatte es auf heute geschoben. Hätte ich es mal früher erledigt …

»Danke«, sagte ich schnell und sein Blick wanderte zu mir. Er fuhr sich lässig durch die dunkelbraunen Haare und zerzauste sie sich noch ein wenig mehr.

»Ich habe mich noch nicht vorgestellt. Mein Name ist Xavier.« Er streckte mir die Hand entgegen und ich ergriff sie zögerlich. Sein Daumen strich für einen flüchtigen Moment über meine Haut. Ein Schauer lief über meinen Rücken und mein Herz stockte. Seine Berührung war nicht nur ein einfacher Handschlag, sie war wie eine stille Herausforderung. Dennoch hielt ich seinem festen Blick stand. Sein Mundwinkel zuckte, als müsste er sich ein ausgewachsenes Grinsen verkneifen.

»Seraphina. Aber das wissen Sie ja bereits«, sagte ich und spürte, wie Röte in meine Wangen schoss. Immer noch fixierte er mich, immer noch hielt er meine Hand. Immer noch wusste ich nicht, wie ich mit dieser Situation umgehen sollte. Die Spannung zwischen uns war so dicht, dass ich sie beinahe schmecken konnte. Normalerweise war ich kein extrem schüchterner Typ, aber in Anbetracht der Tatsache, dass ich mich hier in einer Psychiatrie befand und einige der Angestellten bald meine tiefsten, dunkelsten Neigungen erfahren würden ... machte es mich nervös, wie mein Körper auf gleich zwei der Männer hier reagierte.

»Das weiß ich, ja«, raunte er auf meine Aussage hin und meine Atmung beschleunigte sich. Wollte er mir wirklich nur mein Frühstück bringen? Ich hatte plötzlich einen ganz anderen Eindruck. Seine Stimme klang wie ein dunkles, samtiges Versprechen, und ich fragte mich unwillkürlich, wie weit er bereit war zu gehen. Mir wurde vor Anspannung etwas übel.

Das Problem mit Fantasien war, dass sie sich ausschließlich in meinem Kopf abspielten. Sie waren nur für mich. Meine Neigungen funktionierten in meinem Geist deshalb so gut, weil ich jederzeit die Kontrolle hatte, auch wenn das irgendwie widersprüchlich wirkte. Aber hier, mit diesem fremden Mann allein in einem Zimmer, der mich eindeutig musterte und nicht einmal Anstalten machte, mich loszulassen, erwachte blanke Angst in mir zum Leben. Was würde passieren, wenn er mich wirklich berührte, obwohl ich es nicht wollte? Ich hatte keinerlei Chance gegen ihn und die Kraft seiner straffen Muskeln.

Doch endlich löste er seine Finger von mir und ich atmete leise und erleichtert aus. Ein schiefes Lächeln umspielte seine Lippen, als ahnte er ganz genau, was in mir vorging. »Ich bin ab sofort Ihr persönlicher Ansprechpartner abseits von den Gesprächsstunden«, erklärte er. »Haben Sie Ihren Behandlungsplan gelesen?«

»Selbstverständlich«, erwiderte ich und erneut zeigte er ein kleines Schmunzeln, das mir sowohl Angst machte als auch eine seltsame Aufregung verursachte.

»Vorbildlich. Dann wissen Sie sicherlich, dass Blackwood Hall viele Ansätze zur Therapie hat?«

»Auf was genau wollen Sie hinaus?«

Er trat einen Schritt näher. »Manuelle Stimulation«, gab er rau zurück. »Sportangebote, Kunst, Kultur.« Er machte eine wegwerfende Handbewegung. »Das volle Programm. Wenn Sie sich zu etwas abseits des Plans anmelden möchten, geben Sie mir Bescheid.« Seine Worte waren eine offene Einladung, doch die Dunkelheit in seinen Augen versprach weit mehr als nur das.

Ich konnte den forschenden Blick nicht von ihm abwenden. Etwas an seiner Nähe, seiner Präsenz, ließ mein Herz schneller schlagen. Er schien geradewegs in meine Seele zu blicken, und es wirkte so, als ob er schon längst all meine Geheimnisse kannte.

»Gibt es etwas, das Sie jetzt gleich ausprobieren möchten?«, fragte er und seine Stimme war nur ein raues Flüstern. Seine Worte klangen harmlos, aber die Art, wie er sie aussprach, ließ meine Knie weich werden.

»Jetzt ... jetzt gleich?«, stammelte ich und erinnerte mich daran, dass ich immer noch nur einen Bademantel und sonst nichts trug.

Plötzlich trat er noch näher. Seine Hand hob sich und glitt über meinen Arm, hinterließ eine heiße Spur auf meiner Haut, obwohl er nur den Stoff des Bademantels berührte. »Manchmal ist es besser, einfach zu handeln, ohne lange darüber nachzudenken.«

Bevor ich reagieren konnte, griff er nach meinem Handgelenk und zog mich sanft, aber bestimmt in Richtung des großen Sessels in der Ecke des Raumes. »Setzen Sie sich«, befahl er und ich gehorchte, ohne wirklich darüber nachzudenken, während mein Herz in meiner Brust jagte und meine Atmung sich beschleunigte. »Wir testen jetzt ein paar Entspannungstechniken, die Sie anwenden können«, sagte er und kniete sich vor mich. Er hob seine Hand und nahm meine, massierte gekonnt den Punkt zwischen Daumen und Zeigefinger, bis er anscheinend die Narbe an meiner Handinnenfläche spürte. Langsam drehte er meine Hand herum und fuhr darüber, schaute danach fragend zu mir auf.

Ich entzog ihm meine Finger und legte sie in meinen Schoß. »Ich denke, ich würde doch lieber gerne erst frühstücken.« Unwillkürlich presste ich meine Oberschenkel zusammen.

»Entspannen Sie sich«, erwiderte er, ohne auf meine Aussage einzugehen. Seine Hände legten sich auf meine Knie und die Berührung schoss wie ein Stromschlag durch mich hindurch. »Atmen Sie tief ein und aus.« Wie sollte das funktionieren, wenn seine Finger auf mir lagen? »Sie müssen sich nicht unwohl fühlen«, raunte er. »Ich bin ausgebildeter Physiotherapeut, ich werde sie häufig berühren müssen, um die Spannungen lösen zu können.«

»Ich habe keine Spannungen«, erwiderte ich hastig und er grinste.

»Deshalb sind sie auch hier, richtig? Weil alles in Ordnung ist.« Erwischt. Ich räusperte mich und rutschte ein Stück zurück. Dabei legte der Stoff des Bademantels etwas mehr von meinen Oberschenkeln frei. Ich wollte ihn zurechtziehen, doch blitzschnell packte er meine Handgelenke. Entzündete damit ein Feuerwerk in meinem Innern, das von meinem Bad gerade eben immer noch glühte. »Hände auf die Lehnen«, raunte er und drückte meine Arme links und rechts darauf. Ich konnte im Ansatz erahnen, was für eine Kraft hinter seinen Berührungen steckte. »Augen zu.« Ich zögerte. »Ich sagte ... Augen. Zu«, wiederholte er mit dominantem Tonfall, dem ich mich kaum widersetzen konnte.

Ich folgte seinem Befehl und war dabei ein einziges Nervenbündel. So spürte ich die Berührung seiner Finger noch intensiver auf meiner Haut. Ich hatte keine Ahnung, was er als Nächstes tat und das war auf eine Art aufregend. Mit sanftem Druck strichen seine Hände über meine Beine, seine Fingerspitzen drückten etwas in meine Haut, um die Muskeln darunter zu ertasten. »Sehr gut«, murmelte er. »Sie machen das großartig.« Er fuhr weiter nach oben, bis zum Saum des Bademantels. Alles in mir pulsierte. Alles in mir wollte, dass er weiterging. Dass er grob meine Beine auseinanderschob. Dass er seine starken, großen Hände weitergleiten ließ bis zu meiner Mitte, die immer noch sehnsüchtig auf ihre Erlösung wartete.

Doch plötzlich änderte sich die Atmosphäre im Raum. Ein Geräusch an der Tür ließ mich zusammenzucken, und als ich die Augen öffnete, sah ich Dr. Caldwell im Türrahmen stehen wie ein Schatten, der einfach aufgetaucht war. Sein Blick war eiskalt, nicht mal der Ansatz eines Lächelns umspielte seine vollen Lippen. Verdammt, was dachte er sich, wenn er mich mit Xavier in dieser Position vorfand?

»Entschuldigen Sie die Störung«, sagte er mit ironischem Tonfall. Xavier schien mehr amüsiert als ertappt. Er strich unauffällig den Stoff des Bademantels zurück und stand auf. »Aber ich wollte sehen, wie es unserer neuen Patientin geht.«

Sein Blick wanderte zu Xavier und eine unausgesprochene Spannung schien zwischen ihnen zu herrschen. Hatte Xavier schon einmal die Grenze zwischen Pfleger und Patientin überschritten? Vielleicht musste ich mich mehr vor ihm in Acht nehmen als gedacht.

»Wir hatten gerade eine kleine Einführung in die manuelle Therapie und in ein paar grundsätzliche Entspannungstechniken«, erklärte Xavier ruhig, aber ich konnte das Funkeln der Herausforderung in seinen Augen sehen.

Caldwell verschränkte die Arme. Auch heute trug er eine dunkle Anzugshose und ein schwarzes Hemd, dazu eine farblich passende Weste. »Natürlich«, sagte er, seine Stimme glatt wie Seide. Er wandte sich direkt an mich. »Ich hoffe, Sie haben gut geschlafen, Miss Collins.« Seine Augen fixierten mich und ich spürte, wie mein Magen sich verkrampfte.

Schnell stand ich auf. Denn auch wenn meine Körpergröße ihrer eindeutig unterlegen war, wollte ich das Gefühl abschütteln, unter ihnen zu stehen. »Ja, danke«, erwiderte ich. Immer noch war ich unsicher, was als Nächstes passieren würde, und fühlte mich wie ein Spielball in einem dunklen Spiel.

»Gut, das freut mich«, gab Caldwell schließlich zurück. »Sie sollten frühstücken und sich anziehen«, sagte er so verächtlich, als hätte ich all das inszeniert und geplant, halb angezogen die Tür zu öffnen. Was dachte er sich dabei? »Unser erstes Treffen beginnt in einer Stunde.«

Mit diesen Worten drehte er sich um und verließ den Raum, aber die Kälte seiner Präsenz blieb und ließ mich frösteln.

Xavier sah mir tief in die Augen. »Wir sehen uns am Nachmittag.« Seine Worte klangen wie ein raues Versprechen. Er nickte mir zu und folgte Caldwell aus dem Raum. Ich hörte, wie die Tür hinter ihm zuging und atmete aus.

Was war das denn? Direkt an meinem ersten Tag geriet ich in den Fokus zweier Männer, die eindeutig ein Spiel trieben. Doch was für eins, konnte ich nicht einmal im Ansatz erahnen.

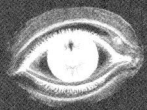

SCHMUTZIGES KLEINES GEHEIMNIS

»Jede Berührung seiner Worte ist wie Feuer und Frost gleichzeitig, wie ein Rätsel, das mein Herz und mein Verstand nicht lösen können. Erst gibt er mir das Gefühl, es wert zu sein, seine gesamte Aufmerksamkeit zu bekommen, und im nächsten Wimpernschlag bin ich nicht mehr als ein lästiger Fussel an seinem Revers. Er ist ein wandelndes Spiel aus heiß und kalt, aus Nähe und Distanz, und bringt mich bei jedem Spielzug mehr um den Verstand.«

- Margaret Holloway, 1880

6

SERAPHINA

I ch spürte die Anspannung in meinen Schultern, als ich die langen, düsteren Korridore entlangging. Ergänzend zu den Zeitplänen hatte man mir die wichtigsten Räume auf einer Karte eingezeichnet, aber durch diese verfluchten, verwinkelten Flure war es dennoch schwer, den Weg zu finden.

Draußen war es Tag, doch das gedämpfte Licht der Wandlampen warf unheimliche Schatten an die smaragdgrünen Wände und das Echo meiner Schritte hallte durch die leeren Gänge. Wo waren die anderen Patienten? Wo die Menschen, die ich auf der Party gesehen hatte und wo die Angestellten? Bisher war ich rein gar niemandem begegnet und das machte mich stutzig. Sollte es hier nicht von Menschen wimmeln? Aber vielleicht war dieser Ort deshalb so elitär, weil sie nur wenige Patienten aufnahmen, um die sich ganz besonders gekümmert werden konnte.

Ich schüttelte das unwohle Gefühl ab und lief weiter. Die unzähligen Türen verwirrten mich und mein Herz schlug schneller, als ich versuchte, mich zu orientieren.

Caldwell war sicherlich nicht begeistert, wenn ich zu spät zu unserem ersten Termin kam. Ich bog um die Ecke, blieb stehen und studierte erneut den Plan in meinen Händen. »Zimmer 104«, murmelte ich und lief zielstrebig auf einen der Räume zu. Ich öffnete die Tür und trat einen Schritt hinein, blieb jedoch abrupt stehen, weil es ein wenig dauerte, bis ich mich orientiert hatte.

Der Raum sah den anderen ähnlich. Hohe Decken, dunkle, vertäfelte Wände, antike Möbel. Keine Spur von Caldwell, allerdings geriet mein Herz aus dem Takt, als ich erkannte, in was für eine Szene ich hineingeplatzt war.

In der Mitte stand ein massiver Tisch, doch das war nicht das, was meine Aufmerksamkeit sofort auf sich zog.

Auf dem Tisch lag eine Frau. Der Rock ihres Kleides war bis zu ihren Brüsten nach oben geschoben. Ein Mann trat heran, sein Blick war fest auf sie gerichtet, sein Oberkörper nackt. Schwarze Tinte glänzte auf seiner Haut, verschnörkelte Tätowierungen wie Schlangen in wilder Ekstase. Ketten und Ringe funkelten im Licht auf, als er die Hand hob und sie um die Kehle der Frau legte. Ich erkannte das Spiel seiner Bauchmuskeln, als er sich zu ihr beugte und sie mit intensiver Hingabe küsste. Sie stöhnte leise, drückte den Rücken durch, als seine freie Hand zwischen ihren Beinen verschwand. Er streichelte sie, bis seine Bewegungen fester wurden, härter. Plötzlich änderte sich etwas an ihr. Für einen Moment wurde sie panisch und versuchte, seine kräftigen Finger von ihrem Hals wegzuziehen. Sie röchelte und ich war gleichzeitig verwirrt, erregt und voller Zweifel, ob ich ihr nicht helfen sollte.

Die Augen der Frau verdrehten sich, ihre Hände erschlafften, sie wurde ganz still, bis der Mann die Finger von ihrem Hals löste und sie mit einem lauten Schrei unter der Berührung zwischen ihren Beinen kam. Mein Herz hämmerte in meiner Brust. Die Szene vor mir war eine rohe Mischung aus verlangender Anziehung und Untergang, aus Lust und

Verzweiflung, und ich fühlte einen seltsamen Cocktail unterschiedlicher Gefühle, die mich vollständig durcheinanderbrachten.

Plötzlich hob der Mann den Kopf, als ob er meine Anwesenheit gespürt hätte, und ich spannte mich an. Seine Augen, deren Farbe ich nicht genau erkennen konnte, trafen meine. Sein Blick meine Magengrube.

Er öffnete seinen Gürtel und drehte den Kopf der Frau in seine Richtung, ließ mich nicht eine einzige Sekunde aus dem Blick, als ob ihn meine bloße Anwesenheit noch weiter anspornen würde. Seine Hände fuhren in ihre Haare, ich hörte das Röcheln der Frau, als sie seinen Schwanz tief in ihrer Kehle aufnahm. Meine Wangen glühten. Mein Körper brannte lichterloh, als er immer wieder in ihren Mund stieß. Rücksichtslos. Genau so, wie ich es mir in meinen Gedanken immer ausgemalt hatte. Ich war auf kranke Art fasziniert. Wie gefangen in einem Käfig aus glühenden Gitterstäben, dem ich nicht entkommen konnte.

Dennoch schaffte ich es endlich, mich von der Szenerie zu lösen, drehte mich um und stürmte aus dem Raum. Ich schluckte schwer, meine Kehle war völlig ausgetrocknet, als ich weiter über den Flur stolperte. Die Bilder hatten sich in mein Gedächtnis gebrannt und blitzten immer wieder in meinem Geist auf.

Für einige Atemzüge lehnte ich mich an eine Wand und versuchte, die verwirrenden Gefühle zu sortieren, die in mir tobten.

Caldwell wartete auf mich. Ich musste weiter, das richtige Zimmer finden, das alles vergessen. Doch der rohe Blick des Mannes hatte erneut etwas in mir geweckt. Etwas, das mich sowohl verängstigte als auch anzog. Etwas, das ich unbedingt mit Caldwells Hilfe loswerden musste. Lieber früher als später.

Je besser ich mitarbeitete, umso schneller kam ich hier wieder weg.

Das Licht in Caldwells Büro war gedämpft, die hohen Regale voller Bücher warfen lange Schatten auf den royalblauen Webteppich. Die Luft war erfüllt von einem subtilen Duft nach Leder und altem Papier. Ich nahm einen tiefen Atemzug und versuchte, die aufsteigende Nervosität zu unterdrücken.

»Ich möchte Sie kennenlernen«, hatte Caldwell gesagt, sich auf seinem Sessel zurückgelehnt und den Knöchel auf dem anderen Bein abgelegt. Ich nahm einen tiefen Atemzug und versuchte, die aufsteigende Nervosität zu unterdrücken. »Erzählen Sie mir von Ihrem Leben«, forderte er mich auf. »Was hat Sie hierhergebracht?«

Schwerfällig atmete ich durch. »Ich studiere Kriminologie an der UC Berkeley und habe eine Handvoll Freunde durch mein Studium«, begann ich und sah, wie sein Interesse geweckt wurde. »Ich bin in Watsonville in Kalifornien aufgewachsen und mag expressive Malerei und Kunst.« Es war seltsam einfach, sich mit Caldwell zu unterhalten, wenn man davon absah, was für einen ersten Eindruck er auf mich gemacht hatte. Bis wir zu dem einen Thema kamen. Das, über das ich im Grunde gar nicht sprechen wollte, aber musste.

»Und Ihre Eltern? Erzählen Sie mir etwas über sie«, bat er und ich ließ den Blick durch den Raum schweifen, blieb an einem Ölgemälde eines Labyrinthes aus hohen Hecken hängen. War es das gleiche Labyrinth, das sich auch hier im Garten befand? »Miss Collins?«

Ich widmete Caldwell erneut meine Aufmerksamkeit. Bisher hatte ich noch keinen Menschen getroffen, der mir mit einem bloßen Blick das Gefühl geben konnte, ganz bei mir zu sein. Die meisten Menschen waren viel zu sehr auf ihre eigenen Gedanken und Themen bedacht, als dass sie andere wirklich sahen. »Meine Eltern sind toll, haben mich immer unterstützt, auch wenn wir nie viel Geld hatten. Aber mein Dad hat alles dafür getan, dass es mir an nichts gefehlt hat.« Ich verschwieg die Tatsache, dass ich durchaus schon immer das Gefühl gehabt hatte, dass mir etwas fehlte. Etwas Elementares, Wichtiges.

Caldwell nickte, setzte sich aufrecht hin und lehnte sich ein Stück nach vorne. »Kommen wir zum Kern Ihres Problems. Sie haben sich in Ihrem Bewerbungsschreiben recht vage geäußert. Erzählen Sie mir davon.«

»Ich bin nicht sicher, wo ich anfangen soll«, erwiderte ich ehrlich und spürte das aufkommende Brennen der Narbe auf meiner Handinnenfläche.

»Beginnen wir mit Ihren ersten Beziehungen, die auch sexuelle Bestandteile aufwiesen«, sagte er und ich drehte den Ring an meinem kleinen Finger immer wieder um sich selbst.

»Es war okay, wie die ersten Male eben so sind. Unbeholfen, etwas peinlich.«

»Und wann haben Ihre Gedanken begonnen, dass Sie etwas anderes wollten als das, was Ihre Partner Ihnen geben können?«

Ich zuckte mit den Schultern. »Ich würde sagen, intensiv seit drei Jahren.«

»Wissen Sie, Miss Collins ...« Er lehnte sich wieder zurück, ich spürte seinen Blick, auch wenn ich ihn nicht ansah. »Sexuelle Neigungen müssen nicht unbedingt etwas Krankhaftes bedeuten. Unter Umständen brauchen Sie nur den passenden Partner, um diese mit ihm ausleben zu können. Wieso vermuten Sie, dass ein tiefergehendes Problem dahintersteckt?«

»Weil es ...« Ich hatte keine Ahnung, wie ich es in Worte fassen konnte. »Weil meine Gedanken immer extremer wurden«, wisperte ich.

»Extrem in welcher Hinsicht?« Bildete ich es mir ein oder wurde seine Stimme rauer?

Ich atmete tief durch. Verdammt. Musste ich es jetzt wirklich aussprechen? »Vergewaltigungsfantasien«, stieß ich aus. »Keiner meiner Partner konnte mir in dieser Hinsicht das geben, was mein Körper brauchte. Aber ... diese Gedanken sind so falsch!« Ich erinnerte mich an die abschätzigen Blicke meiner Exfreunde, an angewiderte Gesichter, wenn ich mich einmal geöffnet und es erzählt hatte. Doch Caldwells Miene blieb ganz starr. Nichts gab mir einen Hinweis auf seine wahren Gedanken.

»Falsch, weil jemand Ihnen gesagt hat, dass sie dies sind, oder weil Sie das selbst glauben?«

»Wie könnte ich so etwas Furchtbares verherrlichen?«, fragte ich und schämte mich so sehr, dass ich kaum seinen Blick halten konnte.

»Es sind nur Fantasien, Seraphina«, sagte er und sprach dabei zum ersten Mal meinen Vornamen aus.

»Aber ich möchte sie ausleben.« Stille breitete sich im Raum aus und ich wartete darauf, dass auch Caldwell mich verurteilte, Beruf hin oder her. Selbst er musste Grenzen haben. Ich senkte den Blick auf meine Finger, fühlte das heiße Pochen und Pulsieren der Narbe an meiner Handfläche und rieb darüber.

»Woher haben Sie sie?«, fragte er plötzlich und ich fuhr mit dem Daumen darüber.

»Ich weiß es nicht mehr«, flüsterte ich und spürte Tränen, die wie brennende Säure in meine Augen stiegen. »Ich weiß nichts mehr vor meinem achten Lebensjahr.« Als *Selbstschutz* war diese Art von Amnesie bereits in meiner Kindheit diagnostiziert worden. Caldwell beobachtete mich aufmerksam, seine Augen durchdrangen meine Schutzmauern.

»Haben Sie Albträume, Seraphina?«

Ich nickte. »Keine expliziten. Ich kann mich morgens nur

an ein furchtbares Gefühl erinnern. Ich nehme Tabletten dagegen, dann werden sie etwas besser.«

Plötzlich stand er auf und ging zu mir. Ich spürte, wie er den Finger unter mein Kinn legte und meinen Kopf sanft nach oben drückte, damit ich ihn anschauen konnte. Diese Nähe war überwältigend, aber auch beruhigend. Ich war mir nicht sicher, ob es professionell war, aber es war genau die Art von Blick, die ich in diesem Moment brauchte. Er brannte sich in mich, als würde er versuchen, mich zu entschlüsseln, um mir all die Dinge abzunehmen, die auf mir lasteten. Mich zu Boden drückten. Ich konnte sie nicht loswerden, weil ich sie vergessen hatte. Niemand hatte es geschafft, die Dunkelheit aus meinen Tiefen zu schälen, niemand hatte es geschafft, sie freizulegen, damit ich sie endlich von mir werfen konnte. Doch in diesem Augenblick erkannte ich Caldwells Dunkelheit, die meine förmlich aus mir heraussaugte.

»Schmerz ist ein Tor. Er erlaubt uns, die tiefsten Schichten unserer Seele zu erreichen. Es ist nicht immer nötig, ihn ruhigzustellen«, wisperte er rau.»Schmerz kann befreiend sein, wenn er richtig kanalisiert wird.« Er verstummte. »Lassen Sie uns etwas versuchen«, sagte er und zog plötzlich ein kleines, silbernes Messer aus seiner Tasche. Er ließ es aufschnappen und sofort setzte sich eine erdrückende Schwere in mir fest.

»Was ... wollen Sie damit?«

»Ich möchte etwas testen«, erwiderte er ausweichend. »Ich möchte, dass Sie mir vertrauen und nur fühlen. Nicht mehr denken. Nicht mehr urteilen.« Er löste den Finger von meinem Kinn. »Schließen Sie die Augen.« Ich gab nach und ließ meine Lider sinken. Spürte meinen rasenden Puls. Vernahm das Rascheln von Caldwells Kleidung. Inhalierte seinen einnehmenden Duft. Plötzlich strich etwas über meinen nackten Arm. Es war flach, ein wenig kühl, und sämtliche Muskeln meines Körpers spannten sich an. Caldwell fuhr mit dem Messer von unten nach oben weiter, berührte mit der Spitze den Saum meines Armausschnittes und schob den Stoff ein Stück hoch. »Was fühlen Sie, Seraphina?« Bildete ich es mir ein, oder war seine Stimme etwas dunkler geworden?

»Angst«, wisperte ich ehrlich und presste meine Oberschenkel zusammen.

»Was noch?« Die Spitze drückte sich leicht in meine Haut, fuhr weiter über meinen Ausschnitt, entlang der Rundungen meiner Brüste. Das Gefühl war anders als alles, was ich bisher empfunden hatte. Ich spürte den Druck der Klinge und bildete mir ein, dass meine Haut nachgab. Doch es tat nicht weh. Er schnitt mich nicht. Aber ich wollte es. Eine Sehnsucht setzte sich in mir frei, die mir die Röte auf die Wangen trieb. »Sie müssen ehrlich mit mir sein, konzentrieren Sie sich auf das Gefühl.«

»Scham«, flüsterte ich.

»Wieso?«

Ich schluckte. Keuchte, als die Klinge fester gegen meine Haut drückte. »Weil es mich erregt«, gab ich leise zu. »Ich spüre Lust.«

Ich konnte nicht anders. Öffnete die Augen und schaute direkt in Caldwells. Drückte mich ganz leicht der Berührung des Messers entgegen, während heiße Wellen meinen Verstand fortspülten.

Es wirkte, als ob ein kleiner Funken Verlangen in seinem Blick aufglomm. Doch dann schluckte er, blinzelte, und seine Augen hatten wieder den gleichen kalten Ausdruck wie zuvor schon. Er löste das Messer von meiner Haut, ließ von mir ab, als hätte er sich verbrannt, und ging zu seinem Schreibtisch.

»Das reicht für heute«, sagte er, ohne mich noch eines Blickes zu würdigen. »Wir sehen uns morgen, Miss Collins.«

Ich nickte und stand hastig auf. Musste hier unbedingt

raus, bevor meine Fassade endgültig bröckelte. »Bis morgen«, sagte ich und hatte den Eindruck, er wollte noch irgendetwas sagen, doch er blieb stumm. Und ich eilte heute zum zweiten Mal aus einem Raum.

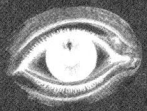

SCHMUTZIGES KLEINES GEHEIMNIS

»In den Hallen von Blackwood hallt das Echo alter Sünden, ein Flüstern, das niemals schweigt. Je länger ich mich hier aufhalte, desto mehr habe ich das Gefühl, dass diese Sünden auf mich übergehen. Mich in Besitz nehmen. Genauso, wie ich mir wünsche, dass er es endlich tun würde. Dabei wird mir eines bewusst: Meine Gedanken sind die wahren Sünden.«

- Margaret Holloway, 1880

7

SERAPHINA

Nach der Sitzung mit Caldwell wusste ich nicht so recht, was ich denken sollte. Natürlich tat es weh, alte Wunden erneut aufzureißen. Hatte ich gedacht, ich unterhielt mich ein paarmal entspannt mit ihm und konnte nach einer Woche völlig geheilt und befreit wieder nach Hause gehen?

Was für ein naiver Trugschluss.

Weil es bis zu meinem Termin mit Xavier noch etwas dauerte, beschloss ich, mir das Schloss und das Grundstück genauer anzusehen, um mich besser zurechtfinden zu können. Ich wanderte durch die Flure, vorbei an alten Gemälden und verstaubten Spiegeln, bis ich eine Tür erreichte, die mich von einem weiteren Teil des Anwesens trennte. Ein Schild mit der Aufschrift *»Nur für Mitarbeiter«* ließ mich innehalten. Irgendwie hatte ich das Gefühl, die Tür verbarg nicht nur einen einfachen Pausenraum. So wie Beth mir erzählt hatte und ich mich nicht irrte, führte sie in einen weiteren, großen Teil des Gebäudes, das wie ein U mit dem Innenhof ausgerichtet war. Irgendetwas an dem dunklen Holz und den eingeschnitzten, verschnörkelten Mustern zog mich an und schrie gleichzeitig eine Warnung aus. Wenn ich mich an all die Filme

und Bücher erinnerte, die ich gesehen und gelesen hatte, wusste ich, dass es besser war, umzudrehen und fortzugehen. Dennoch hatte es einen Grund, weshalb ich den Weg in das Kriminologie-Studium eingeschlagen hatte. Ich war schon als kleines Mädchen neugierig gewesen und hatte einen angeborenen Gerechtigkeitssinn, der im Laufe der Jahre einen immer krasseren Kontrast zu meinen eigenen Neigungen gebildet hatte. Dennoch fiel es mir auch heute noch schwer, die Neugier abzuschütteln.

Ich trat einen Schritt nach vorne und legte die Hand an den Knauf der Tür, drehte sie von links nach rechts. Natürlich war sie abgeschlossen.

Kurz knabberte ich überlegend an meiner Unterlippe. Es ging mich nichts an. Und ich fragte mich, ob ich das vermeintliche Abenteuer nur suchte, weil ich mich von mir selbst ablenken wollte. Von meinen Gedanken, mit denen ich mich früher oder später auseinandersetzen musste. Von Dr. Caldwell, der mich nicht nur ein wenig irritierte und einschüchterte.

Also drehte ich mich um und ging den Flur zurück, bog bei der nächsten Abbiegung in die andere Richtung und entdeckte eine doppelte Flügeltür und ein kleines Holzschild mit der Aufschrift »Bücherei«.

Vielleicht wäre das die sichere, einfachere Ablenkung, die mir hier geboten wurde. Also steuerte ich die Tür an und öffnete sie, ehe ich eintrat und aus dem Staunen nicht mehr herauskam.

Der Raum glich der Bibliothek aus Filmen wie *Die Schöne und das Biest* und schien aus einer völlig anderen Zeit zu stammen. Die Regale reichten bis zur hohen Decke, vollgestopft mit alten, ledergebundenen Büchern, deren vergilbte Seiten die Geschichten vergangener Jahrhunderte erzählten. Eine beeindruckende Wendeltreppe aus schwarzem Schmiedeeisen führte zu einer Empore, die die obere Ebene der Bibliothek umrundete. Schwere Samtvorhänge in tiefem Rot umrahmten die hohen Fenster, durch die das fahle Tageslicht sickerte und die Staubpartikel in der Luft zum Tanzen brachte.

Ich ging langsam durch die Reihen, ließ meine Finger sanft über die Buchrücken gleiten und atmete den schweren Duft von altem Papier und Holz ein. Es war ein Ort, der gleichzeitig beruhigend und unheimlich war, als ob die Bücher die ganze Wahrheit aller Geheimnisse in diesen alten Wänden bewahrten. Sie schienen mir Geschichten zuzuflüstern, die mir eine Gänsehaut bescherten.

Neugierig zog ich eines der Bücher heraus und pustete den Staub vom Einband. Anscheinend machten sich nicht viele hier etwas aus dem Lesen, oder es waren einfach zu zahlreiche Bücher, um sie jemals alle entdecken zu können.

Die Schatten der Vergangenheit. Gespannt las ich den einzigen Satz auf der Rückseite. »Ein Roman über das Vergessen.«

Ich schob es zurück und glitt weiter mit dem Finger über die Rücken, fuhr die goldenen Erhebungen der Titel nach, bis mir ein Buch ins Auge fiel, das anders war als die anderen. Der Rücken war unbeschriftet und als ich es herauszog, sah ich, dass weder auf der Vorder- noch auf der Rückseite etwas stand.

Es war eine Art Ledermappe, mit einem dicken, ledernen Band zugebunden, das ich vorsichtig löste. Mit klopfendem Herzen schlug ich die erste Seite auf. Sie wirkte alt, war etwas vergilbt und an den Ecken rissig.

Dieses Tagebuch gehört Margaret Holloway.

Die Worte standen dort in geschwungener Tinte. Ein Tagebuch? War das in Wahrheit doch nur eine Geschichte, oder gehörte dieses Buch wirklich einmal einer Frau, die hier vielleicht gelebt hatte?

Ich blätterte weiter, der erste Eintrag war im Januar 1880 entstanden und ich hatte das Gefühl, etwas tatsächlich Wertvolles in den Händen zu halten.

Mein Vater hat seine Drohungen wahrgemacht. In wenigen Tagen reise ich nach Blackwood Hall, um wieder gesund zu werden, so wie er es behauptet. Damit ich endlich den Ansprüchen meiner Familie gerecht werden kann und Vater für mich einen geeigneten Heiratskandidaten findet. Denn welcher Mann möchte eine Frau, die nicht mehr alle Sinne beisammen hat?

Ich habe überlegt, davonzulaufen, aber wer würde einer zwanzigjährigen, ledigen Frau helfen? Meine Familie hat das letzte Wort und ich bin nur ihre Schachfigur.

Ich schluckte, blätterte einige Seiten weiter. Die Worte von Margaret Holloway hallten in mir nach. Ihre Verzweiflung und ihr Gefühl der Machtlosigkeit waren so greifbar. Ich konnte mir vorstellen, wie sie sich gefühlt haben musste, als sie gegen ihren Willen hierhergebracht worden war.

Februar, 1880

Blackwood Hall ist so düster, wie ich es mir vorgestellt habe. Die Mauern sind kalt und die Gänge endlos. Ich habe andere Frauen getroffen, die ebenfalls gegen ihren Willen hier sind. Einige sind still und in sich gekehrt, während andere von wilden Fluchtplänen sprechen. Doch das Personal hat alles im Griff. Es gibt kein Entkommen.

Ich muss zügig gesund werden, damit ich so schnell wie möglich wieder verschwinden kann.

Ich konnte die Angst und Verzweiflung spüren, die Margaret in diesen Zeilen ausdrückte. Die Vorstellung, dass diese Hallen zu früherer Zeit tatsächlich ein Ort des Leidens waren, ließ mich schaudern.

Plötzlich drang ein Geräusch an meine Ohren und ich zuckte zusammen. Ich war nicht allein hier. Es war fast so, als könnte ich die Anwesenheit eines anderen Menschen spüren. Als könnte ich seinen Atem in meinem Nacken fühlen, der warm über meine Haut strich.

Ich presste das Tagebuch an meine Brust und drehte mich ruckartig herum. Nichts. Hatte ich es mir eingebildet und die Umgebung spielte ihr Spiel mit meinem Verstand?

Doch als leise die ersten Töne einer Gitarre erklangen, war ich mir sicher, dass ich mich nicht geirrt hatte.

Ich lief los, folgte der Musik, die sich melancholisch über den kompletten Raum legte wie ein seidener Schleier. Ein leises Klimpern, das immer kräftiger wurde, je näher ich kam. Ich bog um die Ecke und verharrte, als ich einen Mann mit dunklem Haar auf einer der Chaiselongues sitzen sah. Er hatte den Blick gesenkt, einige Strähne hingen ihm in die Stirn und verdeckten sein Gesicht, während er auf einer schwarzen Gitarre spielte. Das Tageslicht, das durch das Buntglasfenster hinter ihm hereinschien, setzte ihn perfekt in Szene. Sie hätte direkt aus einem melancholischen Film stammen können.

Plötzlich fielen mir die Ringe an seinen Fingern auf, die Tätowierungen an seinen Unterarmen, die Ketten um seinen Hals und meine Wangen begannen zu glühen. Es war eindeutig der Mann, den ich in einem der Zimmer erwischt hatte.

Er spielte weiter, hob nicht einmal den Kopf. »Ist das dein Ding? Andere heimlich zu beobachten?«

Ich drückte das Buch fester an mich, als wäre es ein Schatz, den es galt, vor ihm zu beschützen. »Ist ja nicht so, dass dies hier kein frei zugänglicher Ort wäre«, erwiderte ich.

Er klimperte mühelos weiter, so, als würde ich ihn ganz und gar nicht aus dem Konzept bringen. »Die Bibliothek vielleicht, aber der Raum heute Vormittag war es ganz bestimmt nicht.«

»Er war nicht abgeschlossen, ich habe mich verirrt«, erklärte ich, als wäre ich ihm irgendetwas schuldig. »War keine Absicht.«

»Versteh mich nicht falsch«, begann er mit rauer Stimme und schaute endlich auf. Er drückte die Hand auf die vibrierenden Saiten und die Musik verklang mit einem Mal in dem großen Raum. »Es ist nicht so, dass ich interessiertes Publikum nicht zu schätzen wüsste.« Sein Mundwinkel zuckte amüsiert. »Vor allem, wenn es so hübsch ist. Du hättest dich gerne dazugesellen können.«

Ich schluckte hart den Kloß hinunter, der sich bei seinem festen Blick gebildet hatte. Nun erkannte ich seine Augenfarbe. Sie war in dem gleichen tiefen Grünton wie die Wände im Flur. Wie Smaragde. Es wirkte, als ob irgendetwas sie zum Glühen brachte.

»Nein, danke, es sah so aus, als hättest du alle Hände voll zu tun.«

»Touché«, erwiderte er grinsend. »Aber ich hatte noch nie ein Problem mit Herausforderungen.«

»Das freut mich für dich«, reagierte ich wispernd auf seine Zweideutigkeiten.

»Wie heißt du?«

Ich zögerte. Wollte ich hier wirklich Kontakte knüpfen und etwas aufbauen, von dem ich nicht ahnen konnte, was das sein würde? Gerade musste ich mich nur auf mich selbst konzentrieren und konnte Ablenkungen, vor allem in Form eines attraktiven, zynischen Musikers, ganz bestimmt nicht gebrauchen. Es reichte, dass Caldwell und Xavier meinen Verstand durcheinanderbrachten.

»Ich bin mir sicher, du bist kreativ genug, dir einen Namen auszudenken«, antwortete ich und musste selbst etwas schmunzeln. Er pustete sich eine Haarsträhne aus der Stirn und ich fragte mich, wieso er hier war. Das, was man offensichtlich bei einem Musiker vermutete? Drogen, Alkohol, Frauen, Exzesse, Nervenzusammenbrüche?

»Um einen passenden Namen zu finden, müsste ich dich besser kennenlernen.«

»Netter Versuch«, sagte ich und trat einen Schritt zurück. »Dein Kalender ist sicherlich voll von ... *Terminen.*« Ich betonte das letzte Wort ganz besonders, nickte ihm zu und drehte mich um, damit ich gehen konnte.

»Vielleicht wäre ich bereit, diese für dich abzusagen«, rief er mir hinterher. Doch ich hob nur die Hand und schlüpfte aus der Tür. Kopfschüttelnd, aber mit einem Grinsen auf den Lippen, lief ich den Flur hinunter und musste an die Begegnung gerade eben denken. Zum ersten Mal seit Langem fühlte sich der Knoten in meinem Innern nicht so festgezurrt an wie sonst. Vielleicht war mein Aufenthalt hier in Blackwood Hall doch eine gute Idee gewesen.

Das zumindest war mein letzter Gedanke, bevor jemand mich von hinten packte und mein Rücken unsanft gegen die nächste Wand prallte. Ich hatte keine Chance, ein Gesicht zu sehen, als mir ein Tuch auf Mund und Nase gedrückt wurde. Schwindel setzte ein. Meine Beine knickten weg. Und Schwärze umhüllte mich, in die ich kopfüber fiel, bevor ich auch nur schreien konnte.

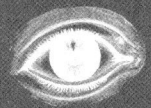

SCHMUTZIGES KLEINES GEHEIMNIS

»Die Wahrheit von Blackwood Hall ist wie ein dunkler Schleier, der sich langsam lüftet, nur um tiefere Abgründe zu offenbaren. Abgründe, die so dunkel sind, dass man sich innerhalb kürzester Zeit darin verliert.«

- Margaret Holloway, 1880

8

XAVIER

Z ach hatte sich an unsere Abmachung gehalten. Aber wahrscheinlich nur, weil er mich um den Sieg bringen wollte. Denn ich konnte nicht abstreiten, dass mich die Erkenntnis, wieso Seraphina hier war, nicht nur ein bisschen um den Verstand gebracht hatte, sondern sehr. Ich hatte den Satz in ihrer Akte zweimal lesen müssen. Na gut. Vielleicht sogar viermal.

Vergewaltigungsfantasien.

Und augenblicklich wurde ich erneut hart, während ich daran dachte. Sie war aber auch ein ausgesprochen hübscher Spielball. Ein perfekter Zeitvertreib für so einen abgefuckten, kranken Charakter, wie ich ihn besaß.

Ihre Lider flatterten auf und benommen schaute sie sich um. Ich wartete auf den Moment, als ihre Augen das zerbrochene, angelaufene Glas und die uns umwuchernden Pflanzen trafen. Der Wind pfiff leicht durch den ehemaligen Wintergarten, die Atmosphäre war gespenstisch und ich konnte förmlich das Adrenalin riechen, das in ihre Adern schoss. Wunderschön.

Ich trat einen Schritt nach vorne und ihr Kopf ruckte zu mir. »Xavier! Was ... wieso ...«

»Pst«, beruhigte ich sie und blieb vor ihr stehen. Ihre Wangen waren gerötet, ihre Angst hatte sich bereits in ihrem gesamten Körper ausgebreitet, ihre Venen erweitert, und das Blut rauschte förmlich durch sie hindurch. Weckte in mir ein tiefes Verlangen. »Es gibt keinen Grund zur Beunruhigung.«

»Haben Sie mich betäubt, um mich hierherzubringen?«, fragte sie eindeutig geschockt.

»Sie werden gleich verstehen, wieso«, erwiderte ich, aber sie schüttelte nur schnell den Kopf.

»Ich gehe jetzt«, sagte sie und wollte von der steinernen Bank mit Lehne, die inmitten des Wintergartens stand, aufstehen, doch ich drückte sie an ihrer Schulter zurück.

»Setzen.« Sie atmete tief durch, ließ sich aber wieder auf den kalten Stein sinken. Braves Mädchen. Es gefiel mir, dass sie Anweisungen umsetzen konnte.

Ich kniete mich vor sie und öffnete die Holzkiste, die auf dem Boden stand. Sofort erkannte ich, wie neue Panik in ihren Körper schoss, als sie das Innere sah.

»Was wollen Sie damit?« Ich nahm eines der Seile heraus und legte es neben ihr ab. Dann sah ich zu ihr auf und tastete nach ihrem Handgelenk. Ihr Puls raste unter ihrer Haut. Ich musste mich stark zusammenreißen, um nicht über die Stelle auf ihrer warmen, duftenden Haut zu lecken, vielleicht ein wenig an ihr zu knabbern.

»Manchmal müssen wir uns unseren Ängsten direkt stellen«, sagte ich.

Sie sog hart die Luft ein. »Ich dachte, Sie sind Physiotherapeut und kein ...« Sie verstummte. Wollte sie Monster sagen? Was mehr als passend gewesen wäre.

Ich musste ein wenig lächeln. »Ich habe gesagt, ich bin für Sie zuständig und beherrsche viele Techniken, die Sie weiterbringen können. Sofern Sie sich darauf einlassen.« Ich griff nach dem Seil und hielt es vor sie. Sie verkrampfte sich. »Blackwood Hall ist nicht nur deshalb so erfolgreich, weil wir nach den neuesten Erkenntnissen der Forschung arbeiten, sondern weil es mitunter ungewöhnliche Wege geben wird, die Sie beschreiten können. Es ist Ihre Entscheidung. Möchten Sie hier weiterkommen oder auf der gleichen Stelle wie immer treten?« Sie presste die vollen Lippen aufeinander und nicht zum ersten Mal dachte ich daran, wie es wäre, sie um meinen Schwanz zu spüren. Tief in ihren hübschen Mund zu stoßen, während sie mit Tränen in den Augenwinkeln zu mir aufschaute. Ich war wirklich ein abgefuckter Wichser, aber ich hatte mich damit arrangiert. »Geben Sie mir Ihre Handgelenke«, wies ich sie an. Sie zögerte immer noch. Am liebsten hätte ich sie gezwungen, sich mir zu ergeben, was ich unter anderen Umständen wohl auch getan hätte, aber hier ging es darum, ihr Vertrauen zu gewinnen. Nicht nur, weil ich nicht als Verlierer aus dieser verdammten Wette hervorgehen wollte. »Angst kann ein mächtiges Werkzeug sein, um die tiefsten Teile unserer Seele freizulegen, Seraphina. Nur wenn Sie mir vertrauen, kann ich Ihnen zeigen, wie man Angst in Kontrolle verwandelt. Aber Sie müssen sich darauf einlassen.«

Endlich streckte sie mir langsam ihre Arme entgegen und ich griff vorsichtig nach ihren Handgelenken, schob die Ärmel ihres Longsleeves noch ein Stück weiter nach oben, ehe ich die Seile darum schlang. Sanft, aber bestimmt band ich ihre Handgelenke aneinander.

»Das fühlt sich ... falsch an«, wisperte sie und ich griff nach dem zweiten Seil. Das Zittern in ihrer Stimme strafte ihre Worte Lügen. Sie war angeturnt. Auch wenn sie immer noch dagegen ankämpfte. Fuck. Die Wette zu gewinnen würde schwerer werden als gedacht.

»Manchmal müssen wir durch das Falsche gehen, um das Richtige zu finden. Schließen Sie die Augen und atmen Sie tief ein.«

Eindeutig widerwillig folgte sie meinen Anweisungen, eine neue Böe wehte durch den Raum und Gänsehaut zog sich über ihre Arme. Ihr Körper begann leicht zu zittern und ich hatte lange Zeit nichts Schöneres gesehen als Seraphinas Angst, direkt vor mir ausgebreitet. Am liebsten hätte ich ihr das dunkle Haar zurückgestrichen, meine Finger danach erst sanft, dann fordernder um ihre Kehle gelegt, um ihre Lippen an meine zu ziehen.

»Fühlen Sie das?«, flüsterte ich. »Die Unruhe, die Panik, die sich in Ihnen aufbäumt?« Sie nickte. »Lassen Sie diese kommen, halten Sie sie nicht zurück.« Meine Hand glitt langsam über ihre Arme bis zu ihrem Nacken. Sie erschauerte, ihre Atmung wurde immer schneller. »Die Fantasien, die Sie haben, sind nicht abnormal.« Blitzschnell öffnete sie die Augen, schaute mich überrascht an, als hätte sie nicht angenommen, dass ich davon wusste. »Sie sind Teil dessen, was Sie sind. Und wir werden beginnen, sie zu erkunden.«

»Ich will sie nicht erkunden, ich will sie loswerden! Das ist falsch …« Sie schüttelte den Kopf. »Binden Sie mich los. Sofort!«

»Das kann ich nicht, Sie haben bereits Ihre Einwilligung gegeben.« Ich wickelte das zweite Seil um ihre Knöchel und band diese locker zusammen. Sie waren nicht so fest, dass sie Schmerzen hatte, aber fest genug, dass ihr die Flucht deutlich erschwert wurde, sollte sie es versuchen. »Sie wollen doch verstehen, wieso Sie so fühlen, und ich werde Ihnen helfen, das herauszufinden.« Ich erhob mich und legte den Zeigefinger unter ihr Kinn, hob es ein Stück an. Immer noch tanzte die Angst in ihren Augen, doch da war auch etwas anderes. Verlangen. Lust. Es turnte sie an, was ich mit ihr machte. Und sie konnte sich nicht mal im Ansatz vorstellen, wie scharf ich diese Erkenntnis fand. Wir würden definitiv viel Spaß miteinander haben.

Ich zog den Seidenschal aus meiner hinteren Jeanstasche. Ihre Augen weiteten sich erneut.

»Was haben Sie vor?«, wisperte sie. Die Panik ließ ihre Stimme vibrieren wie eine Stimmgabel.

»Vertrauen Sie mir. Atemkontrolle ist ein starkes Werkzeug. Wussten Sie, dass der Atem Ihre Angst verstärken oder abflachen lassen kann? Atmen Sie tief ein.«

Ohne meine Augen von ihren zu lösen, legte ich den Schal um ihren Hals. Gerade so fest, dass sie den Druck etwas spürte, aber so leicht, dass sie noch Luft bekam. Sie schluckte nervös gegen den Widerstand an, ihre Atmung wurde flacher.

»Konzentriere dich auf meinen Atem«, wies ich sie an und mir entging nicht, dass meine Ansprache automatisch vertrauter wurde. Sie brauchte einen Lehrer. Jemand, der sie anwies, und ich wollte genau das sein. Ich spürte, wie der Wunsch, sie zu kontrollieren, mit dem Drang kollidierte, sie zu beschützen. Ein seltsames Gefühl, was ich noch nie so stark empfunden hatte.

»Passe deinen Atem an meinen an«, raunte ich und begann, tief und gleichmäßig zu atmen. Seraphina folgte meinem Rhythmus. Die Luft im Raum schien immer dicker zu werden, als wir uns gemeinsam auf unsere Atmung konzentrierten. Es war intensiv und ich blendete in diesem Moment alles aus. Alles außer sie.

»Fühlst du die Spannung, die sich in deinem Körper aufbaut?« Sie nickte. »Lass sie zu, aber kontrolliere sie.« Ich zog den Schal etwas straffer, gerade so, dass es unangenehm wurde, aber ihr nicht gefährlich werden konnte. »Spürst du den Stoff um deinen Hals? Er dient nur als Erinnerung daran, dass du die Macht hast, deine Angst zu beherrschen«, wisperte ich rau.

Ich raffte den Stoff noch weiter zusammen. Ihre Augen weiteten sich panisch, Tränen füllten ihre Augenwinkel. Mit der freien Hand strich ich eine von ihrer Wange. »Stopp«, flüsterte sie.

»Du kannst das. Lass die Angst deine Gedanken füllen, und vergiss dabei nicht, dass du die Kontrolle hast.«

Ich lockerte den Schal ein wenig und sie schnappte fast panisch nach Luft. Doch ich gab ihr nicht viel Zeit, ehe ich ihn erneut straff zog, diesmal so fest, dass sie eindeutig mehr Probleme hatte. Interessiert beobachtete ich ihre Reaktion.

»Macht es dich an, Seraphina? Die Kontrolle an mich abzugeben?« Sie lehnte sich gegen den Druck, doch dabei zog sich der Schal nur noch weiter zusammen. »Spürst du das?« Sie hob die zusammengebundenen Hände und versuchte, den Stoff von ihrem Hals zu ziehen, doch ich packte sie und hinderte sie daran, lehnte mich weit zu ihr herunter, führte meinen Mund zu ihrem Ohr. »Da ist sie ja, deine Grenze. Du kannst sie verschieben, wenn du willst. Du hast die Macht darüber. Ich weiß, es ist beängstigend, aber es wird dich befreien.«

Ruckartig ließ ich sie los und trat einen Schritt zurück. Sie schnappte nach Luft, riss sich den Schal von ihrem Hals und schmiss ihn zur Seite. »Warum tust du so etwas?« Ihre Stimme war nur ein raues Röcheln. »Das ist krank!«

Ich zog mein Klappmesser aus der Hosentasche und ließ es aufschnappen. Erneut füllte sich ihr Blick mit Furcht. Wunderschöner, rauer, ehrlicher Furcht.

Ich trat näher und packte ihre Handgelenke, löste mit einem einzigen Schnitt die Seile. »Ich tue es, weil du das brauchst, um zu verstehen, wer du wirklich bist. Ich bin hier, um dir zu helfen, das zu entdecken«, erwiderte ich, nachdem ich auch ihre Knöchel befreit hatte. Mit einem zufriedenen Schmunzeln steckte ich das Messer zurück in die Tasche meiner Jeans.

Ich sah ihr die Erschöpfung an und dennoch wusste ich, dass sie sich auch ein Stück weit erleichtert fühlte. Egal, was sie behauptete, sie hatte heute zum ersten Mal gespürt, was es hieß, sich bei jemandem fallen lassen zu können. Das war genau das, was sie suchte. Kontrolle. Vertrauen. Und Halt.

»Denk heute Abend darüber nach, was du gefühlt hast. Beim nächsten Mal gehen wir einen Schritt weiter.«

Sie rieb sich die Handgelenke und stand auf. Anstatt mit gesenktem Kopf davonzulaufen, der Situation zu entkommen, schaute sie mir direkt in die Augen. In ihr steckte also doch eine kleine Rebellin. Interessant. »Willst du mich beim nächsten Mal komplett ersticken?«, flüsterte sie.

Ich hob die Hand und packte ihr Kinn. »Vielleicht«, erwiderte ich. »Wenn es nötig ist, damit du verstehst.«

»Was, wenn ich morgen nicht mehr da bin? Wenn ich nach Hause fahre, weil hier nicht nur die Patienten verrückt zu sein scheinen, sondern auch alle anderen?«

Ich musste grinsen. »Du steckst jetzt schon viel zu tief in Blackwood Hall drin, süße Seraphina.« Mein Blick wanderte zu ihren Lippen. Ein Kuss. Ich wollte nur kurz wissen, wie ihre Angst und ihre Wut auf mich schmeckten. Die Wette ging darum, sie nicht zu ficken, mit einem Kuss war ich sicher. Oder? Erneut schaute ich in ihre Augen. Sie hatten wirklich eine ungewöhnliche Farbe. Grau wie Wolken kurz vor einem Gewitter. »Ich weiß, dass du dir die ganze Nacht Gedanken darüber machen wirst, ob ich dich anturne oder du besser vor mir fliehen solltest. Ich gebe dir gerne die Antwort.« Ich zog sie noch etwas dichter zu mir. »Es ist ein bisschen was von beidem. Und aus dem Grund wirst du niemals gehen, bevor du nicht dahintergekommen bist, was du wirklich fühlen sollst.« Nur noch wenige Zentimeter trennten unsere Lippen voneinander. Ich würde sie küssen. Aber dann würde ich weitergehen wollen. Mehr wollen. Ich würde die Wette direkt am ersten Tag verlieren. Nein.

Also ließ ich sie los. »Du findest den Weg sicherlich zurück, kleine Rebellin. Vergiss dein Buch nicht, das unter der

Bank liegt.« Damit drehte ich mich um und ging. Ich hatte noch einen Auftrag und konnte hier nicht ewig spielen. Was mehr als bedauerlich war.

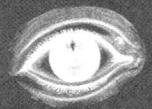

SCHMUTZIGES KLEINES GEHEIMNIS

»Die Geheimnisse von Blackwood Hall sind wie Dornen – je mehr ich versuche, sie zu fassen, desto tiefer verletzen sie mich, schneiden in mein Fleisch und lassen mich bluten. Aber das Furchterregendste ist nicht der Schmerz, sondern dass ich für sie bluten will. Jeder einzelne Tropfen ist wie eine Erlösung.«

- Margaret Holloway, 1880

9

SERAPHINA

»Ich bin mir nicht sicher, was ich von den
Sitzungen bei ihm halten soll. Man hat mich
mein gesamtes Leben lang gelehrt, zurückhaltend
zu sein und nicht übermäßig zu sprechen. Das
würde potentielle Männer abschrecken. Doch er
ist anders. Es scheint, als würde er sich wirklich
für die Dinge interessieren, die in meinem Kopf
vor sich gehen. Ich habe bei ihm das Gefühl, ich
könnte ihm mein Geheimnis anvertrauen, als
könnte er mir wirklich helfen. Dabei weckt der
Blick aus seinen dunklen Augen etwas in mir,
das ich ebenfalls nicht fühlen dürfte. Nicht für
meinen Psychologen, nicht für einen Mann, den
ich nicht haben darf. Aber das Verlangen wird
stärker. Ich denke in den Nächten an ihn und
am Tage und ich frage mich, ob auch ich in
seinen Gedanken bin. Gestern hat er sich zum
ersten Mal zu mir auf die Ledercouch gesetzt.

Nah. Sehr nah. Er hat mich nicht berührt, zumindest nicht körperlich, aber ich habe seine Nähe gespürt, als hätte er es. Mein Herz schlägt bereits schneller, wenn ich nur an diese Situation denke, und allein wie er meinen Namen ausspricht, lässt mich an meinem Verstand zweifeln.«

Die halbe Nacht hatte ich in Margarets Tagebuch gelesen oder darüber nachgedacht, was Xavier mit mir gemacht hatte. Und wieso ich meine Drohung nicht wahrmachen konnte und einfach ging. Mein gesunder Menschenverstand befahl mir, meine Sachen zu packen und abzuhauen. Doch die Dunkelheit in mir reckte ihre Glieder und flüsterte mir verlockende Worte zu. Zu bleiben. Herauszufinden, wie weit Xavier gehen würde.

Er überragte mich um mehr als zwei Köpfe, sein muskulöser, tätowierter Körper war wie dafür geschaffen, mit bloßen Händen zu töten. Kurz hatte ich den Blutdurst in seinem Blick gesehen. Dennoch hatten all seine dunkel geflüsterten Worte Sinn ergeben.

Die Angst beherrschen. Annehmen, was in mir schlummerte. Aber wie konnte ich das, wenn es doch so falsch war, wenn ich es einfach nur loswerden wollte? Wie konnte ich ein normales Leben führen, wenn mich diese Dämonen immer noch heimsuchten, ich sie sogar mit Freuden in mein Bett holte?

Ich legte das Tagebuch zur Seite und rieb meine müden Augen, stand dann von dem Bett auf und trat zum Fenster. Der Garten war nur leicht durch die schummrigen Laternen beleuchtet, das Labyrinth konnte ich fast gar nicht erkennen, und ich fragte mich erneut, was dahintersteckte. Hinter allem hier.

Wieso gab es so wenige Patienten? Wer war der Mann, den ich mit seiner Gitarre in der Bücherei getroffen hatte, und was hatte Margaret hier erlebt?

Ich schlang die Arme um meinen Oberkörper, während ich weiter den Garten mit den Augen absuchte. Und plötzlich war es so, als hätte ich irgendetwas gesehen. Erneut der Mann, der mich schon einmal beobachtet hatte? Stand er unter meinem Fenster und starrte aus der Dunkelheit zu mir hoch?

Ein Schrei ließ mich zusammenfahren. Ohrenbetäubend. Panisch. So laut, dass er durch die dicken Wände und das Glas der Fenster drang.

Was war das oder eher gesagt wer?

Etwas bewegte sich. Jemand rannte durch den Garten, es sah aus wie eine Frau mit einem langen, weißen Kleid, das im Wind ihrer Bewegung hinter ihr herflatterte. Sie eilte auf das Labyrinth zu, stolperte, aber konnte sich gerade noch so fangen. Vor wem rannte sie davon?

War das der ganz normale Wahnsinn, den man innerhalb einer Psychiatrie erlebte, oder war sie wirklich in Not?

Immer wieder drehte sie den Kopf, als schaute sie nach ihrem Verfolger, aber da war niemand. Vielleicht wusste sogar niemand, dass sie abgehauen war. Sie würde sich in ihrem Wahn verlaufen. Es war zwar Sommer, doch hier direkt am Wald in der Nacht recht frisch. Könnte sie auskühlen, wenn sie sich irgendwo versteckte, wo man sie nicht fand?

Verdammt, wieso hatte ich kein Handy oder etwas anderes, mit dem ich um Hilfe rufen konnte? Man musste ihr doch helfen. Ich musste ihr helfen!

Kurzerhand drehte ich mich um und eilte aus meinem Zimmer, die geschwungenen Stufen bis in die Vorhalle nach unten. Auch ich trug nur Schlafsachen, Shorts und ein Trägershirt, aber wenn ich sie direkt fand, könnte ich umgehend mit ihr zurückgehen und irgendjemanden um Hilfe bitten. Vielleicht Beth, irgendwo musste sie doch sein.

Ich rannte nach draußen, der Kies knirschte unter den Sneakers, in die ich beim Verlassen meines Zimmers geschlüpft war. Mit klopfendem Herzen umrundete ich das Gebäude auf der kürzeren Seite. Die Türmchen hoben sich majestätisch und als dunkle Schatten vom Abendhimmel ab. Gestern war Vollmond gewesen, dennoch war es heute immer noch so hell, dass man genug erkennen konnte.

»Hallo?«, rief ich in den Garten und eilte an den angelegten Beeten und dem Teich vorbei in Richtung Labyrinth. Hatte sie es bereits erreicht und war hineingegangen?

Der Wind ließ mich frösteln und mir wurde bewusst, was es für eine dumme Idee gewesen war, allein hier rauszukommen. »Wir brauchen hier Hilfe! Kann irgendjemand helfen?«, rief ich, doch ich hörte nichts außer die Rufe einer weit entfernten Eule. Leichter Nebel drang aus dem Wald zwischen den Bäumen hervor und waberte über den Boden, nahm den Garten langsam, aber sicher in Besitz.

Ich blieb stehen, hielt den Atem für einen Augenblick an und schaute mich um. Das Schloss befand sich in meinem Rücken, rings um mich herum lag alles in Stille. Ich hatte es mir doch nicht etwa eingebildet, eine Frau zu sehen? Hatte ich zu viel in Margarets Tagebuch gelesen, sodass ich mir nun Geister einbildete?

Das Adrenalin peitschte durch mich hindurch, als ich weiterging und vor den mehrere Meter hohen Hecken stehen blieb. Nur zwei Schritte, dann befand ich mich direkt in dem dunklen Labyrinth. »Hallo? Miss? Kann ich Ihnen helfen?«, rief ich hinein. Doch nichts. Ich sollte mich umdrehen. Zurückgehen und so tun, als wäre nichts gewesen. Mich um meine eigenen Sachen kümmern, von denen es genug gab.

Doch ich konnte es nicht. Was, wenn sie sich verletzt

hatte? Ich würde mir nie verzeihen, als einzige Möglichkeit nicht geholfen zu haben.

Also wagte ich einen Schritt hinein, schaute von links nach rechts. Die hohen Hecken bildeten einen Korridor, der in beide Richtungen abging. Intuitiv ging ich nach links, tastete mich langsam vor und lauschte angestrengt. Nichts. Ich war bereits an der Abzweigung, die tiefer in das Labyrinth führte, als ich beschloss, doch umzudrehen. Vielleicht wäre Caldwell in seinem Büro und ich könnte ihm Bescheid geben. Wir könnten gemeinsam rausgehen und ich wäre nicht völlig schutzlos allein in einem dunklen Garten gefangen.

Doch dann hörte ich Schritte hinter mir auf dem Kies. Schnell drehte ich mich um, aber der Gang war leer. Dieser Ort würde mich nicht heilen, er würde mich vollständig durchdrehen lassen. Ich spürte, wie der Wahnsinn in meine Venen kroch und meinen Verstand beschmutzte.

»Hallo?«, fragte ich erneut. »Ist da jemand?« Meine Stimme brach. »So fangen alle Horrorfilme an, ganz große Klasse, Sera ...«, murmelte ich zu mir selbst. Und wieder! Ein Schritt, hinter mir, auf der entgegengesetzten Seite. Ruckartig wandte ich mich um. Der Weg lag durch die hohen Hecken zur Hälfte in vollständiger Dunkelheit. Ich kniff die Augen zusammen, versuchte angestrengt, irgendetwas zu erkennen. Aber anstatt eine Frau in einem weißen Kleid zu sehen, trat ein großer Schatten in den schmalen Lichtkegel. Ein Schatten, der mir nur allzu bekannt vorkam. Es war eindeutig ein Mann mit einer breiten Statur, ähnlich der von Xavier. Doch er trug schwarze Kleidung, die seine Haut komplett verdeckte, sodass ich keine Tätowierungen ausmachen konnte, außerdem erneut eine dunkle Sturmmaske, die sein gesamtes Gesicht verhüllte. Die hochgezogene Kapuze seines Hoodies warf Schatten über seine Augen.

»Xavier?« Nichts. Nicht einmal eine winzige Reaktion. Ich musste schlucken. »Was ist das für ein krankes Psychospiel?«, schrie ich ihm förmlich entgegen. Ich würde mich nicht einschüchtern lassen. Oder wäre es besser, jetzt sofort in die entgegengesetzte Richtung zu rennen wie beim letzten Mal? Weg von diesem Monster, egal, wer sich unter der Maske verbarg.

Ich holte tief Luft, da trat er einen Schritt nach hinten, wurde förmlich von der Dunkelheit verschluckt. Panisch schaute ich mich um, suchte die Hecke mit den Augen ab. Egal, wer es war, dieser jemand kannte das Labyrinth definitiv ausgezeichnet und konnte sich noch dazu perfekt in den Schatten bewegen.

Es war Zeit für mich, umzudrehen.

Also wandte ich mich um und lief los, schaute mich immer wieder nervös um. Die Ecke der Abzweigung, die nach draußen führte, kam näher und näher. Mein Puls schlug bis in meinen Hals, ich fühlte bereits die Rettung, die nahte, sobald ich zurück in dem Schloss sein würde. Nur noch wenige Schritte.

Doch bevor ich abbiegen konnte, schob sich jemand vor mich. Der Schatten. Das Monster.

Abrupt blieb ich stehen, schaute zu ihm hoch, konnte seine Augen allerdings immer noch nicht erkennen.

Ich hielt die Luft an. Er war mir so nah, dass er nur den Arm hätte ausstrecken müssen, um mich zu erwischen. Stattdessen verlagerte er etwas das Gewicht in meine Richtung. Senkte den Kopf.

»Lauf, kleines Reh«, flüsterte er mit rauer, verzerrter Stimme, die klang, als hätte er sie lange Zeit nicht mehr benutzt.

Instinktiv drehte ich mich um, stieß mich mit den Füßen vom Boden ab und rannte los. Panik breitete sich in meiner Brust aus. Mein Atem ging keuchend und abgehackt. Die Hecken schienen sich vor mir zu verschließen, als ob sie mir den Weg absichtlich erschweren wollten. Jeder Schritt war ein Kampf gegen die Dunkelheit und die blanke Angst.

Plötzlich hörte ich hinter mir ein leises, metallisches Geräusch, wie das Klirren einer Kette, die das Tor verschlossen hatte. Ein schneller Blick über die Schulter zeigte mir, dass der Schattenmann mir folgte, seine Bewegungen waren geschmeidig und unaufhaltsam wie die eines Raubtiers. Ich musste mich beeilen. Durfte nicht stehen bleiben. Bloß nicht stürzen.

Endlich erreichte ich eine Öffnung im Labyrinth, schlitterte hindurch. Doch statt Erleichterung fühlte ich nur einen weiteren Anstieg der Angst. Vor mir, in einem düsteren, verlassenen Innenhof, stand ein alter, verfallener Brunnen. Kein Ausgang in Sicht. Ich war in die Falle gelaufen. Er hatte mich direkt hineingetrieben.

Verzweifelt drehte ich mich um, aber der Schatten war bereits da, seine dunkle Gestalt füllte den Eingang. Er kam langsam auf mich zu, und ich konnte das Gefühl von Kälte und Bedrohung spüren, das von ihm ausging. Meine Beine wollten nachgeben, aber ich zwang mich, stehen zu bleiben. Ihm entgegenzutreten.

»Warum tust du das?«, fragte ich, meine Stimme nichts als ein heiseres Flüstern in der kühlen Nachtluft. »Ist das eine neue Lektion, Xavier?«

Er hielt inne, nur wenige Schritte von mir entfernt, und ich konnte endlich seine Augen sehen – kalt und unergründlich fixierten sie mich wie die pure Dunkelheit.

Plötzlich griff er so schnell nach vorne, dass ich es nicht schaffte, auszuweichen. Seine Hand packte mein Handgelenk, und ich spürte die harte Berührung seiner behandschuhten Finger. Doch anstatt mich zu verletzen, zog er mich langsam zu sich. Immer noch sagte er kein Wort. Immer noch raste mein Puls und mein einziger Gedanke galt der Flucht.

Oder?

Tief zwischen all der Panik schob sich etwas anderes in meinem Innern in den Vordergrund. Etwas, das dort ganz und gar nicht hingehörte, das ich am liebsten verbannt hätte.

Der Mann drängte mich zurück, immer weiter, bis meine Kniekehlen gegen den Brunnen stießen und ich mich automatisch auf dem Rand niederlassen musste. Er schaute zu mir herab, fixierte meinen Blick mit dunklen Augen, denen ich mich nicht entziehen konnte, sosehr ich es auch versuchte. Er war wie die fleischgewordene Versuchung, die mir ständig in meinen kranken Träumen begegnet war. Ein gesichtsloser Psychopath, dem ich nichts entgegenzusetzen hatte.

Langsam hob er die Hand und strich mir mit der Rückseite seiner Finger über die Wange, bis hinunter zu meinem Hals. Meine Hände krampften sich um den Rand des Brunnens, und auch wenn ich fasziniert war, schrie mein Verstand nach Flucht.

Kurz löste sich sein Blick und folgte seinem Finger, was ich als Chance nutzte. Ich sprintete los, an ihm vorbei. Doch ich war nicht schnell genug. Er bekam mich zu fassen. Ich stolperte. Knallte der Länge nach auf den Bauch und fühlte einen festen Griff an meinem Oberarm, der mich herumzerrte. Gewicht, das mich niederdrückte, mir die Luft abschnürte. Der Mann thronte über mir und schüttelte tadelnd mit dem Kopf, als hätte ich einen ziemlich großen Fehler begangen.

»Lass mich los!«, rief ich und spürte, wie brennende Tränen meine Wangen benetzten. Was war das hier für ein Ort? Wer war der Mann und wieso hatte er es auf mich abgesehen?

Er saß halb auf mir und hielt mich an Ort und Stelle, auch wenn ich mich unter ihm wand, trat und schrie, einfach alles tat, um zu entkommen. Das hier durfte nicht das Ende sein.

Plötzlich umfasste er meine Kehle und drückte mich auf den Boden, schnürte mir als Warnung leicht die Luft ab, bis ich die Versuche, zu fliehen, unterband. Alles in mir pulsierte und bäumte sich innerlich gegen ihn auf, äußerlich verrieten mich nur meine schnelle Atmung und meine Tränen.

Er führte die freie Hand zum Bereich seiner Maske, wo offenbar der Mund war, und zog sich den Handschuh durch den Stoff mithilfe seiner Zähne herunter, während er mich weiterhin nicht aus den Augen ließ. Anscheinend würde ihm eine Unachtsamkeit wie eben nicht noch einmal passieren.

Als er das Gewicht verlagerte und ein Stück von mir herunterrutschte, entwich mir ein Schluchzen.

Er schnalzte mit der Zunge, was ausreichte, um mich die Lippen aufeinanderpressen zu lassen. Im Kontrast zu der gesamten Situation fuhr er fast zu sanft zum Bund meiner Shorts.

»Nicht«, flüsterte ich brüchig, doch er ließ sich nicht aufhalten. Er schob seine Hand weiter, tiefer, berührte den Stoff meines Slips, während sich seine Finger an meiner Kehle etwas lockerten. Aber nur so, dass mir das Atmen wieder leichter fiel, nicht, um mich gehen zu lassen.

Ich presste die Beine zusammen, doch er spreizte sie mit einer bloßen Bewegung seines Oberschenkels. Fest schloss ich die Augen, spürte, wie mein Körper und mein Unterleib in Flammen standen. Wie ich Dinge fühlte, die in dieser Situation ganz und gar nicht normal waren. Dinge wollte, die andere Menschen als abartig bezeichnen würden.

Er packte mein Höschen und zog es zur Seite. Als seine warmen Finger meine nackte Haut zum ersten Mal berührten, war es wie eine Explosion. Ich unterdrückte ein Keuchen, als er ohne Vorwarnung einen seiner Finger zwischen meine Schamlippen drückte, tief damit in mich eindrang.

Es war zu viel. Alle Eindrücke prasselten auf mich nieder, füllten mich aus, genauso, wie es dieser Fremde tat, dessen Gesicht ich nicht einmal kannte. Falsch. *Falschfalschfalsch*, das alles war so falsch!

Ich drückte den Rücken durch, als er auch noch einen

zweiten Finger dazunahm. Doch ehe ich mich wirklich auf das Gefühl einlassen konnte, zog er seine Hand hervor und ließ mich los. Sein Blick hielt meinen fest, während er die Maske ein Stück nach oben schob und die Finger, die eben noch in mir gewesen waren, zwischen seine Lippen nahm. Dieser Mund ... kam er mir bekannt vor oder bildete ich es mir nur ein? Er gab ein genüssliches, heiseres Brummen von sich, was mir brennende Hitze der Scham in die Wangen trieb. Großer Gott. Das alles war so demütigend und unglaublich erregend zugleich. Es war, als ob dieser Ort mich nicht heilte, sondern mich jede Sekunde ein Stückchen tiefer in die Dunkelheit führte.

Plötzlich griff er nach meinen Handgelenken, pinnte sie neben meinem Kopf in die Erde und lehnte sich herunter. Ich spürte seinen warmen Atem auf meinem Hals, hörte, wie er meinen Duft tief inhalierte. Ich wimmerte, unterdrückte das Schluchzen, das aus mir herauszubrechen drohte, während seine Nähe ein Prickeln auf meiner Haut hinterließ.

Langsam lehnte er sich zurück und zog eine meiner Hände mit, führte sie zu meinem Bauch und ich schüttelte den Kopf. »Nicht«, wisperte ich brüchig, aber er ließ sich nicht beirren. Seine Finger zogen sich schmerzhaft um mein Handgelenk zusammen, drückten meine Hand tiefer und immer tiefer, bis sie unter den Bund meiner Shorts und meines Slips tauchte.

Es war, als wäre meine Hand seine. Er führte mich weiter, drückte meine Handfläche fest gegen meinen Kitzler, zwang mich, mich selbst zu berühren, und studierte jede Reaktion meines Körpers. Als wollte er mir zeigen, wie angeturnt ich trotz meiner Angst war. Wie krank. Wie verloren.

Er hob die freie Hand und zog langsam ein Messer hervor, dessen Klinge im Mondlicht aufblitzte. Mein Atem stockte, als er die kalte Metallspitze zart über meine Haut gleiten ließ, von meinem Hals über das Schlüsselbein über den Ansatz meiner Brüste. Ein heißer Schauer durchfuhr mich, während die Klinge meine Haut streifte, ohne mich dabei zu verletzen. Als genösse er dieses Spiel aus Angst und Erregung und wie es mich innerlich zerriss.

Plötzlich ließ er das Messer fallen, sein Griff um mein Handgelenk blieb eisern. Mit einer eindrücklichen Bewegung zwang er mich, mich selbst zu streicheln, während er mich mit seinen dunklen, unergründlichen Augen beobachtete. Auch sein Atem beschleunigte sich und ich konnte die Spannung in der Luft förmlich greifen. Sein Griff würde Abdrücke auf meiner Haut hinterlassen und eine winzige Stimme wollte es sogar. Wollte die Zeichen morgen noch sehen, mit denen er mich markiert hatte.

Er beugte sich wieder zu mir hinunter, seine Lippen kamen meinem Ohr gefährlich nah, während er meine Finger tiefer in meine eigene Nässe drückte. Seine Zunge strich leicht über mein Ohrläppchen, und ein unkontrolliertes Keuchen entkam meinen Lippen. Mein Körper reagierte auf eine Weise, die ich nicht begreifen konnte, eine Mischung aus Furcht und Verlangen, die mich fast wahnsinnig machte. Noch nie zuvor hatte ich mich so nah an einem Höhepunkt befunden. Noch nie hatte ich das Gefühl gehabt, in wenigen Sekunden zu zerspringen, mich aufzulösen.

Doch als hätte er mich genug studiert, ließ er plötzlich von mir ab. Er stieg von mir herunter und ging einen Schritt zurück. Sofort rollte ich mich auf die Seite und sprang auf, richtete meine Kleidung und ignorierte den Schwindel, der mich kurz packte.

Er legte den Kopf schief und betrachtete mich erneut, als würde er nicht aus mir schlau werden, während ich atemlos versuchte, das alles zu erfassen. Die Kälte der Nacht umhüllte mich genauso wie die erdrückende Stille um uns herum.

Was auch immer gerade passiert war, es hatte irgendeine Bedeutung. Es war wie ein Test, dessen Wahrheit ich herausfinden musste. Denn er hätte mir leicht noch deutlich mehr antun können, als mich nur kurz zu berühren, um sich selbst und mir zu beweisen, wie zwiegespalten ich mich bei seinem Überfall fühlte.

Verlangen und Scham. Reue und Lust. Angst und Neugier. Das alles tanzte in mir einen wilden Tanz.

Er trat zurück, zurück in die Dunkelheit und verschwand plötzlich, als wäre er nie da gewesen. Als hätte ich mir nicht nur diese Frau, sondern auch ihn eingebildet. Als würde mein Verstand mir Dinge zeigen, nur um mich zu verwirren.

»Hallo?«, flüsterte ich und wusste nicht, ob ich froh sein sollte, dass er weg war, oder ob das genaue Gegenteil der Fall war. »Wo bist du?« Doch da war nur noch diese Stille, als würden die hohen Hecken jeden Laut außerhalb schlucken. Ich drehte mich einmal um mich selbst, immer in der Angst, er könnte erneut aus der Dunkelheit kriechen und mich packen. Dennoch musste ich hier raus. Mit zitternden Beinen machte ich mich auf den Weg zurück durch das Labyrinth, sah an jeder Ecke erneut seine dunklen Augen, die mich beobachteten. Ich verirrte mich ständig, es dauerte ewig, bis ich endlich den Ausgang gefunden hatte und daraufhin durch den Garten wandelte wie das Gespenst, was ich anscheinend gesehen hatte. Fest hielt ich den Blick gesenkt, als ich auf die Stufen trat, die endlich zurück in das Schloss, zurück in mein Zimmer führten. Zurück in die trügerische Sicherheit.

Bis ich erneut innehalten musste.

»Miss Collins? Was tun Sie hier draußen?«

Perplex blieb ich stehen und schaute auf, sah Dr. Caldwell, der im Smoking nur wenige Treppenstufen über mir stand und ebenfalls in der Bewegung verharrte. War er auf dem Weg irgendwohin? Sein Blick wanderte über mein knappes Outfit, das alles andere als angemessen für einen nächtlichen Spaziergang war. »Was ist passiert?« Seine Stimme klang ernst und hart, als wäre ich ein ungezogenes Kind, mit dem man schimpfen musste.

Wut verdrängte das Gefühl von Schwäche und ich hieß sie nur zu gern willkommen. Sie lenkte mich von allem anderen ab.

»Nichts ist passiert«, erwiderte ich etwas zu scharf und lief weiter. »Wüsste ich nicht, dass das hier ein Irrenhaus ist, würde ein halber Tag ausreichen, um es herauszufinden«, murmelte ich und wollte an ihm vorbeigehen.

Doch seine Hand schnellte vor und er hielt mich am Oberarm fest, während sein Blick hinunter zu meinem rotglühenden Handgelenk wanderte, an dem ich den Griff des Fremden immer noch spüren konnte.

»Was ist das?«

»Gar nichts«, stieß ich durch zusammengebissene Zähne aus.

»Kommen Sie mit.«

»Nein, ich ...«, wollte ich protestieren, weil er augenscheinlich gerade auf dem Weg irgendwohin war und ich nur noch zurück in mein Zimmer wollte, doch sein Blick wurde nur noch härter. Widerworte waren völlig zwecklos.

»Mitkommen.«

Wir lieferten uns einige Sekunden ein Blickduell. Seine Augen drohten mich zu verbrennen, sollte ich mich ihm widersetzen, das war eindeutig. Also nickte ich. Und lief damit wahrscheinlich ein weiteres Mal in eine Falle.

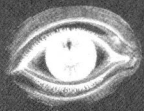

SCHMUTZIGES KLEINES GEHEIMNIS

»Unter dem Schein der Mondsichel offenbaren sich die wahren Gesichter derer, die in den Schatten wandeln. Nicht viele von ihnen sind freundlich oder gütig, aber wenigstens sind sie alle ehrlich.«

- Margaret Holloway, 1880

10

ZACHARY

Die nackte Haut ihrer Beine war an manchen Stellen aufgeschürft, als wäre sie gestürzt. Noch dazu trug sie Kleidung, die man eher einem heißen Strandtag zuordnen würde und nicht einem nächtlichen Spaziergang durch einen einsamen Schlossgarten. Außerdem wirkte sie eindeutig verwirrt und das konnte nur eines bedeuten. Sie war ihm begegnet.

Die Frage war nur, spielte mir dieser Moment direkt in die Karten oder sollte ich ihn ungenutzt verstreichen lassen? Aber da ich ein kranker Mistkerl war, der sich noch dazu als verdammt schlechten Verlierer bezeichnete, wäre Auswahl zwei keine Option. Ich würde herausfinden, wie weit ich bei ihr gehen konnte. Inwiefern sie mir vertraute und verfallen konnte. Es juckte mich förmlich in den Fingern, sie herauszu-fordern. Einen Blick in ihre Seele zu riskieren und hinter die dunklen Ecken darin zu spähen. Sie war ein Experiment, das mich seit langer Zeit mal wieder wirklich interessierte. Denn irgendetwas brodelte unter ihrer zurückhaltenden Oberfläche. Irgendetwas war da, was sich vor der Welt versteckte. Und ich würde es herauszerren.

»Setzen«, wies ich sie an und nickte zu der schwarzen

Ledercouch in meinem Büro. Kurz hatte ich überlegt, sie in meine Räumlichkeiten im abgetrennten Westflügel des Schlosses zu bringen, hatte den Gedanken aber schnell wieder verworfen. Abgesehen davon, dass ich noch nicht einmal Xav Zugang gestattete, war der Umstand, sie direkt in der Nähe meines Schlafzimmers zu wissen, mehr als leichtsinnig. Wobei es wahrscheinlich über hundert andere Orte gab, an denen ich sie ficken könnte, wenn ich es darauf anlegte. Dazu brauchte ich garantiert kein Bett.

Ich betrat das angrenzende Badezimmer und nahm Pflaster und Desinfektionsmittel aus dem kleinen Verbandskasten im Unterschrank. Daraufhin lief ich zurück zu ihr, warf die Utensilien neben ihr auf die Sitzfläche und ging vor ihr in die Hocke.

»Ich frage jetzt nur noch einmal«, begann ich und griff nach ihrem Handgelenk, inspizierte schmale Schürfwunden an ihren Unterarmen. »Was ist passiert?«

»Nichts.«

Ich hielt inne und schaute langsam auf. »Sie sind Patientin meiner Klinik. Sie stehen unter meinem Schutz«, sagte ich und sah, wie sie schlucken musste.

»Gibt es ...«, begann sie, aber verstummte, als ich das Desinfektionsmittel nahm und es auf ihre Haut sprühte. Sie zuckte kurz zusammen. »Gibt es hier Patienten, die man lieber nicht auf andere Menschen loslassen sollte?«

Ich nahm einen der Tupfer und verteilte das Mittel auf ihren Schürfwunden an Unterarmen und Knien. Sie war eindeutig gefallen.

Man durfte meine Fürsorge nicht falsch verstehen. Ich war ein Sadist. Ich mochte es, Frauen an ihre Grenzen zu bringen und etwas darüber hinaus. Ich mochte die Macht, ich lebte für die Kontrolle, sogar für den Schmerz. Und dass ich in der Hand hatte, wie viel davon ich ihnen zufügte.

Aber unkontrollierte Situationen wie diese hier waren mir

zuwider. Nicht nur, weil es durchaus schade wäre, die Wette jetzt bereits abhaken zu müssen, wenn Seraphina etwas zustieße, sondern auch, weil ich nicht gefährden konnte, dass die Polizei einen Grund fand, auf unserer Türschwelle zu stehen. Oder eher gesagt Marcus Deveraux. Damit er seine verdammte, neugierige Nase weiter in unsere Angelegenheiten stecken konnte. Es hatte ihm nicht ausgereicht, seinen Job als Officer zu verlieren, weil er sich mit den Falschen angelegt hatte. Irgendwann würde er aus diesem Grund sein Leben geben. Und ich hoffte, dass ich es sein durfte, der es mit Freuden an sich nahm.

»Was meinen Sie damit? Natürlich gibt es Patienten, deren mentale Disposition es nicht zulässt, ein normales Leben zu führen.« Ich warf ihr einen kurzen Blick zu. Beschämt wich sie mir aus. »Aber Sie meinen wohl Patienten, von denen eine echte Gefährdung für andere ausgeht, richtig? Die isoliert werden sollten?« Sie nickte. »Haben Sie das Gefühl, dass Sie hier nicht sicher sind?«

Ich fuhr mit dem Tupfer über ihre Knie, ein Stück nach oben zu ihren nackten Oberschenkeln. Die Haut war weich und ebenmäßig. Ich fragte mich, wie es wohl aussehen würde, wenn sie nach einer Session durch meine Hand rot glühen würde. Wenn schwere, raue Seile sich in ihre Haut pressen würden. So stark, dass sie noch einige Stunden danach Striemen zieren würde.

Die Atmosphäre um uns herum wurde dichter, träge wie goldgelber Honig. Sie spürte es ebenso, denn sie presste die Oberschenkel zusammen und rutschte auf der Sitzfläche ein Stück zurück. Wollte sie mir etwa entkommen?

Ich griff unter ihre Kniekehlen und zog sie mit einem Ruck wieder näher zu mir. »Hören Sie auf, zu zappeln«, wies ich sie an. »Ich bin noch nicht fertig.« Das war ich noch lange nicht. »Außerdem haben Sie meine Frage nicht beantwortet. Fühlen Sie sich hier unsicher, Miss Collins?«

Ich legte die Utensilien zur Seite und stützte mich links und rechts auf dem Polster neben ihr ab, erhob mich ganz langsam aus der Hocke und schaute sie unverwandt an. Sie wirkte wie ein nervöses Kaninchen, das dem Wolf direkt gegenüberstand. Beutetier gegen Raubtier. Ausgeliefert. Allein. Schutzlos. Irgendetwas sprach sie in mir an. Wahrscheinlich hätte ich sonst niemals diese Wette ins Leben gerufen. Oder wollte ich mich mit dieser Grenze nur selbst schützen? Um sie nicht zu verschlingen? Das Monster nicht herauszufordern, das in mir an seiner Absperrung kratzte? Oder war es dafür bereits zu spät?

Fuck. Ich stand über ihr und spürte zum ersten Mal, dass es schwerer werden würde als gedacht, das durchzuziehen.

»Draußen war ein Mann«, flüsterte sie plötzlich.

»Was für ein Mann?«

»Er war maskiert, trug schwarze Kleidung. Ich dachte zuerst … ich hätte eine Frau gesehen und bin ihr gefolgt. Es wirkte, als bräuchte sie Hilfe.«

»Eine Frau?«, fragte ich und sie nickte.

»Sie ist in das Labyrinth gerannt.«

Ich drehte mich um und ging zu dem Medikamentenschrank neben meinem Schreibtisch, zog den Schlüssel aus meiner Hosentasche und schloss ihn auf. Mit einem Griff hatte ich, was ich brauchte, machte den Schrank wieder zu und ging zurück zu ihr. »Sie haben Schlafstörungen, Miss Collins«, erklärte ich und gab ihr die kleine Ration Schlaftabletten. Sie drehte die Packung in ihren Fingern.

»Denken Sie, ich habe mir das eingebildet?«

»Das kann schnell an neuen Orten passieren, vor allem an solchen wie Blackwood Hall.« Ich wusste das nur zu gut. »Nehmen Sie diese und Sie finden Ruhe.«

»Ich habe keine Schlafprobleme!«, sagte sie empört. Ich zog eine Augenbraue hoch und sie seufzte. »Ich meine, daran liegt es nicht! Ich habe sie gesehen und … ihn.«

»Hat er Ihnen etwas getan?« Ihre Wangen begannen rot zu glühen. »Sie müssen sich mir öffnen, Seraphina, sonst kann ich Ihnen nicht helfen«, sagte ich, knöpfte mein Smokingjackett auf und nahm neben ihr Platz. Sie fuhr immer wieder über die Narbe an ihrer Handinnenfläche, als könnte sie das Jucken lindern, das davon auszugehen schien. Der Psychologe in mir interessierte sich brennend für die Geschichte, die hinter dieser Wunde steckte.

»Er hat mich berührt«, wisperte sie.

»Berührt? An der Schulter?« Sie schüttelte den Kopf. »An ihrem Bein?«

»Ja.«

»Wo noch?«

»Mögen Sie es, mich zu quälen?«, erwiderte sie. Interessant. Das kleine Kaninchen wurde bissig, wenn man es in eine Ecke drängte. Die wahre Antwort auf ihre Frage war: Ja. Ich wollte sie quälen. Der Drang, sie zu schneiden, geriet für einen Augenblick außer Kontrolle, zerrte an meiner Selbstbeherrschung.

»Natürlich nicht, ich möchte Sie heilen.« Ich stand auf, schloss mein Jackett wieder und steckte die Hände in die Hosentasche. »Gehen Sie schlafen, Seraphina. Wir reden morgen darüber, wenn Sie sich erholt haben. Augenscheinlich war es ein langer Tag für Sie. Therapien können sehr intensiv sein.«

»Sie verschweigen mir etwas!«, klagte sie und sprang auf.

»Natürlich tue ich das«, erwiderte ich beherrscht und trat einen Schritt näher. »Ich bin hier der, der alles unter Kontrolle hat. Ich bin der Leiter, der Boss. Die Verantwortung für alle Patienten und das gesamte Personal liegt auf meinen Schultern. Sie sind einfach nur ...« Ich packte nach ihrem Kinn. »Jemand, der von seinen Leiden erlöst werden möchte. Sie müssen nur das wissen, was zu Ihrer Heilung beiträgt, nicht mehr und nicht weniger. Haben Sie das verstanden?«

Ihre Augen funkelten vor Zorn. Da war er endlich. Dieser Kampfgeist, den ich unbedingt brechen wollte. Mein Blick fiel auf ihre vollen Lippen, die sie zusammenpresste. Ich spürte förmlich ihren leicht bekleideten, warmen Körper unter meinen Fingern. Hörte ihr leises Keuchen in meinem Ohr. »Benimmregel Nummer eins: Auf Fragen antwortet man«, raunte ich scharf.

»Sie haben recht, es geht mich nicht alles etwas an.« Sie trat einen Schritt zurück und entzog mir ihr Kinn. »Aber Sie haben unrecht, wenn Sie denken, dass Sie auch mein Boss sind.«

Mit Schwung pfefferte sie die Schlaftabletten auf das Sofa hinter sich und durchquerte erhobenen Hauptes den Raum. Sie zögerte nur eine Sekunde, bevor sie die Tür öffnete, ging und mich mehr als amüsiert zurückließ. Xavier hatte recht, wenn er behauptete, dass die kleine Miss Collins eine ausgesprochen nette Abwechslung in unserem üblichen Alltag war. Ich musste nur aufpassen, mich nicht zu sehr in etwas zu verrennen.

Ich ging ebenfalls hinaus, doch auf dem Flur war bereits nichts mehr von ihr zu sehen. Bevor ich loslief, schaute ich auf meine Armbanduhr und stellte fest, dass ich schon viel zu spät dran war. Keine Zeit, Seraphina heute noch zu zeigen, was es bedeutete, mich stehen zu lassen, aber für morgen würde ich mir etwas ganz Besonderes einfallen lassen.

Als ich aus dem Vorraum nach draußen trat, erkannte ich bereits Xavier, der mit einem schwarzen Anzug ohne Krawatte oder Fliege bekleidet, an seinem Mustang lehnte. Die oberen Knöpfe seines Hemdes waren geöffnet. Mit seinen Händen in den Hosentaschen schaute er mich mit einem leichten Schmunzeln an, als ich die Treppen nach unten stieg und auf ihn zuging.

»Na, was ist aus dem überpünktlichen Wichser geworden, der du sonst bist? Brauchtest du länger im Badezimmer?«

»So ähnlich«, murmelte ich und ging zur Beifahrerseite. »Steig jetzt ein, wir müssen los.«

Xavier ließ ein Lachen von sich und umrundete den Wagen, um auf dem Fahrersitz Platz zu nehmen.

»Oder hast du etwa unsere kleine Wette aufs Spiel gesetzt und ein wenig mit unserer Beute gespielt?«

Er startete den Wagen, aber zögerte immer noch.

»Fahr jetzt endlich los«, erwiderte ich genervt und legte den Arm auf der Fensterverkleidung ab.

»Was für eine Beute?«, hörte ich vom Rücksitz und sah im Augenwinkel, wie jemand näher rutschte.

»Geht dich einen Scheiß an, Alec«, erwiderte Xavier. Der zuckte nur mit den Schultern und rutschte zurück. Ich hörte, wie sich ein Zippo öffnete und das Papier der Zigarette zischte, als er sie anzündete.

»Hey! In meinem Auto wird nicht geraucht!«, rief Xavier. »Mach den Scheiß aus!« Der süßliche Geruch von Gras verteilte sich im Innenraum.

»Ich rauche aus dem Fenster, stell dich nicht an wie eine Pussy.«

»Wehe du ascht nur einen Fetzen der Glut auf die Ledersitze, dann reiße ich dir deinen knochigen Arsch auf!«

Ich schaute aus dem Fenster, sah im Seitenspiegel, wie Blackwood Hall immer kleiner wurde, während die beiden sich wie so oft stritten. Tief atmend wandte ich den Blick ab. Blackwood war alles, was ich hatte. Alles, was ich brauchte. Es floss förmlich durch meine Adern, trieb meinen Herzschlag an. Und dennoch tat es gut, hin und wieder Abstand nehmen zu können.

»Übrigens ist mir eure beschissene Wette egal, ich habe eine andere Beschäftigung gefunden«, sagte Alec plötzlich.

»Lass deine Finger vom Personal«, murrte ich.

»Keine Sorge, die habe ich sowieso schon alle durch. Nein, ihr habt eine neue Patientin. Hübsch, langes, dunkelbraunes Haar, große graue Augen, nervöser Blick, als hätte sie irgendetwas ausgefressen.«

Seraphina.

»Lass die Finger auch von ihr«, sagte ich und spürte Xaviers kurzen Blick auf meinem Profil.

»Wir haben uns kennengelernt, in der Bibliothek, und ich glaube, sie mag mich.«

»Dich arroganten Penner mag niemand«, brummte Xavier. »Außer vielleicht Zach, keine Ahnung, was er an dir Nervensäge findet.«

Alec lachte auf. »Sie mag es, wenn ich Gitarre spiele, vielleicht singe ich ihr ein Schlaflied, nachdem ich sie um den Verstand gefickt habe.«

Ich wusste, dass er uns nur provozieren wollte. Dass er andere mit seiner gespielten Art, alles ginge ihm am Arsch vorbei, auf Abstand hielt. Das interessierte mich nicht, aber Xavier leider umso mehr. Er hatte schon immer ein Problem mit Impulskontrolle gehabt.

»Du wirst deinen Schwanz schön in deiner Hose behalten«, sagte er und beschleunigte auf der Geraden, nachdem er deutlich zu schnell in eine Kurve gefahren war.

»Wieso? Bist du etwa verliebt, Großer?«

»Ihr ermüdet mich«, sagte ich. »Haltet beide bitte eure Schnauze. Wir haben keine Zeit, uns über irgendwelche Frauen Gedanken zu machen. Heute Abend steht viel mehr auf dem Spiel als das. Konzentriert euch.«

Alec seufzte. »Ja, ist ja gut.«

»Du hast recht«, sagte auch Xavier endlich.

»Ihr wisst, was zu tun ist?«, fragte ich.

»Wie immer, Boss«, erwiderte Xavier und auch Alec warf seinen Joint aus dem Fenster.

»Aye.«

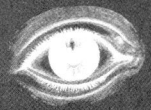

SCHMUTZIGES KLEINES GEHEIMNIS

»Unser Verlangen ist das Feuer, das in den Gärten von Blackwood Hall brennt – leuchtend und zerstörerisch. Oder ist es Liebe, von der er in Wirklichkeit spricht? Auch wenn ich insgeheim weiß, dass er nicht fähig ist, dieses Gefühl zu empfinden, will ich es mir zumindest einreden, weil es alles hier ein wenig leichter macht.«

- Margaret Holloway, 1880

11

ZACHARY

Damals

»D ad! Nein!«
Ich fiel hin, meine Knie prallten schmerzhaft auf den harten Beton. Ich spürte bereits, wie die feuchte Kälte in mich eindrang, mich zittern ließ. Panik kroch meine Wirbelsäule nach oben und legte sich um meinen Hals.

Hastig drehte ich mich um und wollte zurück zur Tür eilen, doch diese schloss sich in dem Moment mit einem lauten Knall.

Tränen liefen über meine Wangen, während ich verzweifelt gegen die Stahltür trommelte. »Dad! Daddy! Bitte!« Mein Schluchzen wurde zu panischem Luftholen. Ich erstickte. Starb, wenn ich noch eine einzige Nacht in dem *Verlies* verbringen musste.

Eine kleine Klappe öffnete sich in der Tür und ich sah die hellblauen Augen meines Vaters.

»Du weißt, was passiert, wenn du dich mir widersetzt und nicht auf mich hörst«, sagte er mit strenger Stimme. Noch nie hatte ich nur einen winzigen Funken Gefühl in seinen Worten gehört. Kein: *Das hast du gut gemacht, Zachary.* Kein: *Ich bin stolz auf dich, Zachary.*

Nur: *Dein Verhalten ist inakzeptabel. Du bist eine Schande für mich und deine tote Mutter.*

»Bitte, ich nehme jede Strafe an, aber nicht ... nicht ...« Vor lauter Schluchzen konnte ich meine Worte fast selbst nicht verstehen. Jeder Schlag wäre mir lieber gewesen, als hier zu sein. Und genau das wusste er. Genau das wandte er gegen mich an.

»Schau dich an«, sagte er abfällig, als wäre ich nicht mehr wert als Hundescheiße unter seinem polierten Schuh. »Wie du bettelst. Du bist elf Jahre alt, Zachary, benimm dich endlich wie ein Mann.«

Die Klappe schob sich über das winzige Fenster und schluckte damit das letzte, klägliche Licht. Es war dunkel. Kalt. Die Wände feucht und kahl. Kratzspuren waren die einzige Verzierung. Spuren von Angst. Spuren von Panik. Spuren des Wahnsinns, der hier in jeder Ecke schlummerte.

Ich schlang die Arme um meinen Körper und drehte mich langsam um, starrte verzweifelt in die Schwärze des Raums. Doch ich war schon zu oft hier gewesen, um genau zu wissen, dass es keinen Fluchtweg gab. Der einzige Weg, das zu überstehen, wäre es auszuhalten. *Ein Mann zu werden.*

Meine Haut begann zu jucken und ich kratzte über meine Unterarme. Ich konnte gar nicht mehr damit aufhören. Zähe Feuchtigkeit drang unter meine Fingernägel. Aber ich musste aufhören. Sonst würde mich mein Vater morgen, nachdem er mich befreit hatte, gleich wieder einschließen. Weil es auch Schwäche bedeutete, sich seine Angst ansehen zu lassen, und sei es nur durch die zwanghaften, blutigen Kratzer an meinen Unterarmen.

Ich lief in eine Ecke, in der es am wenigsten nach Pisse stank. Ich wusste, dass ich nicht der Einzige war, der regelmäßig Zeit in dem Raum verbringen musste. Erschöpft ließ ich mich an der Wand hinabsinken.

»Du dummer Junge, du Weichei ...«, murmelte ich zu mir selbst und schlang die Arme um meine aufgestellten Beine. Langsam wiegte ich mich nach vorne und hinten. Vorne und hinten. Immer. Wieder. »Kannst du nicht einmal hören ...«

Zuerst vernahm ich nur das Flüstern. Wahnsinnige Worte, die keinen Sinn ergaben. Danach Schreie. Sie waren so schrill, dass sich Gänsehaut über meinen Körper zog. Dieser Ort war immer beängstigend, aber in der Nacht wurde er zu einem Vorhof der Hölle.

»*Ich helfe ihnen, Zachary, du musst das verstehen*«, sagte mein Vater immer. »*Ohne mich wären ihre kranken Seelen verloren.*«

Ich lehnte den Kopf gegen die kühle Betonwand. Eine weitere Nacht im Verlies. Eine Nacht voller Dunkelheit, voller gruseliger Geräusche, voller Angst. Fast schon wütend strich ich mir mit dem Arm die schwachen Tränen von meinem Gesicht. Das alles würde nicht passieren, wenn ich endlich ein Mann wäre. Wenn ich meinem Vater mit meiner ganzen Kraft entgegentreten könnte.

Irgendwann. Irgendwann war ich nicht mehr der schwache, kleine Junge. Irgendwann würde ich ihn umbringen. Mit meinen eigenen Händen. Und mich so befreien.

Irgendwann.

Irgendwann.

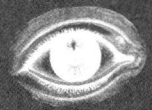

SCHMUTZIGES KLEINES GEHEIMNIS

»Seine Worte sind süßer als Gift, seine Versprechen dunkler als die Nacht. Jede Silbe aus seinem verführerischen Mund scheint eine unergründliche Tiefe zu verbergen, ein Versprechen von Leid und Verlangen, das mein Herz schneller schlagen lässt. Trotz der Gefahr, die in seinen Augen flackert, zieht es mich unaufhaltsam zu ihm hin – als ob seine Dunkelheit die meine anerkennt und umarmt. In diesem Moment weiß ich, dass ich unwiderruflich verloren bin, gefangen in seinem Netz aus Verführung und Täuschung, ohne Hoffnung auf wirkliche Flucht.«

- Margaret Holloway, 1880

12

XAVIER

Alles hier war in schummriges Licht getaucht. Über der Bar zu unserer Linken befand sich ein beleuchtetes Flaschenregal, das den Raum mit einem dunklen Glanz erfüllte. Auf dem Tresen räkelten sich zwei halbnackte Frauen zur Musik, die im Hintergrund lief.

Keine zwei Sekunden nach unserer Ankunft waren vier weitere Frauen auf uns zugeeilt, um uns mit ihren Worten und Blicken zu schmeicheln.

Es war mir egal, dass diese Worte nicht ehrlich und nur dazu da waren, uns das Geld aus der Tasche zu ziehen. Der Spaß lag nicht in der Ehrlichkeit, sondern in der Illusion. Heute Nacht würde ich vielleicht sogar eine oder mehrere von ihnen ficken, und ihre Schreie der Lust würden die einzige Wahrheit sein, die für mich zählte.

»Verpiss dich«, zischte Zach einer Blonden an seiner Seite zu, während ich den Arm um die Schultern beider Frauen neben mir legte.

»Was ist los? So angespannt heute Abend?«, fragte ich ihn mit einem Grinsen.

Er schenkte mir nur einen seiner ernsten Blicke, die mir allerdings mehr als am Arsch vorbeigingen. »Du weißt, wieso

wir hier sind. Ganz bestimmt nicht, um irgendeiner von Chois Nutten das Hirn rauszuvögeln.«

Ich vernahm Alecs ersticktes Lachen im Hintergrund. »Nein? Wie schade, ich dachte, wir könnten erst etwas entspannen, bevor es ernst wird«, zog ich Zach auf.

Ich löste meine Arme von den Frauen und klatschte ihnen auf ihren halbnackten Arsch. Sie kicherten. Weil es von ihnen erwartet wurde. Aber wir waren ganz bestimmt nicht ihre Retter in der Not. Dafür steckten wir selbst viel zu tief im Morast. »Sorry, Ladys, ihr habt den Boss gehört. Vielleicht bis später.«

Sie schenkten mir noch einen hübschen, einstudierten Wimpernaufschlag und verschwanden zu den nächsten Kerlen, die den Raum betraten.

»Also, sollen wir schon beginnen oder auf Choi warten?«, fragte ich und schaute mich um. Überall befanden sich Tische, an denen man sein Glück herausfordern konnte. Roulette, Blackjack, Poker – alles war vertreten.

Das Casino war in einem weitläufigen Kellergewölbe untergebracht, dessen Decke von alten, kunstvoll verzierten Pfeilern gestützt wurde. Schwere, dunkelrote Samtvorhänge bedeckten die Wände und die Geräusche der Stadt Richmond draußen erstickten. Die Luft war erfüllt von einem Mix aus Zigarrenrauch, teurem Parfüm und dem unverwechselbaren Hauch von Risiko und Verlangen. Es roch nach Sex, nach Macht, nach dreckigem Geld.

Die Tische selbst waren aus poliertem Mahagoni, ihre Oberflächen spiegelten das Licht der Deckenlampen wider, die über den Köpfen der Spieler hingen. An den Roulette- und Pokertischen saßen Männer und Frauen in eleganter Abendgarderobe, ihre Gesichter waren halb oder ganz durch schwarze, silberne oder andere kunstvoll verzierte venezianische Masken verdeckt. Ähnliche Masken, die auch wir trugen. Schwarz. Ohne Verzierung. Dealer in makellosen Anzügen verteilten Karten mit geschickten, routinierten Bewegungen, während das Klirren von Chips, das gelegentliche Murmeln von Siegesrufen oder Niederlageflüchen und eine kleine Band in der Ecke die Geräuschkulisse bildeten.

Neben den offensichtlichen Glücksspielen gab es versteckte Räume, zu denen nur ausgewählte Gäste Zugang hatten. Diese Räume waren für die exklusiveren, gefährlicheren Wetten reserviert – Wetten, bei denen nicht nur Geld, sondern auch ganze Leben auf dem Spiel standen. Räume, die unser Ziel waren.

Die Spannung war greifbar, als ich mich weiter umschaute, meine Augen auf der Suche nach Choi. Aber in diesem Raum war Warten ein Teil des Spiels – ein Spiel, bei dem das Risiko ebenso süchtig machte wie der Gewinn.

Noch ehe Zach mir auf meine Frage antworten konnte, was wir nun anstellten, kam ein Typ in einem schwarzen Anzug auf uns zu, der fast so groß und breit war wie ich. Er nickte uns zu, drehte sich um und wir folgten ihm.

Durch eine Tür traten wir in einen dunklen Flur, der sämtliche Geräusche von außen schluckte. Unsere Schritte hallten auf dem polierten Marmorboden wider, und das gedämpfte Licht von alten Wandlampen warf lange, unheimliche Schatten. Der Flur schien endlos, jeder Schritt verstärkte die Vorfreude und das mulmige Gefühl in meiner Magengrube. Schließlich erreichten wir eine massive Holztür, die mit schweren Metallbeschlägen verziert war.

Der Mann in Schwarz klopfte zweimal kräftig, bevor er die Tür öffnete und uns eintreten ließ. Der Raum dahinter war deutlich kleiner und intimer als das große Casino draußen, aber nicht weniger luxuriös. Dunkle Holzvertäfelung, schwere Ledermöbel und dezente Beleuchtung schufen eine Atmosphäre von Macht und Geheimnissen. An einem großen, runden Tisch in der Mitte des Raumes saß Choi. Sein halbes Gesicht wurde durch eine protzige, goldene Maske verdeckt.

Choi war schlank und elegant, aber mit einer gewissen Härte, die durch seine Augen blitzte. Auch er war nicht dort, wo er sich befand, weil er Angst davor hatte, sich die Hände schmutzig zu machen. Er trug einen maßgeschneiderten Anzug und zeigte ein freundliches, aber undurchdringliches Lächeln. Auf dem Tisch vor ihm lag ein Kartenspiel, ordentlich aufgestapelt. Doch nicht nur dieses schimmerte auf dem dunklen Holz. Daneben befand sich ein goldener Revolver. Geladen.

»Ah, da seid ihr ja endlich«, sagte Choi und erhob sich, um uns alle mit Handschlag zu begrüßen. »Setzt euch doch.« Er deutete auf die freien Stühle an dem runden Tisch.

Zach, Alec und ich setzten uns, während der Mann in Schwarz sich diskret in eine Ecke des Raumes zurückzog, bereit, bei Bedarf einzugreifen. Choi ließ sich wieder auf seinen Stuhl nieder und nahm das Kartenspiel in die Hand, mischte die Karten mit geübter Leichtigkeit und Präzision.

Ich hob den Blick und musterte ihn. Ein selbstgefälliges Lächeln lag auf seinen Lippen. Irgendwas heckte der Wichser immer aus.

»Ich hoffe, ihr habt nicht allzu viel Verkehr hierher gehabt«, sagte er. Dieser Mistkerl war sich seiner Sache so unfassbar sicher.

»Keine Sorge«, antwortete Zach ruhig, sein Blick war fest auf Choi gerichtet. »Es gab nichts Unvorhergesehenes.« Ein unmissverständlicher Code für: *Wir haben keine Bullen gesehen und sind uns sicher, dass uns niemand gefolgt ist.*

In dem Moment klopfte es zweimal an der Tür. Ich musste nicht hinsehen, um zu wissen, wer hereinkam. Damian Fortune war Chois Handlanger und sein oberster Mann fürs Grobe. Auch wenn jeder wusste, wie gern Damian selbst auf dem Thron sitzen wollte. Aus dem Grund hinterfragte ich schon lange dessen Loyalität, aber das sollte nicht unser Problem sein. Je höher man sich auf der Rangliste befand, umso größer wurde die Liste der Feinde. Es hatte mich noch nie interessiert, wer meinen Tod wollte. Ich war immer der Erste gewesen, der abgedrückt hatte.

»Damian wird heute spielen.«

Natürlich. Auch wenn Choi ein kranker Pisser war, so bescheuert, sich selbst den Thron zu rauben, war er garantiert nicht. Aber normalerweise opferte er irgendwelche kleinen Handlanger. Testete er heute etwa Damians Loyalität? Interessant.

Ich faltete die Hände auf dem Tisch. »Was für eine Ehre«, sagte ich und zwinkerte Damian zu, der gegenüber von mir Platz nahm. Wir hatten uns noch nie besonders leiden können und das lag nicht nur daran, dass Damian ein eingebildeter Wichser war.

Er fuhr sich durch sein schmieriges, dunkles Haar und grinste in unsere Richtung. »Und wer von euch wird heute mein Gegner sein?«

Er ließ seinen Blick von Zach zu Alec, der in der Mitte von uns saß, bis zu mir wandern. Ich wollte gerade ansetzen, da unterbrach mich Alec.

»Ich«, sagte er und lehnte sich nach vorne.

Nein, fuck, das war nicht abgesprochen. Auch wenn wir oft so taten, als könnten wir uns nicht leiden, war Alec für mich genauso wie Zach wie ein Bruder. Ein kleiner, nerviger Bruder, auch wenn uns effektiv nur drei Jahre voneinander trennten. Aber wir hatten gemeinsam zu viel Scheiße hinter uns gebracht, als dass er mir wirklich egal sein konnte. Und das wusste er genauso gut wie ich.

Ich schaute ihn an, fixierte ihn mit meinem Blick. Er ignorierte mich.

»Oh, gibt es etwa Ärger im Paradies? War das nicht abgesprochen?«, ätzte Damian.

»Sind wir hier, um zu spielen oder um leere Sprüche zu

139

klopfen?«, fragte Alec und mein Blick wanderte weiter zu Zach.

Der richtete sich nur etwas weiter auf, wirkte aber ansonsten entspannt. Keine Schwäche zeigen. Das war die verfickte oberste Priorität. »Ist alles bereit?«, fragte er mit ruhiger Stimme. Er war ein Spieler durch und durch, nicht mal ich konnte sein Pokerface durchschauen, auch wenn ich wusste, dass er innerlich brodelte. Genau wie ich.

Was sollte das? Alec war mit fünfundzwanzig der Jüngste von uns, und auch wenn er genauso gebrochen war wie wir, traute ich ihm zu, dass er irgendwann wieder raus aus der Scheiße kam. Raus aus den Spielen, den Wetten und dem Risiko. Zumindest wusste er, wie sich Freiheit anfühlte, weil er sie bereits geschnuppert hatte. Anders als Zach oder ich.

In den meisten Situationen waren wir drei uns einig. Vor allem darin, wer sein verdammtes Leben opferte. Die heutige Show war nicht abgesprochen und würde definitiv ein Nachspiel haben, wenn es nach mir ging.

»Gut, dann beginnen wir«, sagte Choi und schob den Kartenstapel in die Mitte. »Die Regeln bleiben wie gehabt. Damian und Alec ziehen abwechselnd. Wer die goldene Dame oder einen der vier Joker zieht, gewinnt das Spiel. Bei einem König oder einem Buben wird abgedrückt. Wer sich eine Kugel in den Kopf jagt, verliert offensichtlich.« Er nickte zu Alec. »Der Jüngere beginnt«, sagte er mit einem Grinsen.

Alec streckte die Hand in Richtung Stapel aus. Am liebsten hätte ich ihm eine für diese verdammte Aktion verpasst. Ich war der Spieler, ich sollte es sein, der sein wertloses Leben für die anderen gab. Aber das konnte ich nicht aussprechen, wenn wir Choi und Damian nicht zeigen wollten, dass wir uns uneinig waren. Wenn ich nicht riskieren wollte, dass man uns als etwas anderes als eine undurchdringliche Mauer wahrnahm.

Alec zog eine silberne Zehn. Ich atmete innerlich auf. Das

Spiel ging weiter. Damian zog. Sein Grinsen wurde breiter, aber verblasste kurz darauf.

»Dame«, sagte er und legte die Karte neben den Stapel. »Allerdings nicht goldene Herzdame.«

»Glück gehabt, Fortune«, sagte Alec mit herausforderndem Tonfall. Die nächste Karte. Ich spürte, wie das Adrenalin durch meine Adern pumpte. Es war mehr als ein verdammtes Spiel um Leben und Tod. Es war ein Tanz der Macht, ein Schwanzvergleich auf oberstem Level.

Alec ließ eine Karte auf den Tisch fallen und sah Damian dabei direkt in die Augen. Schweiß brach in meinem Nacken aus. König.

»Oh, wie interessant«, jubelte Choi und schob Alec den Revolver entgegen. »Sechs Kammern, eine goldene Kugel. Kontrolliere gerne, wenn du mir nicht glaubst.«

Alec öffnete die Kammern und drehte den Zylinder. Er nickte und schloss alles wieder, ehe er sich den verdammten Lauf an die Schläfe hielt. Fuck. Fuck!

Ich schaute zu Zach, in dessen Blick für eine winzige Sekunde ebenfalls Nervosität flimmerte.

»Auf was wartest du, Reed«, forderte Damian ihn heraus. Irgendwann würde er für seine verdammte Überheblichkeit eine von mir kassieren. *Klick.* Ich zuckte kurz zusammen.

Alec knallte überlegen den Revolver zurück auf den Tisch. Ich atmete leise aus. »Schade für dich, Fortune. Weiter.«

Damian war an der Reihe. Ein Bube. Das Grinsen wich aus seinem Gesicht.

»Na so was«, sagte Alec. Damian presste die Kiefer aufeinander und hielt sich den Lauf an die Schläfe. Er schloss die Augen und die Nerven aller spannten sich spürbar im Raum an. *Klick.*

Das Glück, das die beiden herausforderten, wurde kleiner. Wenn nicht bald diese verfickte Herzdame kam, war das Ende unausweichlich.

Damian legte die Waffe zurück.

»Mein Wort bleibt, dass es heute Abend einen besonderen Einsatz neben dem üblichen gibt«, sagte Choi.

Zach hob eine Augenbraue, zeigte aber keine weitere Reaktion. »Das habe ich aufgrund der Dringlichkeit dieses Treffens angenommen. Allerdings hast du uns noch nicht gesagt, um was es sich dabei handelt.«

»Eine verlorene, verrückte Seele plus Informationen. Geheimnisse. Dinge, die Menschen ruinieren oder retten könnten.« Die Worte hingen in der Luft, und ich spürte, wie die Bedeutung von Chois Angebot uns alle erfasste. In diesem Raum, in diesem Spiel, ging es nicht nur um Karten und Geld. Wir wetteten um Leben. Und um Schicksale. Unserer eigenen und dem einer Person, die Zach retten wollte. »Ich werfe nur den Namen Marcus Devereaux in den Raum.«

»Ich bin dabei«, sagte Zach direkt.

»Moment, du kennst noch nicht den Einsatz.« Er lehnte sich zurück und fischte in seiner Hose nach etwas, das er auf den Tisch legte. Das goldene Metall der Kugel glänzte im Licht. »Zwei Kugeln im Lauf«, sagte Choi und seine Stimme klang immer amüsierter. Kranker. Wichser.

Ich schaute zu Zach. Nein, das konnte er nicht tun. Selbst Damian wirkte nervös. Doch wieder war es Alec, der entschied.

Er griff selbstbewusst nach der Kugel und setzte sie in den Revolver ein, ehe er ihn zurück auf den Tisch legte.

»Das ändert gar nichts«, sagte er und zwinkerte Damian zu. »Oder, Darling?«

»Fick dich, mach weiter! Du bist dran!«

»Immer gerne.«

Mein Herz raste, meine Hände lagen geballt auf meinen Oberschenkeln. Alec zog. Ließ die Karte jedoch noch umgedreht auf dem Tisch liegen.

»Dreh sie um«, sagte er und nickte mir zu.

Ich war normalerweise niemand, der leicht aus der Ruhe gebracht werden konnte. Aber für diese Aktion würde ich Alec den Arsch aufreißen.

Ich griff zur Karte, verharrte einen Moment über der Rückseite, auf der goldene Totenköpfe zu sehen waren. Ich hielt die Luft an. Drehte sie um. Alle Augen waren darauf gerichtet.

»Ich würde sagen, du bist uns ein paar Informationen über Devereaux und ein Menschenleben für die Anstalt schuldig, Choi«, sagte Alec, lehnte sich zurück und verschränkte die Hände hinter dem Kopf.

Die goldene Dame lag da wie ein Mahnmal. Ich konnte mein Grinsen nicht mehr unterdrücken, während Damians Gesicht eher einem heißgewordenen Teekessel glich.

Zach lehnte sich nach vorne. »Raus damit, Choi. Spiel ist Spiel.«

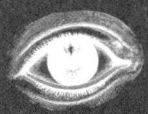

SCHMUTZIGES KLEINES GEHEIMNIS

»Mit jedem Tag, der vergeht, verliere ich ein Stück von mir selbst und finde ein anderes in ihm. Dennoch ist da immer noch dieses Gefühl, dieses fehlende Teil. Gehört es den Schatten, die mich nachts beobachten?«

- Margaret Holloway, 1880

13

SERAPHINA

D as Wasser umspielte meinen Körper bei jedem Zug, während ich durch das breite Schwimmbecken glitt.

Die morgendliche Stille wurde nur durch das sanfte Plätschern meiner Bewegungen und das leise Echo des Wassers an den gefliesten Wänden durchbrochen. Die Ruhe half mir, die Gedanken an die Ereignisse der letzten Tage zu verdrängen, wenn auch nur für einen Moment. Immer wieder schoben sich die Erinnerungen daran in meinen Geist und ich hatte immer noch keine Ahnung, ob ich nicht besser nach Hause fahren sollte. Aber irgendetwas hatte Blackwood Hall, das mich in seinen Bann zog, nicht mehr losließ und den unüberwindbaren Drang in mir erweckte, Antworten auf all die Fragen zu finden. Noch dazu dachte ich an die Tagebucheinträge von Margaret. An ihre Worte, die gleichzeitig nach Verzweiflung und unendlichem Verlangen klangen. Was hatte sie hier gefunden, was es verhindert hatte, dass sie ging? Oder war Blackwood Hall damals für sie als Frau einfach nur zu einem Gefängnis geworden?

Als ich eine Wende machte und mich für den nächsten Zug abstieß, bemerkte ich eine Bewegung am Rand des Beckens. Ich hob den Kopf und sah den jungen Mann aus der

Bibliothek, der im Schatten stand und mich beobachtete. Seine Augen wirkten unergründlich. Ein Hauch von Unbehagen mischte sich mit meiner Überraschung, aber ich setzte meinen Rhythmus fort, ließ mich von der Vertrautheit der Bewegung beruhigen. Schon als Mädchen hatte mich das Wasser entspannt und das Schwimmen beruhigt. Es war mein Ort der Stille gewesen. Mein Ort, an dem nur meine Bewegungen und das Brennen meiner Muskeln gezählt hatten. Vielleicht half es mir auch jetzt.

Er trat näher, bis er am Rand des Beckens stand, die Arme locker verschränkt. »Früh dran, hm?« Seine raue Stimme hallte leicht im Raum wider, während er mich aufmerksam betrachtete. Ich fragte mich, ob er nicht nur Gitarre spielte, sondern auch sang. Was zweifellos einmalig klingen würde.

Weil ich ihn nun nicht mehr ignorieren konnte, schwamm ich zum Rand und hielt mich an der Kante fest. Das Wasser tropfte von meinem Gesicht, als ich zu ihm aufsah. »Der frühe Vogel fängt den Wurm.«

»Oder der besonders schlaue«, erwiderte er und grinste. Dabei erschien ein Grübchen auf seiner Wange, die von einem Dreitagebart bedeckt war. »Du hast mir immer noch nicht deinen Namen gesagt.«

»Bist du ein Patient hier oder ein Angestellter?«, fragte ich stattdessen und drückte mich mit den Füßen vom Rand ab, ruderte auf dem Rücken ein Stück von ihm weg.

Er zuckte mit den Schultern. »Etwas von beidem.«

Das brachte mich immer noch kein Stück weiter. »Hast du andere Patienten gesehen?«

»Selbstverständlich«, antwortete er und setzte sich an den Rand. Er trug schwarze Badeshorts und ein gleichfarbiges Bandshirt. In seinem V-Ausschnitt verschwanden zwei silberne Ketten und der Ansatz einiger Tätowierungen. »Wieso sollten hier keine anderen Patienten sein?«

»Weil ich noch keine gesehen habe.«

»Caldwell hat einen kleinen Tick«, sagte er und stützte sich mit den Händen neben seinen Oberschenkeln ab, sodass die Sehnen an seinen Unterarmen ganz besonders gut zur Geltung kamen.

»Nur einen?«, fragte ich und er lachte.

»Stimmt. Nein. Wahrscheinlich hunderte«, gab er grinsend zurück. »Aber auf die Patienten bezogen.«

»Der wäre?« Ich ruderte weiter mit Armen und Beinen, hielt mich im Wasser aufrecht.

»Er denkt, dass man ganz bei sich selbst sein muss, um heilen zu können. Außerdem lebt er für seine Patienten. Für jeden einzelnen davon. Er möchte sie heilen und sie bei ihrem Heilungsprozess so gut wie möglich unterstützen. Das geht nicht, wenn er sich um hunderte Menschen gleichzeitig kümmern muss.«

Das klang logisch. Dennoch machte mich das gesamte Konzept stutzig. »Aber ich bin nicht die Einzige, oder?«

Er breitete die Arme zu den Seiten aus, mein Blick fiel auf die Tattoos, die überall auf seiner Haut zu sehen waren. »Ich bin doch hier.«

»Wie stehst du zu Caldwell? Seid ihr verwandt?«

»Du stellst ganz schön viele Fragen, dafür, dass es noch so früh ist.« Mit einer einzigen Bewegung zog er sich das Shirt über den Kopf und warf es hinter sich. Kurz konnte ich nicht verbergen, dass mich sein trainierter Oberkörper und die Tattoos durchaus anzogen. Bis ich die silbrigen, kleinen Narben sah, die seine Tattoos an manchen Stellen verdeckten. Sie waren überall, wirkten wie verblasste Schnitte. Was war passiert? Sie waren mir bei unserer ersten Begegnung in der Dunkelheit des Raumes gar nicht aufgefallen.

Langsam rutschte er ins Wasser, ohne mich aus den Augen zu lassen. Er hatte meine Blicke definitiv bemerkt, aber überging sie. Wahrscheinlich würde er mir nicht erzählen, was passiert war, selbst wenn ich fragte. Mit langen Zügen umrundete er mich und ich drehte mich mit ihm, spürte, dass meine Muskeln müde wurden.

»Jetzt bin ich dran«, sagte er, tauchte einen Moment unter, um noch ein Stück näher an mich heranzuschwimmen. Als er wieder auftauchte, hingen ihm die dunklen Strähnen seiner Haare bis in seine Stirn. Er strich sie mit einer lässigen Bewegung zurück, ehe er sich hinstellte. Das Wasser reichte ihm bis zu seinen Schultern. Seine Körpergröße hatte durchaus Vorteile, ich kam mit meinen Füßen nicht auf den Boden.

»Du kannst dich gerne an mir festhalten, wenn du nicht mehr kannst«, sprach er meine Gedanken förmlich aus.

»Nein, danke«, erwiderte ich, aber man hörte mir meine beginnende Erschöpfung definitiv an. »Ich könnte noch Stunden weiterschwimmen.«

Er zeigte ein breites Schmunzeln. »Dann bin ich ja beruhigt. Nicht auszudenken, wenn du untergehen würdest und ich dich wiederbeleben müsste. Worin ich im Übrigen durchaus ziemlich gut bin.«

»Das glaube ich aufs Wort«, gab ich in ironischem Ton zurück.

»Also«, begann er. »Eine Frage, eine Antwort.«

»Ich sage dir nicht meinen Namen.«

»Das musst du auch nicht, Seraphina.« Kurz stockte ich in der Bewegung. Caldwell musste ihn ihm gesagt haben, und wenn er wirklich hier arbeitete, war es klar, dass er früher oder später erfuhr, wie ich hieß. »Oder soll ich lieber Sera zu dir sagen?«

»So nennen mich nur Freunde.«

»Ich bin ein Freund.«

»Du bist ein Fremder an einem fremden Ort voller Geheimnisse.«

»Jeder hat seine Geheimnisse, das macht ihn nicht unbedingt zum Feind«, erwiderte er und streckte den Arm in meine Richtung aus, hielt mich plötzlich auch mit der anderen Hand an meiner Taille fest und zog mich näher zu sich heran. Trotz des Stoffs des Badeanzugs begann meine Haut zu kribbeln und mein Herz schlug schneller gegen meinen Brustkorb. »Gern geschehen«, hauchte er und ich stützte mich auf seinen Schultern ab. Verdammt. Wieso drückte ich mich nicht weg oder wehrte mich gegen diesen Überfall?

»Für was?«

»Dafür, dass ich dich nicht ertrinken lasse«, flüsterte er und schaute auf meine Lippen. »Auch wenn ich das mit der Wiederbelebung zu gerne versuchen würde.« Ein Funken entzündete sich in meinem Innern. Mit meiner gesamten Kraft stieß ich mich von seiner Brust ab und schwamm zum Rand, bevor es zu einem ausgewachsenen Feuer werden konnte. Doch ehe ich mich aus dem Wasser heben konnte, presste er plötzlich seine Hände links und rechts von mir an den Beckenrand und verhinderte damit meinen Fluchtversuch. Ich drehte mich um. Sein Gesicht war nur wenige Zentimeter von meinem entfernt, und die Intensität in seinen tannengrünen Augen raubte mir für einen Augenblick den Atem. Er war so nah, aber berührte mich nicht, zumindest nicht körperlich. Alles an ihm deutete auf einen Typen hin, von dem man besser die Finger lassen sollte. Der nur Ärger mit sich brachte und ein Feld aus Verwüstung und gebrochenen Herzen hinterließ.

»Lass mich los«, sagte ich mit einer Stimme, die mehr Selbstbewusstsein ausstrahlte, als ich tatsächlich empfand. Doch anstatt mich freizugeben, blieb er an Ort und Stelle, seine Hände fest an den Beckenrand gepresst.

»Warum so eilig?«, fragte er mit einem schiefen Grinsen, das meine Nerven noch mehr reizte. »Wir sind doch gerade erst warm geworden.«

Ich atmete tief durch, um meine aufsteigende Panik zu kontrollieren. »Weil ich keine Lust auf Spielchen habe«, erwiderte ich scharf. »Und ich denke, du hast genug andere Frauen, die sich für deine Tricks interessieren könnten.«

Sein Lächeln wurde breiter, fast anerkennend. »Stark und sarkastisch – das gefällt mir«, sagte er leise. »Und glaub mir, Seraphina, du bist anders. Du bist ... irgendwie faszinierend.«

Seine Worte ließen mein Herz einen Moment schneller schlagen, aber ich wusste, dass es nur eine Masche war. Leere Worte, die er wahrscheinlich jedem weiblichen Wesen erzählte. »Etwas weniger Faszination und mehr Abstand wäre mir lieber.«

Er lachte leise, ein tiefer, vibrierender Klang, der durch die Stille des Schwimmbeckens hallte. »Wie du willst.« Langsam zog er sich zurück, jedoch nicht, ohne mir einen letzten, intensiven Blick zuzuwerfen. »Aber Achtung, Principessa. Ich gebe nicht so leicht auf.«

Ich nutzte die Gelegenheit, um mich aus dem Becken zu ziehen und das Handtuch von der Liege um mich zu wickeln. »Ich auch nicht«, antwortete ich, bevor ich auf den Ausgang zulief.

»Mein Name ist übrigens Alec«, rief er mir hinterher. »Falls du ihn irgendwann einmal stöhnen möchtest. Ich hätte nichts dagegen. *Oh Großer Gott* ginge auch.«

Ich drehte mich nicht noch einmal um, als ich aus dem Hallenbad ging. Dennoch konnte ich nicht abstreiten, dass mir der lockere Wortwechsel mit ihm durchaus gefallen hatte. Alec.

Zu gerne hätte ich auf mein Handy gesehen und gewusst, ob mir jemand geschrieben hatte. Menschen, die sich Sorgen machten, wenn ich mich so lange nicht meldete. Auch wenn ich sie alle angelogen hatte, weil es mir peinlich gewesen war, zuzugeben, dass ich mich den Sommer über in einer psychischen Klinik befand, um die Vergewaltigungsfantasien in den Griff zu kriegen.

Meine Eltern wussten nichts davon und dachten, ich helfe Emily bei ihrer Familie auf der Farm in Napa, während meine Freunde annahmen, ich wäre zu Hause in Livermore.

Dennoch vermisste ich vor allem Mom und Dad und wollte zumindest kurz ihre Stimmen hören. Deshalb nahm ich mir auch vor, Caldwell um mein Handy zu bitten. Ich war immer noch ein freier Mensch, das konnte er mir nicht abschlagen.

Nach meiner Schwimmrunde hatte ich mich in meinem Zimmer geduscht und umgezogen. Ich ignorierte strikt die Sicht aus dem Fenster. Es war zwar Tag, doch wer wusste, welche Geister mich heute verfolgten oder was ich mir noch einbildete. Ich würde mich so weit es ging von diesem verfluchten Labyrinth fernhalten.

Plötzlich klopfte es an meiner Zimmertür und mein Körper spannte sich an. Ich atmete tief ein und aus und ging hinüber, um zu öffnen. Die Tage hier waren voller Überraschungen, aber nicht unbedingt guter Art.

Dr. Caldwell stand davor. Auch heute trug er einen makellosen schwarzen Anzug mit Weste, seine Hände steckten in seinen Taschen, nur die silberne Uhr blitzte unter dem Aufschlag seiner Ärmel hervor. Sein Gesichtsausdruck war wie immer beherrscht, etwas zu ernst. Die Falte zwischen seinen dunklen Brauen war gut zu sehen.

»Miss Collins«, sagte er knapp. Wieder spürte ich die Präsenz, die von ihm und seinem muskulösen Körper ausging. Es reichte die Art, wie er meinen Namen aussprach, damit mein Herz schneller schlug. Ob vor Furcht oder etwas anderem, das wollte ich nicht benennen. »Heute hole ich Sie persönlich für Ihre nächste Sitzung ab. Nicht, dass Sie sich noch verlaufen. Sind Sie bereit?«

»Ich bin mir nicht sicher, ob man dafür bereit sein kann«,

erwiderte ich, schnappte mir eine Strickjacke, die an der Garderobe neben der Tür hing, und trat hinaus in den Flur. »Aber ja.« Caldwell machte mir kein bisschen Platz und kurz standen wir deutlich zu dicht voreinander. Was sollte das? Wollte er mich provozieren oder war das Teil seiner Therapie?

Doch ehe ich dahinterkommen konnte, wandte er sich ab und lief den Flur entlang. Ich musste mit schnellen Schritten aufschließen, damit ich hinterherkam. »Geht es Ihnen besser?«, fragte er.

»Was meinen Sie?«

»Nach gestern. Nach Ihrem ... Ausflug in den Garten.« Er schenkte mir einen kurzen Seitenblick, ehe er mir eine Tür öffnete. Ich bedankte mich mit einem knappen Nicken und ging hindurch. Wir erreichten den oberen Treppenbereich über dem Foyer.

»Ja, danke.«

»Sie wollen also immer noch nicht sagen, was dort passiert ist?«

Ich hatte keine Ahnung, wie ich das in Worte fassen sollte. Caldwell war mein Therapeut, ich sollte ihm vertrauen, ich musste es sogar. Wie konnte er mich heilen, wenn ich verschwieg, dass mir der gestrige Überfall des Fremden nicht nur Angst gemacht hatte? Er hatte auch etwas anderes in mir geweckt.

»Wie viele Menschen leben hier, Dr. Caldwell?«, fragte ich stattdessen.

»Sie haben eine interessante Taktik, Dingen aus dem Weg zu gehen, Miss Collins«, erwiderte er, während wir weiter den Flur entlangliefen und die Haupttreppe erreichten. Er blieb stehen und ich drehte mich fragend zu ihm um.

»Erhellen Sie mich«, sagte ich und der Muskel an seinem Kiefer zuckte einen Moment.

»Sie stellen Fragen, wenn Sie antworten sollen.«

»Man hat mich gelehrt, wenn ich nicht antworten will,

muss ich das auch nicht«, gab ich zurück. Und plötzlich änderte sich etwas an seinem Blick.

»Sie geben mir ziemlich viele Rätsel auf«, murmelte er, während er die Augen ein wenig verengte. »Und ich liebe es, Rätsel zu lösen. Das ist der Grund, weshalb ich diesen Beruf gewählt habe«, sagte er und ich wunderte mich über seine Ehrlichkeit mir gegenüber. Im Haus hörte man nur das Knarren und Knacken des alten Holzes. Keine Stimmen. Nichts deutete darauf hin, dass sich hier noch andere Menschen befanden, doch es musste sie geben! Oder das Schloss war einfach zu groß, die Gänge zu verwinkelt. Ich wurde verrückt, weil ich keine Antworten bekam. »Aber eines weiß ich. Das, was Ihnen beigebracht wurde, ist falsch.«

»Sie wollen also sagen, dass ich keine gute Erziehung genossen habe?« Er ging einen Schritt auf mich zu. Sein Blick war so dunkel und undurchdringlich wie jedes kleine Geheimnis, das in den Ecken lauerte. Ich wich ihm aus. Spürte, wie mein Fuß die obere Treppenstufe berührte. Ich das Gleichgewicht verlor. Mein Herz sackte nach unten.

Doch ehe ich fallen konnte, packte mich Caldwell, drehte mich herum und mein Rücken prallte gegen die nächste Wand. Seine Hände lagen an meiner Taille, sein Blick war immer noch fest auf mich gerichtet und ich spürte schmerzhaft jedes kleinste Feuerwerk, das er in mir hervorrief.

»Kann es sein, dass es in Ihrer Natur liegt, in Schwierigkeiten zu geraten?«, wisperte er, während er mich weiterhin an die Wand presste. Ich war mir sicher, dass unsere Verbindung und seine Berührungen nicht länger rein professioneller Natur waren, aber ich konnte auch nichts dagegen ausrichten. »Erste Regel«, raunte er und seine Hand fuhr von meiner Taille nach oben, berührte leicht die seitlichen Rundungen meiner Brüste, deren Spitzen sich unter meinem Shirt aufstellten. Weiter. Immer weiter nach oben über meine Schulter, bis zu meiner Kehle. Auch seine Atmung ging schnell, als hätte er selbst Probleme, sich unter Kontrolle zu halten. Wer war er? Was war er? Ich wollte ihn provozieren, damit er endlich diese Maske abnahm und es mir zeigte. Wollte ihn und jede dunkle Facette seines Inneren kennenlernen. »Auf Fragen jeglicher Art wird geantwortet, kleine Nachtigall«, sagte er leise und ich spürte, wie sich seine Finger locker um meinen Hals legten.

»Was, wenn ich nichts mit Regeln anfangen kann?«, flüsterte ich.

Ein winziges Lächeln erschien als Zucken seiner Mundwinkel. »Dann wären wir schon zu zweit. Weißt du ...« Seine Finger griffen fester, seine Augen wanderten an die Stelle, an der er mich hielt. Alles in mir pulsierte. Schrie. Wollte mehr. Wollte, dass er aufhörte. Der Kampf in meinem Inneren nahm zu. »Es gibt viele Methoden, um Antworten aus einem Menschen herauszubekommen. Zu fragen ist nur eine davon.« Sein Daumen strich über meine Haut, die sich direkt über meinem rasenden Puls spannte. »Vertraust du mir?« Er schaute mir in die Augen. »Vertraust du mir, Seraphina?«, wiederholte er leise.

»Nein«, hauchte ich und diesmal zeigte er ein aufrichtiges Lächeln. Es war verrucht, düster, verführerisch und zugleich voller Anerkennung. Ich war mir sicher, er war der Teufel, der die Jungfrau in sein Reich gelockt hatte, um sie zu verbrennen.

»Schlaues Mädchen«, gab er rau zurück. »Dennoch gibt es keinen Ausweg aus deiner Lage, außer du vertraust mir. Verstehst du das?« Wieder zogen sich seine Finger ein Stück zu, drückten mir leicht die Luft ab. Ich presste meinen Rücken gegen die Wand, wusste immer noch nicht, ob ich entkommen oder bleiben wollte. Alles in mir begann, zu pulsieren. Mein Blick wanderte zu seinen Lippen. Was war das, was in mir heranwuchs? Wollte ich ihn wirklich küssen? Doch ehe ich es herausfinden konnte, hörte ich laute Stimmen von draußen. Caldwells Haltung veränderte sich, wurde erneut wie zuvor. Kalt und abweisend. Er löste sich von mir und ging einen Schritt zurück, genau in dem Moment, als sich die Tür im Foyer schwungvoll öffnete.

»Nein, Sie dürfen hier nicht ...« Beth.

»Ist er hier? Er muss es sein!« Eine fremde, männliche Stimme.

Caldwell schaute mich an. »Hierbleiben«, sagte er streng, ehe er die Treppe nach unten eilte. Vorsichtig trat ich einen Schritt nach vorne und schaute über das Geländer.

Unten stand Beth, also war sie doch hier gewesen, die ganze Zeit vielleicht. Könnte ich sie später um Hilfe bitten oder fragen, wieso dieser Ort so seltsam war? Doch jetzt gerade hatte sie alle Hände voll mit dem Mann zu tun, der unten wütete. Er blieb inmitten des Foyers stehen.

»Caldwell!«, schrie er. »Caldwell, wo sind Sie, Sie Quacksalber!«

Die Wut war förmlich in sein Gesicht geschrieben. Obwohl er sicher schon Anfang fünfzig war, hatte er eine beeindruckende Präsenz. Sein kurz geschnittenes Haar war grau meliert, die Linien in seinem Gesicht erzählten von keinem leichten Leben. Er trug abgenutzte Jeans und ein zerknittertes Hemd, als hätte er vergessen, es zu bügeln. Die dunklen Ringe unter seinen Augen konnten bedeuten, dass er die vergangene Nacht durchgemacht hatte.

»Caldwell«, brüllte er erneut. »Wo ist sie, Sie Schweinehund!«

»Marcus«, hörte ich Caldwells Stimme, als er unten ankam. Es klang eher wie eine Drohung als eine nette Begrüßung. Ich wollte unbedingt wissen, was hinter diesem Auftritt steckte. »Gerade Ihnen müsste doch bekannt sein, dass ich bei unerwünschtem Besuch von meinem Hausrecht Gebrauch machen kann.«

Er stellte sich vor ihn, seine Arme verschränkt, die Beine hüftbreit auseinander. Bereit für einen möglichen Kampf?

»Sie meinen, gerade mir, als Polizist, deren Kündigung Sie erwirkt haben?«, antwortete dieser Marcus scharf.

»Wenn ich mich recht erinnere, wurden Sie unehrenhaft entlassen und das lag ganz bestimmt nicht an unserer Auseinandersetzung.«

Marcus lachte trocken auf. »Auseinandersetzung nennen Sie das, Caldwell, interessant.« Er verlagerte das Gewicht. »Also wo ist die Kleine?« Seine Stimme war vor Wut verzerrt. »Wo haben Sie sie versteckt? In Ihrem Kellerloch, das Sie als Therapie bezeichnen?«

Mir wurde schwindelig. Was meinte dieser Marcus? Und wer war *die Kleine*?

»Ich weiß nicht, wovon Sie sprechen.« Er wandte sich an Beth. »Könnten Sie Miss Collins zurück in ihr Zimmer führen? Ich komme sobald wie möglich nach.« Beth schaute hoch und entdeckte mich, genauso wie dieser Marcus.

»Haben Sie schon ein neues Opfer gefunden?«, fragte er. »Sie sollten, so schnell es geht, von hier abhauen, Miss!«, rief er mir zu. Irgendetwas an seinem Blick ließ mich stutzig werden. Es fühlte sich an wie ein Déjà-vu, als hätte ich ihn zuvor schon einmal gesehen, aber das konnte nicht sein, zumindest nicht bewusst. Irgendetwas an ihm schickte eine Gänsehaut über meinen Körper. Ich trat einen Schritt zurück. In diesem Moment erschien Beth am oberen Ende der Treppe.

»Komm mit«, bat sie mich und deutete zu dem Flur in Richtung meines Zimmers.

Ich zögerte, weil es mich immer noch brennend heiß interessierte, über was die Männer unten sprachen. Aber mir blieb nichts anderes übrig, als Beth zu folgen.

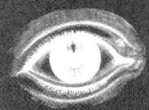

SCHMUTZIGES KLEINES GEHEIMNIS

»Die Geister der Vergangenheit tanzen an jeder Ecke. Man kann sie riechen, schmecken, fühlen. Ihr Leid spüren. Egal, wie sehr ich versuche, es zu ignorieren, sie suchen mich immer wieder heim.«

- Margaret Holloway, 1880

14

SERAPHINA

» W er war das?«, fragte ich Beth auf dem Weg zu meinem Zimmer. Kurz spannte sie sich an, tat dann aber so, als wäre alles ganz normal.

»Das ist Dr. Caldwells Sache«, erwiderte sie und setzte ein Lächeln auf, das ihre Augen nicht erreichte. »Die bessere Frage ist, wie ergeht es dir denn hier?«

Eine Frage, die ich kaum beantworten konnte. »Ich bin davon ausgegangen, dass ich mehr Kontakt mit anderen Patienten haben würde«, sagte ich. »Ich fühle mich etwas einsam.«

»Oh, das tut mir leid, du kannst jederzeit nach mir rufen lassen, wenn du etwas Gesellschaft brauchst«, sagte sie. »Ich weiß, dass die Sitzungen mitunter etwas anstrengend sein können, da tut es gut, jemanden zum Reden zu haben.«

»Das stimmt.« Deshalb wunderte es mich umso mehr, niemanden sonst zu sehen. »Auf der Webseite war von Veranstaltungen die Rede, Musikabenden und so weiter. Hast du vielleicht einen Plan, wann der nächste stattfindet? Das würde mir sehr helfen, den Kopf freizubekommen.« Ich erinnerte mich an den Abend meiner Ankunft. Wo waren all die Leute hin?

»Klar«, erwiderte sie, doch ihre Worte hörten sich nicht ehrlich an. Irgendetwas war hier faul. »Ich bringe dir den Plan später auf dein Zimmer.«

»Danke.« Wir liefen weiter, auch wenn sich mein Körper innerlich dagegen wehrte. Ich wollte zurück und erfahren, was dieser Marcus gemeint hatte. Wen suchte er? Eine andere Patientin? Wer war *die Kleine*?

»Wie lange arbeitest du schon hier?«, fragte ich.

Beth überlegte einen Moment. »Mittlerweile müssten es fünf Jahre sein! Wow, wie die Zeit vergeht!«

»Und du wohnst hier auch?«

»Nein, ich wohne mit meinem Freund in der Nähe, nur ein paar Meilen von hier entfernt. Unter uns gesagt ...« Sie senkte die Stimme. »Nachts kann es hier recht gruselig werden.« Sie lachte und ich erwiderte es.

»Da sagst du was. Und das nicht nur nachts.«

»Aber keine Sorge, es sind nur unsere Gedanken, die hier durchdrehen. Wahrscheinlich haben wir alle zu viele Horrorfilme geschaut.«

»Wahrscheinlich«, erwiderte ich, war jedoch nicht wirklich überzeugt. Wir erreichten einen schmalen Durchgang und Beth trat vor. Plötzlich öffnete sich eine Tür neben mir, Finger gruben sich in mein Handgelenk und zogen mich schwungvoll in eines der Zimmer. Eine Hand presste sich auf meinen Mund, ehe ich schreien konnte. Die Tür knallte hinter mir zu und schluckte jeden Laut.

Mit aufgerissenen Augen schaute ich hoch. »Hallo, Principessa«, säuselte Alec. Wut kochte in mir hoch und ich drückte ihn von mir weg.

»Was soll der Scheiß?«, schrie ich.

»Ein bisschen leiser oder willst du, dass dein Wachhund auf dich aufmerksam wird, Kleines?«

»Wovon redest du?«

Er packte mich an dem Handgelenk und zog mich mit sich. Ich wehrte mich gegen seinen Griff, hatte aber keine Chance. »Ich habe Lust auf eine kleine Spritztour und wollte nicht allein sein.«

»Lass mich los! Ich habe gleich noch eine Sitzung bei Dr. Caldwell!«

»Dann musst du mir doppelt danken, dass ich dich vor dem Langweiler rette. Los.« Er öffnete eine Tür und schubste mich leicht nach vorne. Wir traten in einen Raum, dessen Möbel mit weißen Tüchern behangen waren. Augenscheinlich wurde er nicht genutzt, feine Staubweben hingen in den Ecken an der Decke, die Fenster waren mit schweren Vorhängen halb verdunkelt worden.

Alec schloss die Tür hinter mir und lief weiter, aber ich blieb stehen. »Ich komme nicht mit.«

»Wow, du bist aber überzeugt, davon, das Richtige zu tun«, erwiderte er, nachdem er sich zu mir umgedreht hatte. Er trug ein halboffenes weißes Hemd, das einen Teil seiner Brust und die Ketten enthüllte, dazu schwarze Jeans und schwere Boots. »Hast du immer nach den Regeln gespielt, Süße?« Er trat näher, senkte etwas die Stimme. »Kleines, braves Mädchen. Daddys Darling«, wispert er rau. Langsam hob er die Hand und drehte eine meiner Strähnen um seinen Finger. Ich schlug seine Hand weg.

»Nein, Arschloch«, erwiderte ich und Alec hob überrascht die Augenbrauen. »Ich habe viel zu oft nicht danach gespielt, sodass ich weiß, was passiert.«

»Das Kätzchen fährt die Krallen aus. Gefällt mir.«

»Für dich ist alles nur ein Witz, oder?«

»Das Leben ist ein beschissener Witz. Wir würden alle durchdrehen, wenn wir nicht darüber lachen würden.« Plötzlich funkelten seine Augen nicht mehr vor lauter Sarkasmus. Etwas Dunkles trat in seinen Blick, erzählte von Dingen, die er gesehen und erlebt hatte. Er hob die Hand und hielt sie mir

entgegen. »Ich möchte dir etwas zeigen. Entscheide, Principessa, aber entscheide weise.«

Die Beschleunigung drückte mich fast vom Sitz und ich
presste mich fester an Alecs Rücken. Worauf hatte ich mich
nur eingelassen?

Ich hatte mich nicht nur heimlich davongeschlichen und
meine Therapie gefährdet, sondern saß auch noch auf dem
Rücksitz eines Motorrads, dessen Fahrer absolut unberechenbar war.

Die schwarze Maschine senkte sich in der Kurve tief Richtung Boden und ich schloss die Augen. Das konnte nicht sein
verdammter Ernst sein. Ich hatte keine Ahnung, wie schnell
Reifen wegrutschen konnten, aber es fühlte sich so an, als
würde es jeden Moment passieren. Wir richteten uns wieder
auf und Alec beschleunigte aus der Kurve. Endlich wurde der
Wald lichter und eine Ampel kam in Sicht. Ich wusste, dass
von hier die nächste Stadt nicht sehr weit war, und fragte mich
immer noch, was Alec mir zeigen wollte.

Wir wurden langsamer, rollten an die Ampel. Alec stellte
den Fuß auf den Boden und tätschelte meine Finger, die sich
immer noch angespannt an seinen Bauch krallten. Er trug
nicht einmal eine Jacke. Mir war in meinem dünnen Pullover
schweinekalt, denn die hohen Bäume um uns herum
schluckten fast jeden Sonnenstrahl.

Alec öffnete das Visier seines schwarzen Helmes und
drehte den Kopf in meine Richtung. »Alles gut?«, fragte er
laut gegen das dumpfe Motorgeräusch an.

»Geht so«, erwiderte ich und erntete nur ein dunkles
Lachen, das durch seinen Oberkörper vibrierte.

»Festhalten, Principessa.« Oh, verdammt.

Einige Minuten später hatten wir es endlich geschafft und

rollten auf den Parkplatz einer rustikalen Bar, die mitten im Nichts stand. Mit wackligen Beinen stieg ich ab, zog den Helm von meinem Kopf und übergab ihn Alec, der ihn zu seinem an den Lenker hängte.

»Dir ist klar, wieso ich so schnell gefahren bin«, sagte er.

»Weil du Todessehnsucht hast?«

»Nein.« Er schmunzelte, hakte den Zeigefinger in die Gürtelschlaufe meiner Jeans und zog mich nahe zu sich heran. Wir kannten uns so gut wie gar nicht, und dennoch reagierte mein Körper viel zu heftig auf ihn.

»Weil es mich ziemlich scharf gemacht hat, wie du dich an mich geklammert hast. Wie ich deine göttlichen Brüste an meinem Rücken gespürt habe.«

»Dass du ein Problem hast, ist dir bewusst, oder?«

Er lachte. »Wenn es nur eins wäre.« Sein Blick fiel auf meine Lippen. »Unter anderen Umständen würde ich dich jetzt um deinen verdammten Verstand küssen«, raunte er und seine Augen fanden erneut meine. Seine Nähe ließ meine Haut brennen.

»Was für Umstände?«

»Xavier hat mir unmissverständlich klargemacht, dass ich die Finger von dir zu lassen habe«, sagte er mit einem kleinen Lächeln. Trotz seiner Worte hielt er mich immer noch dicht bei sich.

»Xavier?« Aus welchem Grund?

Er nickte. »Und auch wenn mir seine Drohungen sonst völlig egal sind, hat er leider recht. Es wäre keine gute Idee.«

»Wer sagt, dass ich mich von dir küssen lassen möchte?«

»Oh, Kleines, ich erkenne die Zeichen.« Er hob die freie Hand und strich mit der Rückseite seiner Finger über meinen Pullover, genau an der Stelle, an der meine Brustwarzen leicht den Stoff spannten. »Du hast gerötete Wangen, deine Atmung geht schnell, du schaust ständig auf meine Lippen. Wahrscheinlich ...«, wisperte er und lehnte sich ein Stück vor, führte den Mund ganz dicht an mein Ohr, »ist dein hübsches Höschen bereits ganz feucht von mir.« Er saß immer noch auf dem Motorrad, meine Oberschenkel streiften sein Bein, seine Hand schlang sich um meine Taille und ich konnte nicht abstreiten, dass ich mehr als bereit für einen Kuss gewesen wäre. Er hatte recht. Mit allem. Wäre Alec der Mann, der mir das gab, was ich brauchte? Oder war das, was er sagte, nur leeres Geschwätz? Bilder traten in meinen Kopf, von dem Moment, als ich ihn mit der anderen Frau erwischt hatte. Wie er in ihr Haar gegriffen hatte. Auch wenn ich nicht wusste, wer sie war und mir das einen leichten Stich verpasste, entzündeten diese Erinnerungen doch etwas in mir. Gleichzeitig brauchte ich unbedingt Abstand, musste durchatmen.

»Du bist unfassbar überheblich«, flüsterte ich und schob mich sachte von ihm. Er ließ von mir ab, und wir beide wussten dennoch, dass er recht hatte.

»Gib zu, dass du ein wenig drauf stehst«, sagte er und schwang das Bein vom Motorrad. »Los, komm, ich brauche einen Drink.« Er griff nach meiner Hand und zog mich mit sich direkt auf die Tür der Bar zu.

Als wir sie betraten, wurden wir sofort von einem Gemisch aus Musik, Gelächter und dem Klackern von Billard-kugeln empfangen. Der Raum war schummrig beleuchtet, die Luft erfüllt von Zigarettenrauch und dem Duft nach verschüttetem Bier. An den Billardtischen standen ein paar Männer und beäugten uns skeptisch. Alec führte mich zu einem der freien Tische in einer dunkleren Ecke des Raumes, wo wir etwas Privatsphäre hatten.

»Was möchtest du trinken?«, fragte er, während er sich an die Tischkante lehnte und mich mit seinen durchdringenden Augen fixierte.

»Whiskey«, antwortete ich, immer noch etwas atemlos von unserem Austausch draußen. »Auf Eis.«

Alec nickte anerkennend. »Kommt sofort, Kleines.«

Er ging zum Tresen, während ich mich setzte und umsah. Die Bar war voller Männer, die nicht so wirkten, als würden sie viel Spaß verstehen. Draußen vor der Tür hatte ich einige Pickups und auch Motorräder gesehen. In Anbetracht der Tatsache, dass es erst Vormittag war, schien die Zeit hier drinnen irgendwie stillzustehen. Als würden die Uhren genau wie in Blackwood anders laufen.

Mein Blick wanderte zurück zu Alec, der mit dem Barkeeper sprach. Auch aus der Entfernung strahlte er eine magnetische Präsenz aus, die mir den Atem raubte. Doch wie oft hatte ich mich schon in einer ersten Verknalltheit oder dem vermeintlichen Gefühl, es zu sein, verrannt? Wie oft hatte ich Dates gehabt, Männer kennengelernt, nur um daraufhin erneut zu spüren, dass sie nicht das waren, was mir helfen würde? Nicht das, was ich wirklich brauchte? Aber im Moment brauchte ich vor allem eines und das waren Antworten, die mir Alec vielleicht geben konnte. Er sprach zwar in den gleichen Rätseln wie Caldwell und Xavier, aber er war deutlich offener, zugänglicher. Bei ihm fühlte ich mich wohl. Zumindest etwas mehr als woanders.

Er kehrte mit den Getränken zurück und setzte sich mir gegenüber. »Hier«, sagte er und schob mir das Glas zu. »Auf uns.«

Ich nahm das Getränk und prostete ihm zu. »Auf uns«, wiederholte ich und nahm einen Schluck. Der Whiskey brannte angenehm in meiner Kehle und half mir, mich zu entspannen.

»Also, warum hast du mich wirklich hierhergebracht?«, fragte ich.

Alec lehnte sich zurück und beobachtete mich über den Rand seines Glases hinweg. Er trank einen Schluck und stellte es dann zurück auf den abgewetzten Holztisch. »Ich wollte dich besser kennenlernen. Und ich dachte, ein wenig Abstand von Blackwood Hall würde uns beiden guttun.«

»Du sagtest, du wolltest mir etwas zeigen.«

»Bald.«

»Wieso hat Xavier etwas dagegen, dass du dich mir näherst?«

»Keine Zeit verlieren, was?«, erwiderte er amüsiert. »Ich weiß, was du studierst. Und es passt perfekt zu dir.«

»Woher weißt du das?«

»Stand in deiner Akte.«

»Du hast meine Akte gelesen.« Es war mehr eine Feststellung. Dann wusste er auch, wieso ich in Blackwood war.

»Keine Sorge, Zach hat nichts damit zu tun, ich bin heimlich in sein Büro geschlichen. Und dabei ...« Er lehnte sich ein Stück zu mir. »Habe ich auch seine Notizen gefunden, die er sich zu dir gemacht hat.«

Mein Puls beschleunigte sich. »Sollte ich all diese Dinge wissen?«

»Möchtest du es denn?« Er lehnte sich zurück, zeigte ein überhebliches Grinsen. »Aber wer behauptet, dass ich es dir erzähle?«

»Sagte ich nicht, dass ich nicht gerne Spielchen spiele?«, fragte ich.

»Früher oder später wirst du sie spielen müssen. Blackwood wird dich dazu bekommen.«

»Dann sollte ich meinen Aufenthalt wohl besser direkt zu Beginn abbrechen.«

»Auch dann bist du nicht sicher. Du wirst keine Zeit mehr haben, denn die Dämonen stürzen sich liebend gerne auf dich, das Frischfleisch«, sagte er geheimnisvoll, doch diesmal war kein Funken Witz in seiner Stimme zu vernehmen. Und ich beschloss, ehrlich zu ihm zu sein, um Antworten zu erhalten.

»Ich habe einen Mann getroffen. Gestern Abend, draußen, im Labyrinth.«

Alec drehte das Glas in seinen Fingern. Seine Miene war

eine unergründliche Maske. »Draußen sagtest du?« Ich nickte. »Wann?«

»Ich weiß es nicht mehr genau, es war recht spät.«

»Wie sah er aus?«

»Er trug schwarze Kleidung, eine Maske, Handschuhe.«

Alec presste seine Kiefer aufeinander. »Hat er dir etwas angetan?« Ich zögerte, aber schüttelte dennoch den Kopf. Es war demütigend, zuzugeben, was er wirklich getan hatte. »Halt dich von ihm fern, Principessa.«

»Ich habe mich ganz bestimmt nicht extra mit ihm getroffen.«

»Halt dich von dem kompletten Garten fern, meine ich damit.«

»Wer ist er?«

»Einer der Dämonen«, raunte er dunkel und Gänsehaut kroch meinen Nacken hinauf. Also existiert er. Es war keine Einbildung gewesen. »Und zwar einer der schlimmsten Sorte.«

Plötzlich stand er auf, seine Stimmung schien sich schlagartig zu verändern. Grinsend hielt er mir die Hand hin. »Lass uns Billard spielen, Principessa!«

»Jetzt?«

»Wann sonst? Ich bin mir sicher, die anderen beiden werden uns bald auf die Schliche kommen und dann ist unser kleiner Ausflug schneller vorbei als gedacht.«

»Aber ... wolltest du nur mit mir in einer Bar Whiskey trinken?«

Er zuckte mit den Schultern. »Wer weiß. Ich entscheide, wann du bereit für mehr bist.«

»Du bist frustrierend.«

»Das nehme ich als Kompliment. Du magst es, herausgefordert zu werden, oder?« Ich unterdrückte ein Augenrollen. »Na komm schon«, sagte er und wackelte auffordernd mit seiner Hand.

Ich ergriff sie und er zog mich hoch. Für einen Augenblick waren wir uns wieder viel zu nah. Doch er ließ mich schnell los und wir betraten den hinteren Bereich, in dem zwei Billardtische standen.

Drei der Männer, die zuvor an der Bar gesessen hatten, spielten an dem einen Tisch, während wir zum anderen gingen.

»Hast du schon einmal gespielt?«, fragte er mich.

»Du hast keine Chance.«

»Oh, ich freue mich drauf.« Alec übergab mir einen Queue und positionierte die Kugeln auf dem Tisch. »Ladies first«, sagte er und nickte zu dem Dreieck aus Kugeln und der weißen, die davor lag.

Ich lehnte mich hinunter, fokussierte die Kugeln und spürte Alecs Blick, der am anderen Ende des Tisches auf einen Queue gelehnt dastand.

Ich wollte gerade Schwung holen, da trat jemand an den Tisch. Einer der Männer vom Nachbartisch. Sein kariertes Hemd spannte über seinem runden Bauch und ein dichter, ungepflegter Bart verdeckte sein Gesicht.

»Freaks aus der Anstalt sind hier nicht erwünscht.«

Sein Blick war fest auf mich gerichtet. Angespannt richtete ich mich auf.

»Verpiss dich«, sagte Alec. Er war zwar ziemlich gut trainiert, der Kerl allerdings deutlich stämmiger und kräftiger. Langsam drehte er sich in Alecs Richtung.

»Was hast du gesagt?«

»Du hast mich schon verstanden.«

Seine zwei Freunde postierten sich an seiner Seite und ich trat einen Schritt zurück.

»Keine Schlägerei hier drin, Jungs!«, rief der Barkeeper.

»Na, dann lass uns rausgehen«, provozierte der Mann Alec.

Sein Blick flackerte kurz zu mir und ich schüttelte den Kopf. Er hatte keine Chance gegen drei von ihnen.

»Das willst du nicht«, erwiderte Alec und lehnte immer noch lässig mit dem Queue am Billardtisch, als hätte er rein gar nichts zu verlieren.

Der Mann lachte auf. »Wieso sollte ich nicht?«

»Weil heute ein Scheißtag zum Sterben ist, außerdem kommt es in deiner Todesanzeige nicht gut, wenn dort steht, dass du dein Ende auf dem Parkplatz einer abgeranzten Kneipe gefunden hast.«

Die Männer lachten. »Du bist ja sehr überzeugt von dir. Lass doch mal sehen, was du kannst.«

Alec seufzte tief. Blitzschnell bewegte er sich. Das Geräusch einer brechenden Nase durchdrang den Raum, als der Queue mit voller Wucht das Gesicht des Mannes traf. Blut spritzte und der Kerl taumelte zurück, während Alec sich sofort auf den nächsten Gegner stürzte und in der ganzen Bar Tumult ausbrach.

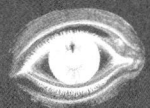

SCHMUTZIGES KLEINES GEHEIMNIS

»Wie viele Geheimnisse kann ein Herz verbergen, bevor es unter ihrem Gewicht zerbricht?«

- Margaret Holloway, 1880

15

SERAPHINA

Der zweite Mann griff nach Alec, aber dieser war schneller. Er duckte sich unter einem Schwinger hinweg und rammte dem Angreifer seinen Ellbogen in die Rippen. Der Mann krümmte sich vor Schmerz, und Alec nutzte die Gelegenheit, um ihm einen harten Tritt gegen das Knie zu verpassen, der ihn zu Boden brachte. Der dritte Mann, der sich von der Überraschung erholt hatte, stürmte auf Alec zu, doch er wich geschickt aus. Mit einer fließenden Bewegung packte er einen Billardqueue und schlug ihn gegen die Beine des Angreifers, der sofort fiel. Alec war unerbittlich, als er den Mann mit einem weiteren Schlag endgültig außer Gefecht setzte.

Ich stand wie erstarrt da, unfähig, mich zu rühren. Die Brutalität, mit der Alec vorgegangen war, erschütterte mich zutiefst. Es war offensichtlich, dass er geübt darin war, solche Situationen zu meistern, aber es warf auch die Frage auf, wie oft er bereits in solche Konflikte verwickelt gewesen war und welche Rolle er tatsächlich spielte.

Alec drehte sich um und kam zu mir zurück. Seine Augen funkelten gefährlich, und ein düsteres Lächeln umspielte seine Lippen.

»Furchtbar anstrengend, dass solche Kerle nie auf Warnungen hören wollen.« Er trat zu mir. »Alles in Ordnung?«, fragte er, seine Stimme so ruhig, als wäre nie etwas passiert.

Ich nickte stumm. Es war mir immer noch nicht möglich, die letzten Minuten zu begreifen. Mein Verstand arbeitete fieberhaft, versuchte, die widersprüchlichen Gefühle zu sortieren – die Anziehung zu Alec und die Abscheu vor der Gewalt, die er ohne Zögern angewendet hatte. Die Dunkelheit in mir kollidierte mit meinem Gerechtigkeitssinn.

Er nahm meine Hand und zog mich aus der Bar, an die frische Luft des Waldes, der uns umgab.

Er hielt erst an, als wir vor seinem Motorrad standen. »Was ... was war das?«, stammelte ich schließlich.

Alec drehte sich zu mir um, seine Augen waren immer noch dunkel, sein Blick intensiv, als hätte ihn der Kampf verändert. Von dem Mann, der noch vor wenigen Minuten lockere Scherze gemacht hatte, war nichts mehr zu sehen. »Willkommen in der Realität, kleine Principessa«, sagte er. »Manchmal musst du kämpfen, um zu überleben.« Noch im gleichen Moment krachte die Tür der Bar auf und die Männer stürmten nach draußen. Zwei von ihnen hatten blutige Spuren im Gesicht von ihren gebrochenen Nasen, der dritte ein blaues Auge.

»Denkst du, du kommst einfach davon?«, fragte der Mann, der zuvor schon als Erster das Wort ergriffen hatte. Er zog langsam eine Waffe aus seinem hinteren Hosenbund, hielt sie aber locker neben seinem Bein. Wenige Schritte vor uns hielten die drei inne und Alec schob mich hinter sich.

»Wie ich sehe, hast du zwei Optionen«, sagte Alec. Seine Stimme klang immer noch entspannt. Ich konnte nicht glauben, wie ruhig er war, während mein Herz vor Angst raste. Was machte ihn so sicher?

»Und die wären?«, fragte der Mann. Seine Freunde standen dicht neben ihm.

»Ist das nicht offensichtlich? Du hast ein verletztes Ego, okay, kann ich verstehen. Es gibt zwei Wege, wie du damit umgehen kannst. Entweder du erschießt mich dafür, dass ich dir und deinen Lakaien den Arsch vermöbelt habe, oder ...« Ich spannte mich an. Wieso sprach Alec so? Hatte er keine Angst, ihn zu provozieren? »Du verpisst dich jetzt und lässt uns in Ruhe.«

Der Mann schnalzte mit der Zunge und hob die Waffe. Mein Herz galoppierte und Panik lähmte meinen Körper.

In einer fließenden Bewegung zog Alec ein Messer aus seiner Hosentasche. Der Mann und seine Freunde lachten spöttisch. »Was willst du mit dem kleinen Ding machen, uns die ...«

Bevor er den Satz beenden konnte, ließ Alec das Messer los. Es schnitt durch die Luft, ein silberner Blitz, der zielgenau in die Schulter des Mannes traf. Der Schock war deutlich auf seinem Gesicht zu erkennen, als er die Klinge in seinem Fleisch spürte. Ich presste die Hand auf den Mund, um nicht zu schreien. Der Mann ließ die Waffe los, die auf dem Boden aufkam. Das Messer steckte tief in seiner Schulter, genau an der Stelle, wo es der Schlagader gefährlich nahekam. Blut begann sofort zu fließen, und der Mann taumelte zurück, seine Hand instinktiv zur Wunde wandernd.

»Was zu Hölle ...«, stöhnte er, seine Stimme zitternd vor Schmerz und Überraschung.

Alec trat ruhig einen Schritt nach vorne. Seine Augen waren immer noch fest auf den verletzten Mann gerichtet. »Ich habe dir gesagt, du sollst dich verpissen,« sagte er leise, aber mit einer tödlichen Kälte in der Stimme. »Vielleicht hörst du jetzt besser zu. Eine weitere Chance werde ich dir nicht mehr geben.« Das Blut tropfte auf den Boden, und der Mann sank auf die Knie, seine Kraft schwand schnell. Alec blieb unbewegt. »Das nächste Mal ziele ich auf dein beschissenes Herz«, fügte er hinzu. »Ich würde schauen, dass ich schnell in ein Krankenhaus komme, bevor du vor lauter Blutverlust ohnmächtig wirst.« Auch seinen Freunden stand der Schock ins Gesicht geschrieben. Sie packten ihn am Arm und zerrten ihn zu einem der Pick-ups.

Alec nahm seelenruhig einen Helm vom Lenker und hielt ihn mir hin. »Was ist?«

»Ach nichts …«, gab ich zurück. Das Adrenalin ließ meine Hände immer noch zittern. »Vielleicht frage ich mich gerade nur, mit wem ich hier allein auf einem verlassenen Parkplatz stehe!«, ergänzte ich aufgebracht.

Alecs Mundwinkel zuckten. »Das willst du eigentlich gar nicht wissen, glaub mir.«

»Diese Antwort macht mein Gefühl nicht gerade besser! Bist du eigentlich wahnsinng? Wieso hast du den Typen so provoziert, er hätte …« *Dich erschießen können.*

»Weißt du …«, antwortete Alec. »Wenn du nichts mehr zu verlieren hast, außer dein wertloses Leben, lebt es sich deutlich entspannter.« Die Bitterkeit seiner Worte ließ mich flacher atmen. »Verdammte Zwickmühle in der du steckst, oder?«, fragte er und drückte mir den Helm in die Hand. Ich nahm ihn entgegen, setzte ihn aber nicht auf. »Entweder du bleibst allein hier im Wald zurück oder du setzt dich zu einem Mann auf das Motorrad, dem du nicht vertraust. Es interessiert mich brennend, wie du dich entscheidest.«

Wunderbar! Ich seufzte. »Wo bin ich hier nur hineingeraten?«, murmelte ich und zog den Helm an.

»Fragen wir uns das nicht alle?«, erwiderte Alec und half mir, den Verschluss zu schließen, während ich ihn durch das Visier musterte. Würde ich jemals ergründen, was hinter diesen Männern steckte, oder würde das einem Todesurteil gleichkommen?

»Schau mich nicht so an«, raunte er und ließ mich los. Seine Augen trafen meine.

»Wie denn?«

»So, als würdest du mich trotz all der Dinge, die du gesehen hast, an Ort und Stelle ficken wollen.« Bevor ich etwas erwidern konnte, änderte sich Alecs Gesichtsausdruck und ein »Fuck«, drang aus seinem Mund. Kies knirschte unter den Reifen eines Autos, das auf den Parkplatz rollte.

Langsam drehte ich mich um und erkannte einen schwarzen Mustang. Er blieb mitten auf dem Parkplatz stehen, aber die Scheiben waren verdunkelt, weshalb ich nicht erkennen konnte, wer darin saß.

Der Motor brummte, heulte einen Moment auf, doch das Auto setzte sich nicht wieder in Bewegung.

Ich hörte Alec seufzen. »Er ist so eine verdammte Diva.«

Der Mustang hielt weiterhin seine Position, und das Gefühl der Anspannung wuchs in mir. Alec legte eine Hand auf meine Schulter, seine Augen fixierten den Wagen.

»Warte hier«, sagte er und begann langsam, auf das Auto zuzugehen. Ich beobachtete, wie er sich näherte, und mein Herz schlug schneller.

Die Fahrertür öffnete sich und Xavier stieg aus. In seinem Gesicht konnte man deutlich seine Wut erkennen. »Alec, was zum Fick machst du hier?«

»Genau das wollte ich dich fragen«, entgegnete Alec. »Folgst du uns?«

Xavier schnaubte und ging ein paar Schritte weiter in unsere Richtung.

»Folgen? Ich habe dich und Seraphina auf der Überwachungskamera gesehen, nachdem Beth mir unter Tränen gestanden hat, dass sie sie verloren hat. Als ich festgestellt habe, dass ihr abgehauen seid, musste ich sicherstellen, dass es ihr gut geht.«

»Wieso sollte es das nicht?«, fragte Alec und in dem

Moment wanderte Xaviers Blick zu der Waffe und dem Blutfleck auf dem Boden. Er zog eine Augenbraue hoch und verschränkte die breiten Arme vor der Brust.

»Willst du die Antwort jetzt wirklich hören?«, fragte Xavier trocken.

Alec zuckte mit den Schultern. »Ich habe nichts angezettelt.«

»Natürlich. Genau wie früher, oder? Du bist immer der Unschuldige.« Früher? Wie lange kannten die beiden sich bereits? »Hast du vergessen, wieso du in Blackwood gelandet bist, du kopfloser Bastard?«

»Ach, komm runter, Gorilla.«

Xaviers Blick wanderte zu mir. Ich stand immer noch neben dem Motorrad. »Du kommst mit mir.«

Er ließ Alec stehen und trat auf mich zu, öffnete den Helm und zog ihn mir vom Kopf. Ich schaute zu ihm auf und wusste nicht so recht, was ich antworten sollte.

»Ist das für dich ein verficktes Spiel?«, fragte Xavier leise und wirkte tatsächlich verletzt. »Mit dummen Jungs und ihrem Motorrad auf Spritztour gehen?«

Hätte ich es nicht besser gewusst, ich hätte vermutet, Eifersucht spielte eine Rolle. »Ich bin immer noch eine freie Frau. Nirgendwo heißt es, dass ich das Anwesen nicht verlassen darf, wenn ich das will.«

Xavier presste seine Kiefer aufeinander. Ich sah in seinen Augen, dass zahlreiche Gefühle in ihm tobten. »Wir fahren zurück und dann ...« Er schmiss den Helm unachtsam auf den Boden neben das Motorrad. »Dann kannst du liebend gern deine Sachen packen, Seraphina. Geh nach Hause, zurück zu all den Schlappschwänzen, die dir das Gefühl gegeben haben, nicht richtig zu sein. Geh zurück, bevor du wirklich dahinterkommen kannst, was das ist in dir. Wieso du tatsächlich in Blackwood gelandet bist. Aber verschwende nicht unsere verdammte Zeit.«

Er drehte sich um und ging auf sein Auto zu. Perplex starrte ich ihm hinterher, hatte keine Ahnung, was ich tun sollte. Langsam sah ich zu Alec, der nur in Richtung Xavier nickte. »Geh ihm hinterher«, seufzte er. »Er wird sich wieder beruhigen. Ich bin sein Problem, nicht du.«

Auf einmal tat es mir leid, dass ich mich so schnell hatte überreden lassen und mitgefahren war. Ich hatte doch schon vermutet, dass Alec ein Typ war, der nur Ärger machte. Es hätte ganz anders ausgehen können und Xavier hatte definitiv recht. Ich riskierte mit so etwas meine eigene Heilung.

Ich lief Xavier hinterher. »Warte!«, rief ich, aber er hielt nicht inne. Er öffnete die Beifahrertür, wirkte jedoch immer noch scheiße wütend.

»Danke«, sagte ich leise, ehe ich an ihm vorbeiging und einstieg. Lautstark schmiss er die Tür hinter mir zu, umrundete den Wagen und nahm selbst auf dem Fahrersitz Platz. Ich schnallte mich an und bewunderte einen Augenblick das luxuriöse Innere des Wagens. Woher hatte ein einfacher Pfleger so viel Geld, um sich so ein Auto leisten zu können?

Alec sammelte den Helm ein und stieg auf sein Motorrad. Mit einem letzten Blick und hochspritzendem Kies, aufgrund des durchgedrehten Hinterreifens, raste er vom Parkplatz. Xavier machte immer noch keine Anstalten, loszufahren.

»Es tut mir leid. Ich ... das war nicht der Plan. Abzuhauen, meine ich. Auch wenn ich ...« Ich seufzte und schaute aus der Frontscheibe. »Keine Ahnung habe, worauf das alles hinauslaufen wird. Ob es gut ist, wenn ich bleibe, oder die schlechteste Entscheidung meines Lebens. Aber wenn du immer noch willst, dass ich packe, dann respektiere ich das natürlich und werde nicht länger eure Zeit in Anspruch nehmen.«

Plötzlich drehte Xavier sich in meine Richtung, seine Hand schnellte vor und griff schmerzhaft in meine Haare. Ganz langsam zog er mein Gesicht vor seines. Ich roch Pfefferminz in seinem warmen Atem.

»Hör jetzt genau zu, ich werde es nur einmal sagen«, knurrte er bedrohlich, während der Schatten der Wut Xaviers Gesicht verdunkelte und mir bewusst wurde, dass ich nicht einmal im Ansatz wusste, zu was er wirklich fähig war. Sie alle. Irgendetwas sagte mir, dass sie sich bisher zurückgehalten hatten, um mich in Sicherheit zu wiegen. »Dein Aufenthalt beschränkt sich auf das Anwesen, außer Zach erlaubt etwas anderes. Es ist mir scheißegal, was du dir dabei gedacht hast, mit Alec auf dieses beschissene Motorrad zu steigen oder als ihr dieses verdammte Blutbad hier angerichtet habt, was uns allen zum Verhängnis werden könnte. Du wirst in Blackwood bleiben und keinen Ärger anstellen. Vielleicht, aber nur dann vielleicht, wirst du bekommen, nach was du dich sehnst. Erlösung. Ist das klar und verständlich?« Meine Kopfhaut brannte wie Feuer unter seinem unbarmherzigen Griff, der mir das Gefühl vermittelte, ich wäre sein Besitz. Als könnte er mit mir machen, was er wollte. »Ich habe gefragt, ob dir das klar ist?«

»Lass mich los«, wisperte ich mit all meiner eigenen Wut, die in mir hochstieg, weil Xavier mich so behandelte. War ich zuvor noch voller Reue für mein eigenes Verhalten, hatten nun Scham und Wut den Platz eingenommen. »Oder du wirst es bereuen«, zischte ich.

Er hielt inne. Gab ein trockenes Lachen von sich, als könnte er nicht glauben, was ich zu ihm gesagt hatte. »Du bringst mich wirklich noch um meinen verfickten Verstand«, raunte er und plötzlich lagen seine Lippen auf meinen. Genauso unbarmherzig wie sein Griff drang seine Zunge in meinen Mund ein. Seine Hände lockerten sich ein wenig in meinem Haar und ein überrachtes Keuchen entkam mir.

Sein Kuss war fordernd, roh und voller unterdrückter Emotionen. Jeder Atemzug, den ich nahm, war von seinem intensiven Duft erfüllt. Ich war völlig überrumpelt von seinem Überfall und der Menge an Gefühlen in meinem Innern. Meine Hände fanden ihren Weg zu seiner Brust, umfassten den Stoff seines Hemdes und drückten ihn weg. Doch seine Stärke war überwältigend, und statt nachzugeben, zog er mich mit einem dunklen Knurren noch näher an sich heran, als wollte er sicherstellen, dass ich jeden Moment, jede Nuance seiner wütenden Lust spürte. Als würde er nicht davor zurückschrecken, mich zu zwingen, sie in mich aufzunehmen.

Ich versuchte, gegen die Flut von Gefühlen anzukämpfen, die mich überwältigte. Doch da war auch etwas anderes – ein gefährliches Verlangen, das tief in mir aufloderte. Eine Mischung aus Wut und unstillbarem Begehren, das ich nicht leugnen konnte. Meine Finger verkrallten sich in sein Hemd, als seine Zunge auf eine Weise über meine strich, die mein Innerstes zum Beben brachte.

Xaviers Griff in meinem Haar wurde sanfter, doch seine Dominanz war ungebrochen. Mit einem letzten, harten Kuss ließ er meine Lippen los, aber seine Stirn blieb gegen meine gelehnt, sein Atem war schwer und heiß auf meiner Haut. »Du wirst mich nicht herausfordern, Seraphina«, flüsterte er, seine Stimme war tief und rau. »Seitdem du einen Fuß auf das Anwesen von Blackwood gesetzt hast, gehörst du uns und ich werde nicht zulassen, dass dir etwas passiert. Und es ist mir scheißegal, ob das für dich in Ordnung ist oder nicht.«

Mein Herz raste, mein Verstand drehte sich im Kreis. Die rohe Intensität seines Kusses und seine Worte hatten etwas in mir entfacht, das ich nicht mehr ignorieren konnte. Doch tief in mir wusste ich, dass ich vorsichtig sein musste. Xavier war nicht nur gefährlich, er war unberechenbar. Und trotz des stürmischen Verlangens, das zwischen uns loderte, konnte ich mir nicht sicher sein, wohin dieser Weg führen würde.

»Ich gehöre niemandem«, wisperte ich, doch das Zittern meiner Stimme verriet mich. »Das war ein Fehler.«

Ein dunkles Lächeln umspielte seine Lippen, als er sich langsam zurückzog. Seine Hand löste sich endgültig aus meinem Haar. »Vielleicht«, stimmte er zu, »aber ein Fehler,

den ich jederzeit wiederholen würde.« Er packte mein Kinn.
»Außerdem war es vielleicht ein Fehler, von dir zu kosten,
aber es war keine Lüge. Du kannst dich nur damit abfinden,
kleine Rebellin, dass ich mich ab sofort nicht mehr verstellen
werde.«

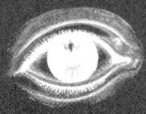

SCHMUTZIGES KLEINES GEHEIMNIS

»Jeder Schritt in Blackwood Hall führt mich tiefer in ein Labyrinth aus Versuchung und Geheimnis, aus dem es kein Entkommen gibt.«

- Margaret Holloway, 1880

16

XAVIER

Fick auf diese verdammte Wette. Ich würde Seraphina vögeln, bis sie so wund war, dass sie mich noch Tage später spüren würde. Dass sie spürte, was es bedeutete, sich gegen mich zu stellen.

Alec, dieser kleine Idiot, hätte doch wissen müssen, was für Konsequenzen es hatte, wenn er so etwas abzog. Es hatte gereicht, dass Devereaux heute auf dem Anwesen gewesen war. Auch wenn er entlassen worden war, hatte er noch genug Kontakte zu den Bullen, und den aktuellen Deal mit Choi zu gefährden, kam nicht infrage.

Auch wenn Seraphina nicht wusste, in was sie hier hineingeraten war, sie würde ihren Ausflug wiedergutmachen. Und ich würde jede Sekunde davon genießen. Die Wette war Auslegungssache, oder nicht? Ficken. Aber alles andere war erlaubt, Zach musste wissen, dass ich dieses Schlupfloch irgendwann mehr als gerne ausnutzen würde. Und sie sollte merken, was es bedeutete, sich uns zu widersetzen. Dass ihr Handeln hier Konsequenzen hatte.

»Wo gehen wir hin?«, fragte sie und ich hörte die Beunruhigung definitiv in ihrer Stimme.

»Das wirst du gleich sehen«, erwiderte ich und zog sie an

ihrer Hand weiter durch die Flure von Blackwood. Wir stiegen eine Treppe hinab und Vorfreude erfüllte meinen Körper.

Ich spürte das Zögern in ihrem Gang, dennoch war sie neugierig, viel zu neugierig, als dass sie nicht ergründen wollte, was ich vorhatte. Und genau das würde ich mir zunutze machen. Es spielte mir förmlich in die Karten.

Ich öffnete die Tür zu einem schummrig beleuchteten Raum. Er war ähnlich luxuriös wie die anderen Zimmer eingerichtet, mit einem breiten Himmelbett mit schwarzen Laken, doch die Lage im Kellergeschoss und die fehlenden Fenster ließen es eher wie ein Verlies wirken. Die Wände waren in tiefem Burgunderrot gestrichen, was dem Raum eine unheimliche Wärme verlieh.

Ein schweres Ledersofa stand in einer Ecke, gegenüber einem massiven Holztisch, der mit verschiedenen, sorgfältig arrangierten Objekten bedeckt war – Kerzen, Peitschen, Masken und andere Utensilien, die eher an einen geheimen Club als an eine herkömmliche Einrichtung erinnerten. Die Luft war erfüllt von einem leichten Duft nach Leder, der die Sinne betörte und die Dunkelheit verstärkte.

In einer Ecke des Raumes stand ein großes, hölzernes Kreuz, an dem schwere Lederriemen befestigt waren. Ich konnte mir förmlich vorstellen, wie sie nackt und feucht, voller Erwartung darauf, was wir mit ihr taten, daran gefesselt wartete. Allein bei der Vorstellung, wie die Seile in ihre weiche, ebenmäßige Haut schnitten, wurde ich bretthart.

Daneben hing ein Regal mit verschiedenen Fesseln und Ketten, ordentlich aufgereiht und bereit für den nächsten Gebrauch. Ein Wandspiegel reflektierte das gedämpfte Licht der an den Wänden angebrachten, flackernden Kerzen.

Über dem Bett hing ein schwerer, eiserner Kronleuchter, der im schwachen Licht schimmerte und Schatten an die Decke warf, die sich bewegten, als ob sie lebendig wären. An der gegenüberliegenden Wand war ein weiterer Spiegel angebracht, der den Raum größer erscheinen ließ und gleichzeitig ein Gefühl der Beobachtung vermittelte. Jeder Winkel dieses Zimmers war für ein Spiel der Macht und Kontrolle gestaltet worden. Wir hatten es noch nicht oft benutzt, aber heute war der perfekte Tag, Seraphinas Therapie auf eine neue Stufe zu erheben. Sie hatte es selbst so gewollt.

Es war ein Ort, der sowohl Angst als auch Verlangen hervorrief, und ich konnte spüren, wie mein Herz schneller schlug, während ich die Tür hinter uns schloss. Seraphina schaute sich mit großen Augen um und drehte sich zu mir.

»Das ... das ist nicht dein Ernst!«, sagte sie aufgebracht. Ich verschränkte die Arme vor der Brust und musterte sie. Ihre geröteten Wangen, ihr schneller Atem. Je mehr sie sich mir widersetzte, umso größer der Spaß.

»Im Laufe meiner Zeit bei Zachary habe ich einiges gelernt, was die Psyche der Menschen angeht«, setzte ich an und ging einen Schritt auf sie zu. »Zum Beispiel, dass Angst und Lust die gleichen physiologischen Reaktionen hervorrufen und teilweise die selben neurologischen Wege im Gehirn ansprechen. Ist das nicht interessant?«

»Ich dachte, hier geht es um seriöse Therapien«, wisperte sie atemlos. »Und nicht darum, die Zeit in einem kranken BDSM-Keller zu verbringen!«

Ich musste lächeln. »Krank, ja?«, fragte ich und strich ihr eine Strähne aus dem Gesicht. »Wieso bist du dann dennoch neugierig darauf, was wir alles mit diesen Dingen anstellen könnten und wie es dir helfen würde, deine Gedanken unter Kontrolle zu bringen?«

»Du befeuerst sie noch, wie soll mir das helfen?«

»Also gibst du zu, dass du angeturnt bist? Weil du nicht weißt, was ich als Nächstes vorhabe?«

Sie schüttelte den Kopf. »Nein«, flüsterte sie. »Bin ich nicht.«

»Oh, Kleines, du kannst es dir noch so oft einreden, mich

wirst du nicht belügen können.« Meine Hand wanderte zu ihrer Schulter. Leicht drückte ich sie nach unten. »Auf die Knie«, raunte ich und verstärkte den Druck. Sie schluckte, zögerte verdammt noch mal immer noch. Fuck, ich würde es lieben, ihren Willen zu brechen und sie genau so zu formen, wie ich es brauchte. »Du willst es also auf diese Art?« Meine Hand wanderte zu ihrer Kehle, doch meine Finger legten sich nur sanft darum. »Das sympathische Nervensystem bereitet den Organismus auf körperliche oder geistige Herausforderungen vor. Es übernimmt, wenn der Körper in Stress gerät, ist quasi ein eingebautes Notfallsystem.« Meine Finger zogen sich zu und Panik trat in ihre Augen. Sie hob die Hand und versuchte, meine von ihrer Kehle zu ziehen. »Es ist für Kampf- oder Fluchtreaktionen zuständig wie diese, die du gerade erlebst. Aber weißt du, was das Interessante an der Sache ist?« Ich nahm auch meine zweite Hand dazu und packte ihr Haar. Sie keuchte vor Schmerz und Überraschung und wahrscheinlich auch vor Verlangen. »Die Aktivierung führt zu den gleichen physiologischen Reaktionen wie bei Lust. Erhöhte Herzfrequenz, gesteigerte Durchblutung, erhöhter Adrenalinspiegel. Dein Körper ist im Panikmodus und gleichzeitig bist du unendlich angeturnt, ist das nicht faszinierend?«

Endlich ergab sie sich mir und sank auf die Knie. Tränen der Wut und Verzweiflung glitzerten in ihren Augenwinkeln. Ich ließ locker und strich sanft über ihr Haar. »Braves Mädchen«, raunte ich. »Adrenalin und Noradrenalin steigern den Fokus, falls es zu einem Kampf kommt, aber sie steigern auch deine Lust. Es kann dich in unglaubliche Höhen schicken – ich glaube, das ist dir gar nicht bewusst. Du kannst es dir zunutze machen.« Ich legte die Hand unter ihr Kinn und zwang sie, mich weiterhin anzusehen. »Zach hatte dafür einen Fachbegriff ...« Ich ging in die Ecke, in der der Tisch stand, und zündete eine Kerze an. Das Wachs würde sich irgendwann ausgezeichnet auf ihrer weichen Haut machen, diente im

Moment aber nur dazu, ihre Gedanken zu befeuern. »Wie hieß das noch mal ...«, murmelte ich und nahm den Seidenschal, den wir bereits beim ersten Mal in Benutzung hatten.

»Ihr seid krank, alle miteinander«, wisperte sie brüchig. Ich drehte mich zu ihr um.

»Nein, das ist ja gerade das, was ich dir erklären möchte. Hörst du mir überhaupt zu?« Ich schnalzte mit der Zunge. »Dass deine Gedanken nicht krank sind, sondern eine normale körperliche Reaktion. Genau! *Misattribution von Erregung*, das war es!« Ich ging zurück zu ihr. Schon lange hatte ich nichts mehr gesehen, dass mich so angeturnt hatte, wie Seraphina vor mir auf den Knien, die durch ihre langen Wimpern zu mir aufsah. Fuck. Ich musste mich schwer zusammenreißen, nicht unüberlegt zu handeln. »Dein Körper interpretiert physiologische Erregung anders. Angst wird zu Lust, Panik zu unendlichem Verlangen. Das liegt daran, dass die allgemeine Erregung deines Körpers erhöht bleibt, selbst wenn der Kontext sich ändert. Das ist furchtbar anstrengend für dich, weil du es nicht verstehst, aber wenn du dich darauf einlassen kannst, wirst du Momente der höchsten Lust erleben.«

»Etwa mit dir?«, fragte sie verächtlich. Sie kämpfte immer noch. Ließ sich trotz ihrer verzweifelten Lage nicht unterkriegen. Oh, ich begann, dieses Spiel mit ihr mehr als zu genießen.

Ich konnte das Schmunzeln nicht mehr unterdrücken. »Wer weiß. Oder willst du etwa abstreiten, dass ich etwas in dir auslöse?«

»Du meinst außer Abscheu?«

»Kämpfe nur, kleine Rebellin, kämpfe weiter.« Ich strich leicht über ihre angespannte Kieferlinie. »Das macht alles nur noch interessanter für uns.«

»Wenn ich hier raus bin, werde ich allen sagen, was für kranke Experimente ihr mit euren Patienten macht!«, versuchte sie es auf diese Art.

Ich legte den Schal um ihren Hals. »Kleines, glaub mir, das, was wir mit dir machen, ist nicht das, was wir mit anderen machen. Du musst nicht eifersüchtig sein.«

»Ich bin nicht ...«, protestierte sie, doch im gleichen Moment hörte ich, wie die Tür hinter mir aufging.

»Ah, unser Besuch ist da«, sagte ich und Seraphina riss die Augen auf.

Ich hörte, wie die Tür sich wieder schloss und vernahm Schritte, die zu dem Sofa führten, mit direktem Blick auf uns in der Mitte des Raumes.

»Was ist das für ein krankes Spiel?«, flüsterte sie.

»Ganz einfach, wir sind fasziniert von dir. Ich bin die ausführende Kraft, aber Zach ...« Ich schaute kurz zu ihm und er nickte mir stumm zu, nachdem er sich gesetzt hatte. Er legte die Arme auf der Rückenlehne ab und fixierte Seraphina. »Zach wird dich studieren, um dir zu helfen. Jede physische Reaktion deines schönen Körpers. Er wird dich beobachten, bis er versteht, wie er dir helfen kann. Aber sei dir einer Sache bewusst ...« Ich zog den Schal ein Stück um ihren Hals zu. »Die Lösung wird vielleicht nicht so sein, wie du sie dir ausgemalt hast. Wir werden dich von den Fesseln befreien, die dir die Gesellschaft auferlegt hat, aber das könnte bedeuten, dass du deine Lust ausleben kannst.« Endlich. Endlich flossen die ersten, wunderschönen Tränen über ihre Wangen. Sie konnte sie gar nicht mehr zurückhalten. »Pst«, wollte ich sie beruhigen und strich über ihre Wange, aber sie zog den Kopf weg, ihre Augen funkelten vor Hass. »Alles wird gut, glaube uns.«

»Ihr seid kranke Bastarde, dieser Typ heute Vormittag hatte recht!«

»Marcus? Er ist ein Spinner und hat keine Ahnung. Er interpretiert Dinge nicht richtig, weil er sich nicht damit beschäftigt. Er stempelt ab. Hast du das in deiner Vergangenheit nicht oft genug erlebt? Menschen, die dich abgestempelt haben?« In ihre Augen trat ein Blick, der mir zeigte, dass ich recht hatte. »Auch die hatten keine Ahnung«, sagte ich leise zu ihr. »Und jetzt lass uns ein Stück in deinen Kopf sehen, lass uns teilhaben an dem, was in dir vorgeht, meine Schöne.« Ich lehnte mich etwas zu ihr hinab und zog den Schal hoch, sodass sie mir nicht entkommen konnte. Kurz wanderten ihre Augen zu Zach, der schräg hinter mir saß, aber mit dem leichten Druck an ihrem Hals hatte ich erneut ihre Aufmerksamkeit. »Geh. Zum. Bett.«

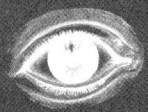

SCHMUTZIGES KLEINES GEHEIMNIS

»Hinter jeder Tür verbirgt sich ein neues Geheimnis, jede Schwelle ist ein Schritt in unbekannte Tiefen, die mich zu verschlingen drohen. Ich irrte mich. Es gibt nicht nur einen Teufel hinter den Mauern von Blackwood, der mir verlockende Worte zuflüstert. Es werden von Tag zu Tag mehr.«

- Margaret Holloway, 1880

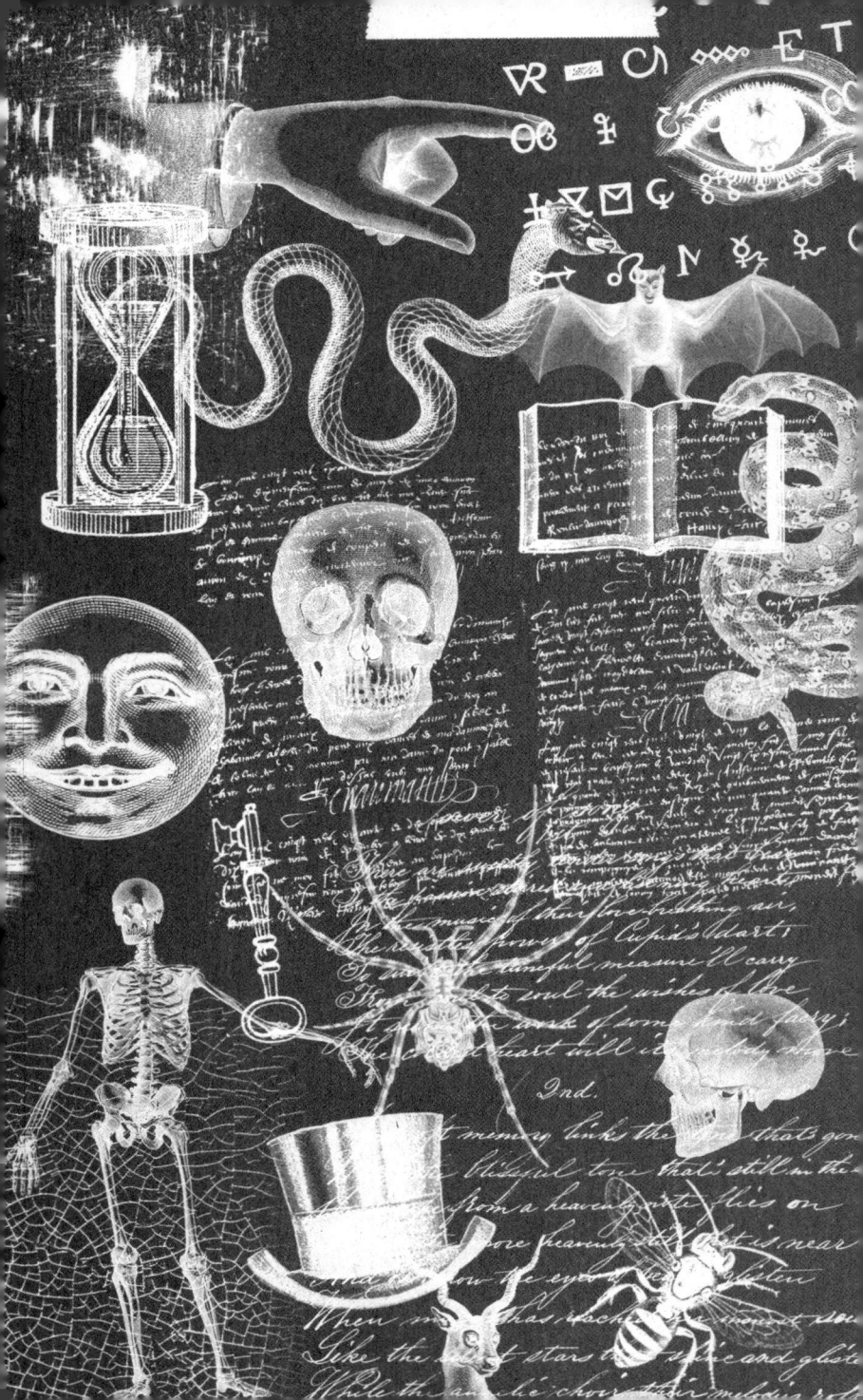

17

SERAPHINA

Wenn ich könnte, würde ich ihm die Augen auskratzen für das, was er mir antat. Egal, dass mein Körper auf ihn und seine Worte reagierte. Dass jede Faser in mir pulsierte und pochte. Dass ich die Feuchtigkeit spürte, die sich zwischen meinen Beinen sammelte, spürte, wie sich meine Brustwarzen sehnsüchtig zusammenzogen.

Xavier hatte recht, mein Körper fehlinterpretierte Reize, doch das bedeutete nicht, dass ich ihm nachgeben würde. Ich würde so lange kämpfen, bis ich endlich befreit war. War ich nicht deshalb hier? Damit sie mir halfen, anstatt das Feuer noch weiter zu schüren? Oder war genau das der Test? Mich dem auszusetzen, was mich gefangen hielt, damit ich stärker dagegen ankämpfen konnte?

Ich hatte keine Ahnung und wusste nur, dass ich gegen beide körperlich rein gar nichts ausrichten konnte, doch mich ihnen zu ergeben, würde sie nur in dem bestätigen, was sie taten. Da war sie wieder. Diese verdammte Zwickmühle.

Xavier ließ mich los, zog fast schon sanft den Schal von meinen Schultern und nickte mit dem Kopf in Richtung Bett. »Ich werde dich nicht berühren«, raunte er. »Nicht, solange du mich nicht darum anflehst.«

»Eher wird die Hölle zufrieren«, wisperte ich und entlockte Xavier ein Lachen.

»Gott, ich liebe dein Mundwerk und bin froh, dass du es uns endlich zeigst, süße Seraphina. Du bist wirklich eine ausgesprochen nette Abwechslung. Aber das wird dir auch nicht helfen. Zum. Bett. Sofort.«

Langsam stand ich auf, schickte tausend Flüche in Richtung Caldwell, der mit einem überschlagenen Bein und selbstgefälligem Gesichtsausdruck auf der verdammten Couch saß und uns zusah. Er hatte mir gesagt, ich solle ihm vertrauen, also wieso nutzte er das nun so schamlos aus? Oder war er wütend, weil ich seine Stunde verpasst hatte?

Bei dem Bett angekommen, rutschte ich rückwärts auf die Matratze, ließ keinen der Männer aus den Augen. Xavier trat näher. »Leg dich hin.«

Ich schluckte, mein Herz raste so schnell, dass ich das Gefühl hatte, es würde gleich mitten in meiner Brust explodieren. Ich rutschte weiter, legte meinen Oberkörper ab und starrte zu den hellen Stoffbahnen, die den Himmel des Gestells bedeckten. Es war zu schön, um in solch einem Folterkeller zu stehen.

Xavier griff nach einem der seidenen Tücher, die über den Bettpfosten hingen, und zog es langsam über meinen Körper. Ich presste die Augenlider zusammen, versuchte die Gefühle, die durch meinen Körper rauschten, zu verarbeiten. Die Berührung war leicht, fast liebevoll, und doch lag eine dunkle Absicht in all seinen Bewegungen. »Das ist eine Übung in Vertrauen, Seraphina. Du wirst feststellen, wie weit du wirklich gehen kannst.«

»Du bist krank«, flüsterte ich und versuchte, die Panik in meiner Stimme zu unterdrücken.

»Vielleicht«, gab er zu und sein Lächeln war widerlich selbstgefällig. Ihm machte es offensichtlich mehr als Spaß, mich in dieser Situation zu sehen. »Aber das macht es für dich nur noch wichtiger, stark zu bleiben. Herauszufinden, was du eigentlich willst.«

Er fesselte meine Handgelenke nacheinander mit seidenen Tüchern an die Bettpfosten und trat dann zurück, um sein Werk zu betrachten. »Spürst du das?«, fragte er leise. »Die Mischung aus Angst und Erregung?«

Ich biss die Zähne zusammen, kämpfte fieberhaft gegen die Tränen an. »Du bist widerlich.«

»Und dennoch reagiert dein Körper auf mich«, murmelte er und seine Finger strichen federleicht über den Stoff meiner Jeans von meinem Knie bis zu meinem Oberschenkel, ehe er sich zurückzog. »Dein Verstand mag mich hassen, aber dein Körper schreit nach mehr.«

Ich drehte den Kopf, sah, wie Caldwell alles aufmerksam beobachtete. Seine Augen verrieten keinerlei Emotionen. »Vertraue uns«, sagte Xavier und ich richtete meine Aufmerksamkeit wieder auf ihn. »Es gibt keine Heilung ohne Konfrontation.«

»Konfrontation mit was?«, schrie ich, unfähig, meine Angst länger zurückzuhalten.

»Mit dir selbst«, antwortete Xavier leise und setzte sich auf die Bettkante. Mein Körper kribbelte von meinen Zehen bis zu meinen Haarspitzen und ich bewegte mich unruhig gegen den Druck an meinen Handgelenken. »Mit deinen tiefsten, dunkelsten Wünschen. Du bist hier, weil du die Kontrolle verlieren willst, nicht wahr?«

Ich schloss die Augen. »Nein, ich bin hier, um geheilt zu werden.«

»Und das wirst du auch«, sagte er. »Aber zuerst musst du dich deinen eigenen Dämonen stellen.« Ich spürte eine federleichte Berührung an meiner Taille, die einen Stromstoß durch meinen Unterleib schickte. »Und das annehmen, was du gerade fühlst. Stell es dir vor. Stell dir vor, ich gehe weiter. Ich weiß, dass du den Kuss vorhin insgeheim genossen hast. Hast du dir vorgestellt, wie es wäre, wenn ich dich auf dem Rücksitz ficke? Dir dabei die Luft abdrücke, bis du das Gefühl hast, zu explodieren?«

»Nein!« *Ja.*

Er zog seine Hand weg. »Ich könnte dich auch jetzt berühren. Dir Erleichterung verschaffen, aber du musst darum bitten.«

»Niemals! Fahr zur Hölle!« Die Worte schoben sich kratzend durch meine Kehle.

»Da war ich schon, aber selbst der Teufel wollte mich nicht«, erwiderte er mit rauer Stimme und ich hielt doch wieder seinen Blick. Wollte ihm mit jeder Faser meines Körpers standhalten.

»Das wundert mich nicht«, gab ich zurück und ein wölfisches Grinsen trat auf seine Lippen.

»Gut, meine Aussage von eben hat sich gerade aufgelöst, du musst es spüren, um zu verstehen.« Seine Hand fuhr zu meinem Hosenknopf, aber ich bäumte mich auf, versuchte, ihm zu entkommen, was durch meine gefesselten Hände jedoch nicht erfolgreich war. »Hast du es dir so vorgestellt? Dass es so sein würde, die Kontrolle abzugeben?«

Ich presste die Lippen aufeinander. Ja. Jede Nacht, wenn ich allein in meinem Bett lag. Und dennoch keine Erlösung fand.

Seine Finger fuhren unter den Bund meiner Jeans, schoben sich rücksichtslos weiter, berührten zum ersten Mal meinen Kitzler und ich unterdrückte ein Keuchen. »Fuck«, fluchte Xavier. »Du bist nicht feucht, du bist nass, süße Seraphina. Ich würde zu gerne sehen, wie es auf die Laken tropft, zu gerne davon kosten.« Er lehnte sich vor und hauchte mir einen Kuss auf die Lippen, während er einen seiner Finger in mich schob. Tief. »Ergib dich dem Gefühl, es ist nichts Falsches daran«, raunte er knapp vor meinem Gesicht.

»Alles ist falsch daran«, hauchte ich.

Er fickte mich härter, schneller. Ich konnte nicht verhindern, dass mein Körper sich fest gegen seine Berührungen drückte. Mehr wollte. Alles wollte.

Xavier grinste und leckte sich über die Lippen. »So ist es gut. Hol es dir.«

Woge um Woge wurde die Angst von unendlicher Lust verdrängt. Lust, die in Flammen aufgehen würde, sollte Xavier nicht aufhören. Ich würde so hart kommen, dass mich die Scham in Grund und Boden stampfen würde. »Irgendwann werde ich dich kosten, kleine Rebellin«, wisperte er und zwickte hart in meinen Kitzler. Alle Muskeln in meinem Körper waren angespannt, kämpften gegen den Eindringling an, der mir dennoch Gefühle verschaffte, die ich noch nie zuvor so stark gespürt hatte.

Doch plötzlich hörte er auf und ich schaute ihn entgeistert an, als er die Hand aus meiner Hose zog. Schnell hatte ich mich wieder unter Kontrolle, er durfte nicht merken, was er in mir ausgelöst hatte. »Dafür, dass du mich verabscheust, habe ich dich ziemlich schnell an den Rand eines Orgasmus gebracht. Stell dir vor, was mein Schwanz in dir ausrichten würde, wenn du meine Finger schon so gut findest.«

»Fick dich«, flüsterte ich kraftlos. Meine Wangen brannten vor Scham und Reue, dass er mich tatsächlich dazu bekommen hatte, mich ihm zu ergeben.

»Irgendwann wirst du das für mich erledigen.«

Er löste die Fesseln. Ich setzte mich auf und rieb meine Handgelenke. »Ich möchte abreisen«, sagte ich kraftlos.

Xavier zuckte mit den Schultern. »Du hast jetzt einen Vorgeschmack davon bekommen, wie es sein könnte. Was auf dich wartet, wenn du an der Sache arbeitest. Wenn du jetzt abreist, wirst du dein gesamtes Leben unglücklich werden, das weißt du genauso gut wie wir. Schlaf eine Nacht drüber und teil uns deine Entscheidung morgen früh mit.« Er wandte sich ab und auch Caldwell erhob sich von der Couch. Er hatte immer noch kein einziges Wort zu mir gesagt und am liebsten hätte ich ihn angeschrien. Immer noch pulsierte alles in mir und ich wusste, es hätte nur noch eine winzige Berührung gedauert, bis ich Erlösung gefunden hätte. Aber selbst wenn ich zurück in meinem Zimmer war, würde ich es unterdrücken und es definitiv nicht versuchen, zu beenden. Das wäre zu viel Genugtuung für die Männer.

Die beiden wandten sich zur Tür. Caldwell verschwand, aber Xavier drehte sich noch einmal zu mir um. »Wenn du die Treppe hier hochgehst, kommst du direkt in den Flur zu deinem Zimmer. Schlaf schön, süße Seraphina, und denk an mich, wenn du deine hübschen Finger in deinem süßen Höschen hast.«

Mit einem rauen Lachen ging er und ließ mich verwirrt und unendlich erregt zurück. Bis eben hatte ich nicht gewusst, wie sehr ich einen anderen Menschen hassen konnte.

Zurück in meinem Zimmer ignorierte ich das sehnsüchtige Pochen in meinem Unterleib, schrubbte mir in der Dusche den Nachhall von Xaviers Berührungen vom Körper und schlüpfte in ein Nachthemd. Dann begann ich, alles aufzuschreiben, was mir an diesem Ort komisch vorkam. Ich dachte an Margaret und ob sie das gleiche Gefühl hatte, als sie damals begann, ihr Tagebuch zu schreiben.

Aber ich wollte es nicht nur für mich festhalten, ich wollte den Männern ein für alle Mal das Handwerk legen. Ich hatte nicht umsonst Kriminologie studiert. Nicht nur, weil in mir das dringende Bedürfnis gepocht hatte, die fehlenden acht Jahre meiner Kindheit zu rekonstruieren, ich wollte Gerechtigkeit für alle. Wenn ich jetzt ging, hatte ich nicht genug in der Hand, um etwas ausrichten zu können, doch wenn ich noch etwas blieb ... wenn ich mehr darüber erfuhr, wieso ein

Typ wie Alec keine Probleme damit hatte, einem anderen Mann ein Messer in die Schulter zu rammen, oder jemand wie Xavier eine wehrlose Frau an ein Bett zu fesseln, während Caldwell dabei zusah. Es machte keinen Sinn für mich. Rein gar nicht.

Ich setzte den Stift ab und lehnte mich zurück, meine Gedanken wirbelten umher. Jede Faser in mir schrie danach, einfach wegzulaufen und nie wieder zurückzublicken, aber das war keine Option. Nicht, wenn ich die Wahrheit herausfinden wollte. Ich musste herausfinden, was hier wirklich vor sich ging, und die Menschen, die litten, retten. Wenn es denn noch mehr gab, denn immer noch hatte ich niemanden getroffen.

Hätte ich nur mein verdammtes Handy. Aber nun hatte ich weder Kontakt zur Außenwelt noch eine Möglichkeit, Hilfe zu rufen. Sie hatten mir mein Smartphone abgenommen und ich war auf mich allein gestellt. Aber das würde mich nicht aufhalten. Ich würde einen Weg finden, diese Männer zur Strecke zu bringen, auch wenn es das Letzte war, was ich tat.

In diesem Moment klopfte es an meiner Tür. Mein Herz setzte einen Schlag aus, bevor es erneut raste. Wenn einer von ihnen zurück war ... Was würde ich tun?

»Wer ist da?«, rief ich und versuchte, meine Stimme ruhig zu halten. Die größte Bestätigung für sie war, wenn sie meine Gefühle erahnen konnten, deshalb musste ich mich, so gut es ging, beherrschen.

»Beth«, kam die gedämpfte Antwort von der anderen Seite der Tür. »Darf ich reinkommen?«

Hatten sie sie geschickt, um herauszufinden, wie es mir ging? Ich zögerte einen Moment, dann stand ich auf und öffnete die Tür. Beth trat ein, Besorgnis klar ins Gesicht geschrieben.

»Alles in Ordnung?«, fragte sie und ich schloss schnell wieder hinter ihr. Als ob das irgendetwas ausrichten würde.

»Nachdem du vorhin verschwunden warst, habe ich mir Sorgen gemacht!«

»Es tut mir leid, wenn du wegen mir Ärger bekommen hast, ich … habe nicht nachgedacht, aber ich brauchte eine Verschnaufpause«, erwiderte ich und wir setzten uns nebeneinander auf die Couch in einer Ecke des Zimmers. Ich verschwieg ihr bewusst die ganze Geschichte, mehr zu ihrem als zu meinem eigenen Schutz.

»Das kann ich gut verstehen«, erwiderte sie und ich fragte mich, wie viel sie wusste. War sie auch einmal in den Fängen der Männer gelandet und hatte sich irgendwie von ihnen loslösen können?

»Darf ich dich etwas fragen, Beth?«

Sie nickte. »Natürlich.«

»Wie bist du hierhergekommen? Ich meine, wie hast du den Job bekommen?« Wobei ich immer noch nicht wusste, was sie hier generell tat.

»Ich war tatsächlich einmal selbst Patientin«, antwortete sie und ich wusste nicht, was ich von dieser Aussage halten sollte. Waren sie ihr genauso näher gekommen wie mir? »Und es war meine Rettung, auch wenn der Weg bis hierher kein leichter war. Dr. Caldwell ist …« Sie zögerte, rang nach den richtigen Worten. »Unkonventionell.« Das konnte man laut sagen.

»Haben er oder Xavier dich …« Ich schluckte, wusste nicht so recht, wie ich es formulieren sollte, ohne Beth in eine unangenehme Lage zu bringen. »Irgendwie berührt? Oder waren die Therapiestunden irgendwie … seltsam?«

Sie runzelte die Stirn. »Was meinst du mit berührt? Körperlich?« Ich nickte. »Auf keinen Fall! Zu keiner Zeit habe ich mich unwohl gefühlt. Dr. Caldwell geht andere Wege, aber er übertritt die Pfade nicht.« Ach wirklich? Das konnte ich so nicht bestätigen. »Er lässt sich nicht gern in die Karten schauen. Trotz dessen, dass ich schon einige Zeit hier bin, weiß ich immer noch nicht alles, aber ich habe gelernt, ihm zu vertrauen. Er ist kein verkehrter Mensch.«

»Was bei Xavier wohl nicht der Fall ist«, gab ich in ironischem Ton zurück. »Sie wirken auf mich, als ... würden sie irgendetwas Illegales tun.«

»Der äußere Schein trügt, das ist alles, was ich dir sagen kann«, erwiderte sie kryptisch. »Halte durch.« Plötzlich zog sie mein Handy aus ihrer Tasche und hielt es mir hin. »Du kannst deine Eltern oder Freunde anrufen. Dr. Caldwell sagte mir, dass du das vielleicht möchtest.«

Ich schaute zwischen meinem Smartphone und Beth' Augen hin und her. »Das sagte er?«

Sie nickte. »Es wurde sogar geladen.«

Überrascht griff ich nach dem Telefon.

»Ich warte draußen.«

Sie stand auf und verließ mein Zimmer, lehnte die Tür hinter sich an. Jetzt hatte ich die Chance, um Hilfe zu rufen. Ich könnte mir ein Taxi bestellen, meinen Dad und meine Mom bitten, mich abzuholen. Ich wusste, sie würden das tun.

Mit klopfendem Herzen ignorierte ich alle anderen Benachrichtigungen und wählte Dads Nummer. Es dauerte einige Sekunden, ehe er dranging.

»Hi, Schatz«, sagte er, und allein seine vertraute Stimme zu hören, ließ brennende Tränen in meinen Augen aufsteigen.

»Hi, Dad«, sagte ich und meine Stimme zitterte leicht.

»Ist alles in Ordnung?«, fragte er besorgt. Im Hintergrund hörte ich den Fernseher und meine Mom fragen, wer am Telefon war. »Es ist unsere Sera, und sie hört sich seltsam an. Brauchst du Hilfe?«, fragte er.

»Sera, Schatz, was ist los?«, hörte ich nun auch Mom und strich mir mit dem Handrücken über die Augen. Ich könnte diesen Albtraum hier beenden. Ich könnte zurück nach Hause. Meine Wunden lecken. Doch tief in mir wusste ich, dass dies der ultimative Test war, den Caldwell mir stellte.

»Es ist alles okay, ich vermisse euch nur, wir haben uns schon so lange nicht mehr gesehen!«

»Die Semesterferien sind doch lang, du kannst jederzeit zu uns kommen, Schatz«, sagte Mom.

»Ich weiß, ich weiß, aber ... Emily braucht Hilfe.« Ich nahm einen tiefen Atemzug. »Vielleicht komme ich in den letzten zwei Wochen.«

»Wir würden uns freuen!«

Beth kam zurück in mein Zimmer, blieb aber am Türrahmen stehen und ich wusste, es war Zeit, sich zu verabschieden. »Ich melde mich wieder bei euch, es gibt gleich Abendessen und da möchte ich nicht zu spät kommen«, log ich und fühlte mich unendlich schlecht.

»Wir freuen uns! Noch einen schönen Abend und viel Spaß, richte Emily liebe Grüße aus!«

»Mach ich.« Ich schniefte noch einmal und verabschiedete mich. Dann stand ich auf und übergab Beth das Smartphone. Sie lächelte mir aufmunternd zu, als hätte ich gerade die richtige Entscheidung getroffen. Dabei war ich mir alles andere als sicher.

»Wenn du jemals reden willst, bin ich da.« Mit diesen Worten verließ sie den Raum, ließ mich mit meinen Gedanken allein.

Ich setzte mich wieder an den Schreibtisch und nahm das Tagebuch zur Hand. Margarets Worte waren ein Anker, der mich daran erinnerte, warum ich blieb. Ich blätterte weiter durch die Seiten, suchte nach Hinweisen, die mir helfen könnten, diese Männer zur Strecke zu bringen.

Als ich aufblickte, sah ich das Spiegelbild meines entschlossenen Gesichts im Fenster. Es war Zeit, den nächsten Schritt zu gehen. Ich würde nicht aufgeben. Ich würde diese dunklen Geheimnisse aufdecken, koste es, was es wolle.

Das zumindest dachte ich, bis ich ihn unter meinem Fenster sah. *Den Schatten.*

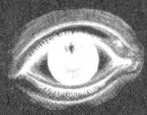

SCHMUTZIGES KLEINES GEHEIMNIS

»Nur die Sterne über Blackwood Hall sind Zeugen unserer verbotenen Treffen. Er schleicht sich jede Nacht in mein Zimmer, denn nur in den Schatten können wir wirklich frei sein.«

- Margaret Holloway, 1880

18

SERAPHINA

S ein Anblick faszinierte mich. Und trotz meiner Angst vor ihm war ich kurz davor, nach draußen zu stürmen und ihm die Stirn zu bieten. Wer war er? Wieso beobachtete er mich? Wussten Caldwell und Xavier, dass er hier draußen herumlief und andere Menschen erschreckte?

Plötzlich zog er etwas aus seiner Jackentasche. Es sah aus wie ein dickes Bündel Papier in einem braunen Umschlag. Er legte es auf den breiten Rand eines Blumenkübels, ehe er sich erneut zu mir umdrehte und mir zunickte. Als wollte er mir ein Zeichen geben, dass es für mich war. Woher wusste er, was für Antworten ich suchte? Ich hatte keine Ahnung, aber er trat einen Schritt zurück und verschwand in dem Schatten einer der Hecken. Nervös suchte ich den Garten mit den Augen ab, konnte ihn aber nirgendwo entdecken.

Würden die anderen mitbekommen, wenn ich hinunter in den Garten ging und holte, was der Schatten augenscheinlich für mich abgelegt hatte? Oder war es nur ein Trick, um mich anzulocken, nur um mir dann Schlimmeres anzutun als beim letzten Mal?

Ich war völlig verwirrt, aber ich musste es wissen.

Also schlich ich aus meinem Zimmer und schaute mich im

Flur um, konnte aber niemanden erkennen. Die ganze Zeit über blieb ich wachsam, als ich durch das Anwesen bis zum Foyer lief. Vorsichtig lehnte ich mich ein Stück über die Brüstung, konnte aber nichts erkennen, also wagte ich den Schritt und betrat die Treppe nach unten.

Xavier hatte von Sicherheitskameras gesprochen. Sah er mich gerade darauf? Aber es war mir egal. Wenn er mich erwischte, würde ich sagen, dass ich nach allem, was heute passiert war, frische Luft gebraucht hatte. Außerdem hatte er mir doch mitgeteilt, dass mir bis zum Morgen Zeit blieb, um mich zu entscheiden, ob ich gehen oder bleiben wollte. Ich hatte gar keine andere Möglichkeit, als diesen Umschlag zu holen.

Also eilte ich nach draußen und hielt mich dicht an der Hauswand, während ich das Gebäude umrundete. An der Ecke blieb ich kurz stehen, um mich zu vergewissern, dass der Schatten nicht auf mich wartete, doch als ich immer noch nichts sah, lief ich zu der Stelle, an der der Umschlag lag. Ich jubelte innerlich auf, als ich ihn entdeckte, und nahm ihn an mich, drückte ihn fest gegen meine Brust. Ich würde ihn erst in meinem Zimmer öffnen. Allein. In völliger Ruhe. Irgendetwas sagte mir, dass sich dort drin etwas befand, das mir helfen würde.

Ich eilte zurück und wollte gerade um die Ecke biegen, die zurück zur Eingangstreppe führte, da hörte ich zuschlagende Autotüren und Stimmen. Verdammt! *Verdammtverdammtverdammt!*

Ich duckte mich zurück in den Schatten der Hauswand und spähte um die Ecke. Den Umschlag hielt ich zum Schutz hinter meinem Rücken versteckt, presste mich fest gegen die kühle Steinfassade. Als ich den Kopf ein Stück nach vorne lehnte, erkannte ich Xavier, der die Treppe bestieg und nach oben zum Eingang lief. Mit wem hatte er sich unterhalten, oder hatte er telefoniert?

»Seraphina.« Ich zuckte zusammen, als ich Caldwells dunkle Stimme hinter mir vernahm. Vielleicht hatte er mich schon viel früher gesehen? Zur Sicherheit hielt ich den Umschlag weiter hinter mir versteckt und drehte mich langsam in seine Richtung um. »Ein bisschen spät für einen Spaziergang, oder hast du aus dem letzten Mal nichts gelernt?« Provozierend trat er einen Schritt auf mich zu und sein Blick wanderte an meinem Körper entlang, der kaum durch das knappe Nachthemd verhüllt war.

»Wieso hast du vorhin nichts gesagt? Wieso Xavier nicht aufgehalten, als er all diese Dinge mit mir getan hat?«, versuchte ich, ihn von der Tatsache abzulenken, mich hier draußen erwischt zu haben. Aber es waren ohnehin Fragen, deren Antworten ich unbedingt wissen wollte.

»Weil er die Gründe ziemlich gut zusammengefasst hat.«

»Du beobachtest, während er Frauen misshandelt?«

»Hast du dich misshandelt gefühlt?« Er blieb vor mir stehen. »Wenn du ganz ehrlich und tief in dich hineinhörst?«

»Es war nicht so, dass ich darum gebeten hätte, an ein Bett gefesselt zu werden.«

»Aber darum geht es doch«, antwortete er. »Eigene Grenzen zu überschreiten.«

»Egal, was ich sage, ihr habt immer irgendein krankes Argument dagegen, oder?«

Ganz leicht zuckte sein Mundwinkel, dann lief er an mir vorbei und zeigte mir seinen Rücken, über den sich ein nacht-schwarzes Jackett spannte. »Ich habe Hunger, und soweit ich weiß, hattest du noch kein Abendessen. Leiste mir Gesellschaft.«

Fuck. Was sollte ich währenddessen mit dem Umschlag tun? Ich würde ihn hier draußen verstecken und später noch einmal rauskommen, wenn es mitten in der Nacht war. Das war die einzige Chance, die ich hatte, wenn ich nicht wollte, dass Caldwell ihn entdeckte und mir abnahm. Schnell zog ich ihn hervor und warf ihn zwischen die beiden Hecken neben mir. Caldwell hatte mir immer noch den Rücken zugewandt und hatte es hoffentlich nicht gesehen. Plötzlich blieb er stehen und drehte sich zu mir um. »Kommst du?«

»Ich muss mich zuerst umziehen«, erwiderte ich.

»Das ist nicht nötig«, sagte er in einem Ton, der kaum einen Widerspruch akzeptierte. »Ich habe dich ohnehin nun schon so gesehen und wir bleiben heute Abend zu zweit.«

Ich nickte schluckend, auch wenn es mich ärgerte, nun nicht herausfinden zu können, was in dem Umschlag war. Ein Essen. Danach könnte ich mich um diese Sache kümmern. Hoffentlich nicht mehr, aber man wusste nie.

Ich folgte ihm in das Innere und wir betraten ein Esszimmer, in dem ich zuvor noch nie gewesen war. Anders als auf den Zeitplänen notiert, die ich erhalten hatte, war mir das Essen bislang immer auf mein Zimmer gebracht worden.

Doch dieser Raum war genauso beeindruckend und opulent wie das gesamte Schloss. Eine große, lange Tafel aus dunklem Mahagoni dominierte die Mitte des Raumes. Der Tisch war sorgfältig gedeckt mit feinstem Porzellan, glänzendem Silberbesteck und funkelnden Kristallgläsern. In der Mitte des Tisches stand ein kunstvolles Blumenarrangement. Es musste hier Personal geben, das sich um all das kümmerte.

Die Wände des Esszimmers waren mit tiefrotem, schweren Brokatstoff bespannt, der das Licht absorbierte und dem Raum eine gedämpfte, intime Atmosphäre verlieh. Über dem Tisch hing ein riesiger, prunkvoller Kronleuchter aus Kristall, dessen unzählige Facetten das Licht in tausend funkelnde Strahlen brachen und den Raum in ein goldenes Glühen tauchten. Ich fühlte mich in meinem legeren Outfit mehr als deplatziert.

Caldwell setzte sich an das Kopfende des Tisches und bedeutete mir, neben ihm Platz zu nehmen. »Ich hoffe, der

Raum sagt dir zu«, sagte er mit einem Anflug von Ironie in seiner Stimme. »Er hat etwas Zeitloses, findest du nicht?«

Im Hintergrund tanzten Flammen in einem großen Kamin und warfen flackernde Schatten auf die Wände und auf Caldwells Profil. Er wirkte wie der Teufel persönlich in seinem schwarzen Anzug und mit dem festen Blick aus hellblauen Augen, die sein attraktives Gesicht ganz besonders betonten. »Setz dich, bitte.« Er deutete noch einmal auf den mit tiefrotem Samt gepolsterten Stuhl neben ihm.

Ich nahm einen tiefen Atemzug, meine Gedanken befanden sich weiterhin bei dem Umschlag draußen in den Hecken, während ich seiner Bitte folgte. »Das Schloss ist zweifellos beeindruckend«, erwiderte ich.

Er nahm die Weinflasche auf dem Tisch und schenkte mir ein Glas ein. »Ich dachte, ein wenig Gesellschaft beim Essen wäre ganz angenehm. Außerdem siehst du aus, als könntest du etwas Ablenkung gebrauchen.«

Ich warf ihm einen scharfen Blick zu. »Wollte Xavier sich nicht zu dir gesellen, damit ihr einen weiteren Plan schmieden könnt, in was für illegale Aktivitäten ihr euch verstrickt?«

Caldwells Lippen zuckten. Er setzte die Flasche ab, nachdem er auch sein Glas befüllt hatte. Der Wein war tiefrot und passte zu der Stimmung im Raum. »Du bist äußerst unterhaltsam«, sagte er und hob sein Weinglas in meine Richtung. Ich stieß mit ihm an und nippte, honorierte für einen Moment den geschmeidigen Geschmack.

»Wie bist du dazu gekommen, Psychologe zu werden, und das auch noch in diesem Anwesen?«, fragte ich, weil ich mehr über ihn erfahren wollte. Man musste seine Freunde kennen, aber seine Feinde noch viel besser.

»Es war viel mehr eine Berufung und ein Erbe meiner Familie väterlicherseits.«

»Bedeutet das etwa, dein Vater hat schon seine kranken

Spielchen hier getrieben? Wie äußerst rührend, dass er seinen Sohn direkt mit angelernt hat.«

»Das war es in der Tat. Er hatte einige Techniken in seinem Repertoire. Dagegen wirken unsere Therapieansätze wie ein Kindergeburtstag.«

»Das glaube ich kaum«, murmelte ich und trank erneut einen Schluck. Ich fühlte mich gefangen in einem luxuriösen Esszimmer mit einem Mann, dessen Absichten ich nicht durchschauen konnte. Mir war klar, dass es für ihn mehr ein Spiel war und ich vorsichtig sein musste, damit ich nicht als Verliererin daraus hervorging.

»Aber eigentlich möchte ich mehr über dich erfahren. Wir haben unsere heutige Therapiestunde schließlich aufgrund deines kleinen Ausflugs ausgesetzt.«

Plötzlich ging eine Tür in Caldwells Rücken auf und eine Frau kam herein. Sie trug eine weiße Bluse und in den Händen hielt sie zwei Teller. Also hatten sie Personal. Konnte ich sie um Hilfe bitten? Und dann? Wenn die anderen Menschen hier nur halb so loyal wie Beth waren, hatte ich ohnehin keine Chance. Sie wirkte nicht überrascht, als sie mich sah. Ich bedankte mich, als sie den Teller zuerst vor mich stellte und dann vor Caldwell.

Der angerichtete Salat sah köstlich aus und ich merkte plötzlich, dass ich hungriger war als gedacht. Sie verschwand hinter der Tür. »Also gibt es hier doch andere Menschen«, sagte ich.

»Selbstverständlich. Haben wir dir die ganze Zeit gesagt.«

»Wieso dann das Essen auf dem Zimmer?«

»Du sollst dich auf dich konzentrieren, auch das habe ich dir bereits mitgeteilt.« Er wirkte mehr amüsiert als von meiner Feindseligkeit genervt. »Aber heute Abend«, fügte er leise hinzu, »genieße ich deine Gesellschaft auf eine Weise, die schwer in Worte zu fassen ist.« Seine Stimme war fast sanft, intim, und ich spürte, wie sich Wärme in mir ausbreitete.

»Was meinst du damit?«, fragte ich und meine Stimme klang schwächer als beabsichtigt.

»Du faszinierst mich, Seraphina. Deine Verletzlichkeit, deine Stärke, aber auch dein Widerstand. Ich finde es ...« Er suchte nach dem richtigen Wort. »Erfrischend.« Seine Augen ließen mich nicht los, und ich hatte das Gefühl, dass er mehr sah als nur das, was er behauptete.

Ich schluckte. »Schön, aber ich bin nicht hier, um dich zu unterhalten oder zu faszinieren. Ich bin hier, weil ich Hilfe brauche. Oder gebraucht habe ...«

»Und genau die wirst du bekommen«, sagte er und zeigte ein gefährliches Lächeln. Er war unberechenbar. War es sein Vater, der ihn dazu gemacht hatte? »Hast du dir nie ernsthafte Gedanken darüber gemacht, was in den acht Jahren deiner Kindheit vor sich gegangen ist, dass du in eine Amnesie gestürzt bist?«

Ich senkte den Blick. Der Appetit war mir vergangen. »Natürlich habe ich das«, gab ich leise zurück. »Es ist nicht so, als hätte ich nicht nach dem Auslöser meiner kranken Gedanken gesucht.« Ich hatte darüber nachgedacht, ob meine Eltern gar nicht meine Eltern waren. Ob ich aus irgendeinem Grund adoptiert worden war, und Mom und Dad mich aus Schutz belogen. Aber es gab haufenweise Dinge, die das widerlegten. Bilder direkt nach meiner Geburt, meine Geburtsurkunde.

»Wir verwenden den Begriff krank nicht gerne.«

»Aber das ist es, oder nicht?« Ich erwiderte erneut seinen Blick, versuchte, ihm standzuhalten, all meine Stärke hineinzustecken. Doch vielleicht befeuerte das genau seine Faszination.

»Du meinst, weil es nicht der Norm entspricht?« Er lehnte sich ein Stück nach vorne. »Die Gesellschaft diktiert uns Lügen von richtig und falsch, dabei haben die meisten Menschen selbst genug Dreck unter den Fingernägeln. Andere zu verurteilten lenkt nur von den eigenen Fehlern ab.«

»Was sind deine Fehler?«, fragte ich leise.

Caldwell nahm das Weinglas und lächelte wölfisch. »Ich bin in der Tat fehlerlos.« Er nippte am Wein und schaute mich über den Rand hinweg an.

»Ganz bestimmt«, murmelte ich.

Er zögerte einige Sekunden, sah mich einfach nur an und ich hatte das Gefühl, dass mich noch niemand so intensiv gemustert hatte.

»Steh auf«, sagte er plötzlich und mein Körper spannte sich an. Er rutschte mit dem Stuhl zurück und sein Blick wurde dunkler, fast hungrig. Sofort beschleunigte sich mein Herzschlag um das Hundertfache. Ich zögerte, aber er wiederholte seinen Befehl nicht, er wartete einfach nur ab, hielt diese erdrückende Schwere zwischen uns aus. Bis ich einknickte. Langsam stand ich auf.

»Komm zu mir.«

Mit erhobenem Kopf ging ich zu ihm und blieb vor ihm stehen. Er thronte wie ein König in dem hohen Lehnstuhl, das Kinn auf einer Hand abgestützt, sein Blick so schwarz wie die Nacht auf mich gerichtet. Der einzige Kontrast zu seinem dunklen Äußeren waren seine Augen.

»Was willst du nun tun?«, flüsterte ich.

»Mit dir? Einige Dinge«, antwortete er mit rauer Stimme. »Zum Beispiel, dich so lange zwingen, dir dein Verlangen einzugestehen, bis du dich vollständig ergibst.« Die Lust bedrängte mich, zwang sich mir förmlich auf, genau wie seine Worte es vorhersagten. Hitze flammte in mir auf und ich verfluchte die Reaktionen meines Körpers, die ich nicht unter Kontrolle hatte. »Aber bis dahin wird es mir eine Freude sein, dich immer wieder daran zu erinnern, dass das, was du fühlst, in Ordnung ist.« Er verlagerte das Gewicht etwas in meine Richtung. Immer noch stand ich vor ihm und wusste nicht so recht, was ich von der Situation halten sollte. Fast hätte ich den Umschlag vergessen, der draußen darauf wartete, dass ich ihn endlich öffnete. Vielleicht wären Dinge gegen Caldwell darin, die ich verwenden könnte. »Kämpf nicht dagegen an«, wisperte er rau. Es war, als würden seine bloßen Worte mich berühren, sich in mir festsetzen, mich in Besitz nehmen. »Schließ die Augen, kleine Nachtigall.« Ich tat es, weil ich gar keine andere Wahl hatte. »Schärfen sich deine Sinne bereits? Spürst du meine bloße Anwesenheit? Hörst meine Stimme?«

Ich ballte die Hände zu Fäusten, aber nickte. »Ja«, hauchte ich.

»Gut. Ich möchte, dass du dich einzig auf mich konzentrierst, vergiss alles andere.« Es war, als würde ich einen Luftzug spüren. War er aufgestanden? »Lass die Augen geschlossen, sonst muss ich sie dir verbinden.« Ich presste die Lider fester aufeinander. »Deine größte Angst ist es, deine Unabhängigkeit zu verlieren, und gleichzeitig sehnst du dich nach Führung und Halt, ist das nicht so?« Der Standort seiner Stimme veränderte sich, sie befand sich direkt hinter mir und eine Gänsehaut überzog meinen Nacken. »Dabei ist die Existenz von beidem kein Widerspruch. Du kannst stark sein und dich dennoch fallen lassen. Es ist sogar so, dass ...« Leicht strich er meine Strähnen von meinen Schultern nach hinten, fasste mein Haar zusammen. Er ließ seine Finger sanft hindurchgleiten. »Das eine ohne das andere nicht existiert. Du brauchst nur jemanden, der mit deiner Stärke umgehen kann und dem du vertraust.«

»Und das seid ihr?«, wisperte ich und der Griff in meinem Haar wurde fester. Er zog meinen Kopf ein Stück nach hinten, überstreckte leicht meinen Hals. Ich spürte seinen warmen Atem an meinem Ohr.

»Das können wir sein, wenn du uns lässt.«

Seine Lippen fanden die Haut an meinem Hals. Leicht ließ er sie darübergleiten, bis er zu der Stelle kam, an der mein Puls heftig schlug. Und ich verloren war, als er seine Zähne in meinem Fleisch versenkte.

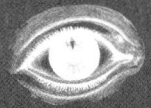

SCHMUTZIGES KLEINES GEHEIMNIS

»Seine Berührungen sind wie Dornen einer wunderschönen Rose – schmerzhaft und doch unwiderstehlich. Das süße Gift an ihren Enden dringt in meine Adern, und ich kann nichts anderes tun, als es zu begrüßen. Es zu lieben. Zu wollen. Selbst wenn ich dabei sterbe.«

- Margaret Holloway, 1880

19

ZACHARY

Ihr Duft war exquisit. Köstlich. Unwiderstehlich.

Ich hatte die Wette ins Leben gerufen, um Xavier und mich davor zu schützen, etwas Dummes zu tun. Aber mittlerweile verfluchte ich diese Idee, denn ich wusste, Xavier war ein zu guter Spieler, als dass er sich die Chance entgehen lassen würde, Besitz über Seraphina zu ergreifen. Vollständig.

Ich hatte seinen Blick gesehen, als sie gefesselt vor ihm auf dem Bett gelegen hatte. Hatte gesehen, wie schwer es ihm gefallen war, sich zurückzuhalten, die Grenze einzuhalten. Und nun ging es mir verdammt noch mal genauso.

Meine Hand umfasste ihre Taille, fuhr nach vorne zu ihrem Bauch, meine Finger krümmten sich über dem Stoff dieses furchtbar knappen Nachthemdes. Leise sog sie die Luft ein.

Ich könnte sie an Ort und Stelle ficken. Sie auf diesen verdammten Tisch drücken und ihr zeigen, dass nichts, was sie fühlte, falsch war. Sie mit meiner Dunkelheit beschmutzen, sie brandmarken. Aber ich wusste, sie war noch nicht so weit, selbst wenn ich die Wette und meine Vernunft vergessen würde.

Wir hatten vielen armen, verlorenen Seelen geholfen. Wir

hatten unendlich viel Verzweiflung und Verletzung gesehen, seelische wie körperliche. Und wir wussten, dass nur durch das wirkliche Erforschen der dunkelsten Tiefen der menschlichen Seelen wahre Erlösung gefunden werden konnte. Nur wer sich öffnete, konnte befreit werden.

Wenn sie das nur sehen könnte.

Aber da war noch mehr, was mich davon abhielt, auch mich fallen zu lassen. Draußen wartete er auf eine einzige Schwäche meinerseits. Er, der Dämon. Das Monster. Der Schatten. Ich hörte förmlich seine raue Stimme, wie er mir aufmunternd zuflüsterte, die Kontrolle zu verlieren, damit er sich Seraphina holen konnte.

Auch weil wir beide gleichzeitig herausgefunden hatten, wer sie wirklich war. Wer sie sein könnte.

Dennoch hielt ich es kaum aus, ohne zumindest eine kleine Kostprobe ihrer Lust zu nehmen. Ihre Atmung beschleunigte sich, als meine Finger zum unteren Saum des Hemdes fuhren und den seidenen Stoff berührten.

»Sag mir, kleine Nachtigall, soll ich dich heute Abend von dieser Sehnsucht befreien, die tief in dir pulsiert?«, flüsterte ich ihr zu und hörte im Hintergrund das Knacken von Holz im Kamin. Selbst im Sommer war es hier mitten in den Wäldern kühl und schattig. »Die Xavier vorhin geweckt hat?«

Sie presste ihren hübschen, runden Arsch an mich, drückte ihn seufzend gegen meinen härter werdenden Schwanz. Fuck. Ich wurde mehr als schwach, wenn sie so anschmiegsam war. »Sag nur ein einziges Wort und ich helfe dir. Ohne Hintergedanken oder doppelten Boden.«

»Hier ist nichts umsonst«, wisperte sie, als meine Finger über den Stoff wanderten, leicht über ihren angeschwollenen Kitzler strichen und sich um ihre Mitte schmiegten.

»Du hast schnell dazugelernt«, erwiderte ich. »Doch heute Abend würde ich eine Ausnahme machen, weil es mir schwerfällt, dich noch länger leiden zu sehen.«

Sie lachte kurz auf, rieb sich aber immer noch leicht an mir, weil sie genauso wenig wie ich wollte, dass unsere Verbindung aufhörte. Ich wollte meinen Schwanz so tief in ihrer hübschen Pussy vergraben, dass sie niemals wieder vergessen würde, wie ich mich in ihr anfühlte. Meine Beherrschung schwand zunehmend in ihrer Nähe.

Normalerweise fiel es mir leicht, die Kontrolle zu behalten, denn sie war alles, was ich hatte. Allerdings hatte ich nun gespürt, dass es doch etwas gab, das mich schwach werden ließ. Sie.

Ich kreiste schneller, massierte sie durch den dünnen Stoff und sie stöhnte leise auf. »War das ein Ja?«, fragte ich mit heiserer Stimme. Sie nickte. Und ich konnte mich nicht mehr zurückhalten. Ich drehte sie um, drückte sie zum Tisch und schob nebenbei das Nachthemd über ihre Schenkel nach oben.

Ich musste sie einfach schmecken. Mit einem intensiven Blick in ihre grauen Augen zog ich ihr das Höschen von den Hüften und schob sie zurück auf den Tisch. Es war mir scheißegal, wie viele Dinge bei dieser Aktion fielen oder umkippten und wie der rote Wein sich als Fleck auf dem Teppich ausbreitete. Seraphina wehrte sich nicht. Im Gegenteil. Sie hielt den Blick. Hielt den Kontakt. »Ich werde dich jetzt lecken, bis zu kommst, und wenn es so weit ist, möchte ich, dass dir bewusst ist, wer dir den härtesten Orgasmus verschafft, den du jemals gespürt hast.« Ich packte ihr Kinn und zwang sie, mich anzusehen. »Wie lautet mein Name?« Mein Herz raste. Mein Schwanz war so hart, dass es schmerzte.

Sie schluckte. »Zachary.«

»Gutes Mädchen.« Ich ließ sie los, zog den Stuhl heran und setzte mich vor sie, schob ihre Beine so weit auseinander, dass sie wie ein köstliches Buffet vor mir ausgebreitet dalag. Sie rutschte noch ein Stück zurück auf die Tischplatte, ihre Füße ruhten auf den Stuhllehnen. »Wann bist du das letzte Mal durch einen Mann gekommen, kleine Nachtigall?«, raunte ich und leckte über die Innenseite ihres Oberschenkels, während ich nach oben in ihre Augen sah.

Sie zögerte. Presste die Lippen aufeinander. Und schüttelte dann leicht den Kopf. »Noch nie«, wisperte sie. Teufel noch mal, sie hatte keine Ahnung, was diese Erkenntnis in mir auslöste. Sanft biss ich in ihre weiche Haut und sie zuckte zusammen.

»Und durch dich selbst? Wie bringt du dich selbst zum Kommen?« Sie gab nichts zurück, und das war Antwort genug für mich. »Umso besser«, murmelte ich und ließ mir Zeit, sie zu erkunden. Leckte. Knabberte. Biss. Aber ließ ihre hübsche Pussy immer noch aus. Ihre Lust lief bereits aus ihr, glänzte auf ihren Schamlippen und allein dieser Anblick war alles andere als leicht für mich auszuhalten.

»Was willst du?«, raunte ich und packte ihre Oberschenkel fester. »Sag es. Du musst es aussprechen, Darling.«

»Ich will ...« Sie kämpfte immer noch mit sich, immer noch mit dem Druck, das Richtige zu tun. Dabei vergaß sie, in sich hineinzuhören. Ich näherte mich ihrer geschwollenen Mitte, doch zog mich wieder zurück und sie seufzte frustriert auf.

»Du musst es aussprechen«, neckte ich sie flüsternd.

»Ich will, dass du mich leckst. Bring mich das erste Mal zum Kommen, Zachary«, erwiderte sie fest und ein zufriedenes Grinsen stahl sich auf meine Lippen.

»Nichts lieber als das«, entgegnete ich und ließ meine Zunge über ihre Spalte gleiten. Sie legte den Kopf in den Nacken und stützte sich hinter sich auf dem Tisch ab, drückte ihr Becken ein Stück hoch. Ich hatte noch nie etwas Sinnlicheres gesehen als Seraphina, wie sie sich endlich ihrer Lust ergab und die Fesseln von sich warf.

Langsam wanderte meine Zunge über ihre empfindlichen Stellen, zeichnete ihre Schamlippen nach, bevor ich den Druck

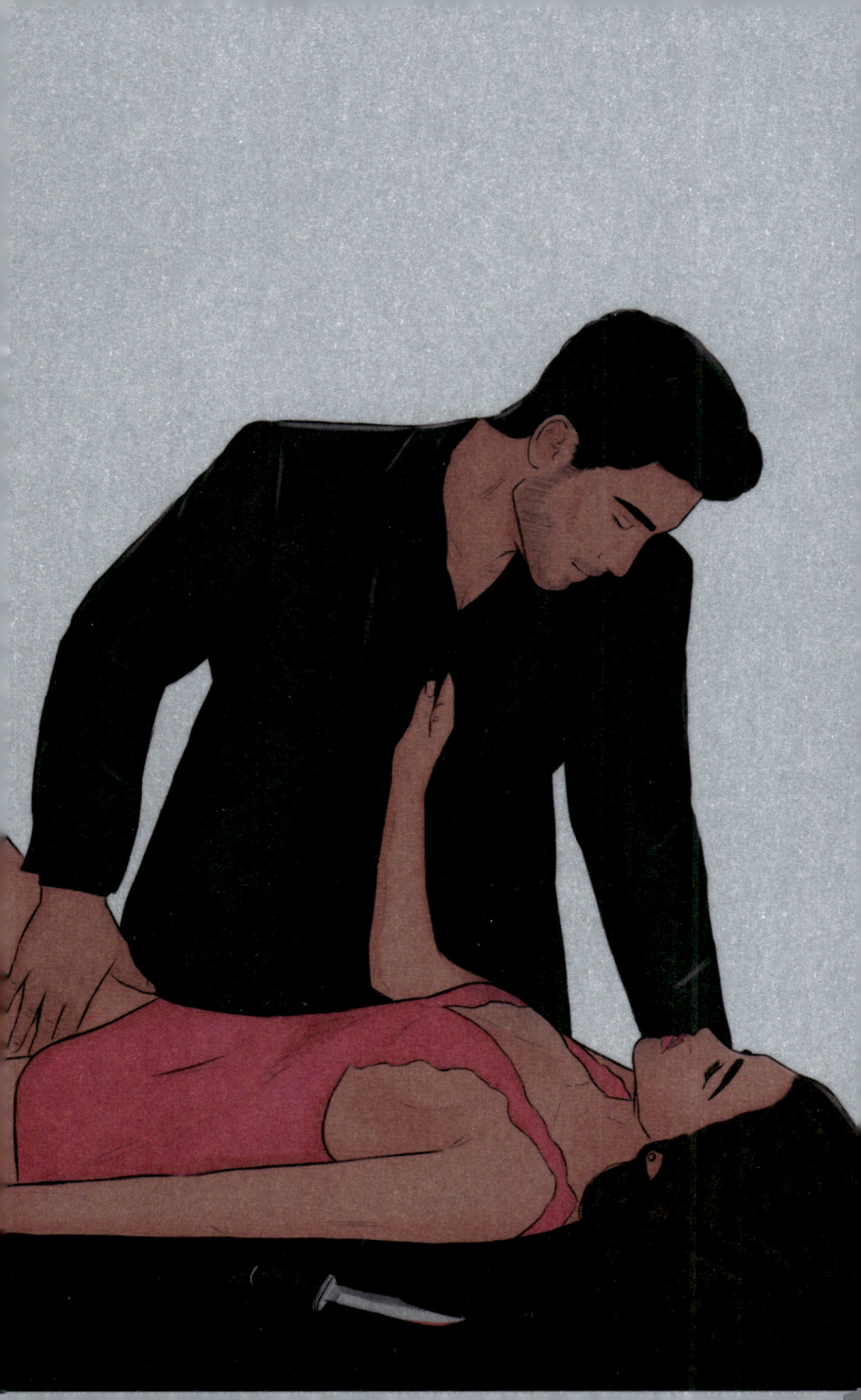

erhöhte und ihren Kitzler mit kreisenden Bewegungen reizte. Ein ersticktes Stöhnen entfuhr ihrer Kehle, und ich konnte spüren, wie ihre Muskeln unter meinen Händen zitterten.

Fuck, wie ich es liebte, diese Kontrolle über sie zu haben, sie bis zum Rand des Wahnsinns zu treiben und dann noch weiter zu gehen.

»So ist es gut, Darling«, murmelte ich gegen ihre heiße Haut, bevor ich meine Zunge tiefer in ihre feuchte Hitze gleiten ließ. Der süße Geschmack ihrer Lust erfüllte meinen Mund und ich konnte nicht genug davon bekommen. Ich leckte und saugte an ihr, meine Zunge bewegte sich in einem rhythmischen Tanz, der sie immer weiter auf die Spitze ihrer Lust trieb.

»Zachary«, keuchte sie, ihre Stimme nur noch ein heiseres Flüstern. Ihre Hände verkrampften sich in meinen Haaren und drückten mich fester gegen ihren Schoß. Ich wusste, dass sie kurz davor war, ihren Höhepunkt zu erreichen. Mit jedem Stöhnen, das ihre Lippen verließ, wurde meine eigene Erregung intensiver, und das unaufhaltsame Verlangen, sie vollständig zu besitzen, größer. Mich bis zum Anschlag in sie zu schieben, bis sie sich voller Ekstase unter mir auflöste. Doch etwas schien sie immer noch zurückzuhalten. Sie spannte sich an und ihr Stöhnen wurde verzweifelter, als jagte sie einem Gefühl hinterher, das sie niemals bekommen könnte.

»Du wirst erst kommen, wenn ich es dir sage«, wies ich sie an und zog mich ein Stück zurück, nur um sie danach noch ein wenig mehr in den Wahnsinn zu treiben. Meine Finger fanden ihren Weg zu ihrer Öffnung, glitten etwas hinein und begannen, sie in einem langsamen, aber festen Rhythmus zu stoßen, während meine Zunge sich wieder ihrem Kitzler widmete. Die Kombination aus Zunge und Fingern ließ ihre Schreie lauter werden. Sie entspannte immer mehr unter meiner Anweisung, gab sich mir immer weiter hin. Ich ließ mir

Zeit, veränderte die Berührungen, sobald ihr Stöhnen lustvoller wurde.

»Ja, genau so«, flüsterte ich und verstärkte den Druck, ließ meine Zunge immer schneller über ihren Kitzler kreisen, während meine Finger sie heftig fickten, ihre Feuchtigkeit über meine Hand lief. Ihre Muskeln spannten sich an und ich konnte fühlen, wie sie zitterte, der letzte Funken jedoch fehlte.

Also zog ich das Messer, das ich immer bei mir trug, aus meiner Hosentasche und öffnete es. Ich hatte schon einmal gesehen, wie sich ihr Blick mit Lust gefüllt hatte, als ich damit über ihre Haut gefahren war. Wie sich ihr Verlangen noch etwas gesteigert hatte.

»Wurdest du schon einmal geschnitten, Seraphina?«, fragte ich und löste mich, fuhr sanft mit der Klinge über ihren Oberschenkel. Ihre Angst sollte sich mit ihrer Sehnsucht zu einem berauschenden Cocktail vermischen.

»Nein, ich ... möchte das nicht«, wisperte sie und wollte sich aufsetzen, doch ich packte ihre Beine und drückte die Klinge tiefer in ihr weiches Fleisch.

»Du bleibst ruhig liegen, sonst werde ich dich fesseln müssen, hast du das verstanden?« Sie nickte. »Denn du möchtest doch nicht, dass ich aus Versehen zu tief schneide? Auch wenn es mich mehr als in den Fingern juckt bei dem Gedanken daran, wie deine Schreie von den Wänden hallen würden«, raunte ich.

Ihre Augen weiteten sich vor Angst und Verlangen, während ich das Messer über ihre Haut gleiten ließ. Sie zitterte, doch sie rührte sich nicht, gehorchte meinen Anweisungen. Ich fuhr mit der Klinge über ihren Oberschenkel, hinterließ eine rote Linie, aus der ein feiner Tropfen rann.

»Du bist so schön, wenn du zitterst«, murmelte ich, beugte mich wieder zu ihr hinunter und leckte die Blutspur ab. Sie keuchte auf, der Schmerz und die Lust vermischten sich zu einem unerträglichen Gefühl, das sie an den Rand des Wahnsinns treiben sollte, als ich an ihrer Haut saugte.

»Zachary, bitte ...«, stöhnte sie, als ich den tiefen Ausschnitt herunterzog, das Messer erneut ansetzte und diesmal sanft über ihre Brust gleiten ließ. Grob zog ich mit der anderen Hand das Körbchen ihres BHs herunter, umkreiste mit der Spitze der Klinge ihre Brustwarze, bevor ich leicht zudrückte, gerade so viel, dass sie den Schmerz spüren konnte.

»Du wirst kommen, wenn ich es dir erlaube«, sagte ich leise, meine Stimme war fest und bestimmend. »Nicht vorher.«

Ihre Augen flackerten vor Verzweiflung und Lust, ihre Hüften hoben sich unwillkürlich, als ich das Messer gegen ihre empfindliche Haut drückte. Ich konnte sehen, wie sehr sie es genoss, wie sehr sie diese gefährliche Mischung aus Schmerz und Vergnügen brauchte. Wie lange hatte sie sich schon danach gesehnt? Es musste eine schiere Qual gewesen sein.

Ich setzte mich wieder zwischen ihre Beine, legte das Messer beiseite und ließ meine Zunge erneut über ihren Kitzler kreisen, während meine Finger tief in sie stießen. Ich fühlte, wie sie sich anspannte, wie sie sich der Erfüllung näherte, doch ich zog mich zurück.

»Betteln«, verlangte ich. Mein Blick war durchdringend und unnachgiebig. »Ich will hören, wie du um deinen Höhepunkt flehst.« Sie presste die Lippen aufeinander. Wehrte sich immer noch, obwohl alles in ihr brennen musste. »Gut, dann eben ni...« Ich hatte es kaum ausgesprochen, da unterbrach sie mich bereits.

»Bitte, Zachary, lass mich kommen«, keuchte sie, ihre Stimme war brüchig vor Verlangen. »Ich kann es nicht mehr aushalten, bitte! Ich brauche es so sehr!«

Ein zufriedenes Lächeln legte sich auf meine Lippen, als ich ihr gehorchte und meine Zunge und Finger wieder in sie eintauchten, ich sie hart leckte, an ihr saugte, in ihren Kitzler biss. Sie bäumte sich unter meinen Berührungen auf, ihr Körper bebte vor Erregung und Schmerz. Und als ich das Messer erneut in die Hand nahm und die Klinge sanft über ihre Schamlippen gleiten ließ, gab sie einen erstickten Schrei von sich, ihre Muskeln zuckten heftig um meine Finger.

»Komm für mich, Seraphina«, befahl ich und saugte roh an ihrem Kitzler, drehte das Messer und drückte den Griff in ihre Öffnung. Fickte sie mit dem kühlen Metall.

In diesem Moment brach sie unter mir zusammen. Ihr ganzer Körper verkrampfte sich und ein lauter Schrei entfuhr ihr, als der Orgasmus sie mit seiner vollen Wucht erfasste. Es war wie eine Detonation, wie eine unvermeidbare Entladung ihrer gesamten Lust, die sie vor mir ausbreitete.

Ich hielt nicht inne, ließ sie unbarmherzig durch die Wellen reiten, bis sie schließlich erschöpft auf den Tisch sank. Mit einem zufriedenen Lächeln erhob ich mich und lehnte mich über sie. Ihre Augen glänzten voller glücklicher Dankbarkeit und dunklem, rohem Verlangen.

»Gut gemacht, kleine Nachtigall«, murmelte ich und leckte mir ihre Erregung von den Lippen. »Aber das ist nur der Anfang.« Ich strich leicht über ihre Schulter, ihre Kehle, bis zu ihrer Wange und war voller Stolz auf sie, weil sie sich mir hingegeben hatte. Dass sie den ersten Schritt in die richtige Richtung getan hatte. In unsere.

Was war es, was da in meiner Brust pulsierte, wenn ich ihr so tief in die Augen blickte? Ich war innerlich tot. Mein Vater hatte mich abstumpfen lassen. Ich empfand Loyalität, ein gewisses Maß an Dankbarkeit für Xavier und Alec und hatte Grundbedürfnisse. Ich aß, wenn ich hungrig war und fickte, wenn ich scharf war.

Aber komplexe Gefühle, Reue, Liebe, all das waren Dinge, die ich nicht spürte. Mein Blick fiel auf ihre weichen, vollen Lippen. Langsam strich mein Daumen daran entlang und sie öffnete den Mund, schob ihre kleine Zungenspitze hinaus und berührte meinen Finger sanft damit.

Unter normalen Umständen würde ich einer Frau keinen Höhepunkt verschaffen, wenn ich danach nicht mindestens tief in ihre Kehle stoßen konnte.

Doch seltsamerweise reichte mir ihre Lust in diesem Augenblick aus. Anfänglich hatte ich angenommen, Seraphina aus dem gleichen Grund helfen zu wollen, weshalb ich auch anderen Menschen half. Um das gutzumachen, was mein Vater verbockt hatte. Aber gerade war es anders als sonst. Es ging mir nur um sie. Darum, sie zu befreien, und nicht, um mein Gewissen zu erleichtern.

Ich räusperte mich und trat einen Schritt zurück, half ihr, sich aufzurichten und vom Tisch zu rutschen. Dabei zog sie sich den Saum des Nachthemdes nach unten und die Stimmung änderte sich. War sie gerade noch voller Lust und purem Verlangen, spürte ich, wie die gewohnte Leere sich dazwischenschob. Alles auszufüllen schien, was sich in den letzten Minuten entwickelt hatte.

Plötzlich hörte ich ein träges Klatschen, das aus Richtung Tür kam, und schaute auf. Fuck. Genau das, was ich gerade nicht brauchte. Was zur Hölle wollte er hier? Wir hatten eine Vereinbarung, die ziemlich deutlich war.

»Herzlichen Glückwunsch, was auch immer du mit der Kleinen gemacht hast, aber ihre Schreie waren bis draußen zu hören«, sagte Damian, der am Türrahmen verharrte. Seraphina schaute zwischen uns hin und her. Ich ging einen Schritt nach vorne, um Damians Fokus von ihr zu lösen.

»Was willst du, Fortune? Hast du vergessen, dass du dich nicht hier blicken lassen sollst?«

Auch wenn ich sie halb von seinen gierigen Blicken abschirmte, schaute er sie noch immer an und ignorierte mich. »Wirklich hübsch, wo hast du die kleine Schlampe gebucht? Vielleicht kann ich auch eine Stunde ergattern. Sie hätte bestimmt mehr Spaß mit mir als mit deinem Schlapp-schwanz.« Meine Hände ballten sich zu Fäusten. Ich würde ihm mitten in sein beschissenes Herz stechen. Ich würde ihm in die Augen sehen, wenn es aufhörte, zu schlagen und der letzte Funken Leben aus ihm wich.

Doch sein Blick war prüfend, als wartete er auf irgendeine Reaktion von mir. Würde er merken, dass Seraphina mir nur einen Hauch bedeuten könnte, würde er es ausnutzen. Sie gegen mich verwenden, und das konnte ich nicht riskieren.

»Nicht der Rede wert, Fortune. Für das Geld bekommst du bessere«, sagte ich und spürte, wie Seraphina sich neben mir anspannte. Ich ignorierte sie, wusste, wenn ich sie jetzt ansah, würde sie mich mit bloßem Blick vernichten wollen. Und allein das würde erneut den Drang in mir wecken, ihr den Widerstand aus ihrem Hirn zu ficken.

»Danke, das war dann alles«, sagte ich halb in ihre Rich-tung. »Ich gebe Bescheid, wenn du etwas für mich tun kannst.«

»Fahr zur Hölle«, flüsterte sie und stürmte aus dem Raum, aber Damian hatte es gehört. Er gab ein dreckiges Lachen von sich.

»Hat Temperament, die Kleine, mag ich. Vielleicht ist sie doch einmal verfügbar, oder ...« Er riss gespielt die Augen auf. »Fickst du etwa deine Patientinnen?« Er machte mit dem Zeigefinger eine kreisende Bewegung neben seinem Kopf. »Die Verrücktesten sind die Versautesten, oder?«

Es war mir schon lange klar, dass einer von uns Damian irgendwann erledigen würde, aber nun wollte ich es drin-gender denn je sein, der sich darum kümmerte. »Du bist doch nicht nur hier, um mich von einem Fick abzuhalten, oder, Fortune? Ich kann Besseres mit meiner Zeit anfangen, als mich mit dir zu unterhalten«, sagte ich.

»Klar«, erwiderte er und schob die Hände in die Taschen seiner Anzughose. »Choi schickt mich.«

»Was auch sonst? Sein kleiner Chihuahua kann bestimmt nicht selbst für sich entscheiden.«

Der Muskel an seinem Kiefer zuckte und er schenkte mir ein falsches Lächeln. »Äußerst witzig. Und das in eurer Situation.«

»Was meinst du?«

»Ach.« Er wedelte mit einer Hand in der Luft herum. »Nur, dass er herausgefunden hat, dass dein kleiner Freund ihn beschissen hat.«

»Alec?«

»Richtig.« Damian nickte.

»Was meinst du?«

»Keine Ahnung, sag du es mir.«

»Ich habe keinen blassen Schimmer, wovon du sprichst.«

»Gezinkte Karten, doppelte Damen in einem Ärmel ... der kleine Wichser ist ganz schön einfallsreich, wenn es darum geht, zu bescheißen.«

»Das kann nicht sein.«

Damian zuckte mit den Schultern. »Klär das mit Choi. Er will euch sehen, am kommenden Wochenende bei ihm. Wenn ihr nicht kommt ... Habe ich wenigstens drei Probleme weniger.«

»Choi hat uns gar nichts zu sagen.« Meine Stimme war nur noch ein Knurren. Choi hielt sich für einen verdammten König, vielleicht war es ohnehin an der Zeit, ihm diesen Gedanken auszutreiben. »Uns verbindet nur unser Geschäft. Nicht mehr und nicht weniger.«

»Warst du es nicht, der immer von Ehre gesprochen hat?«, erwiderte Damian verächtlich. »Gehört da dazu, andere zu verarschen? Kommendes Wochenende ... kommt oder kommt nicht. Ihr könnt euch die Konsequenzen denken.« Er wandte sich ab, um daraufhin doch noch mal den Kopf in meine Richtung zu drehen. »Ach, und sag der Kleinen, wenn sie wirklich mal gut rangenommen werden möchte, kann sie sich jederzeit bei mir melden.«

»Verpiss dich von meinem Anwesen, Fortune, sonst jage ich dir eine Kugel in deinen hässlichen Schädel.«

Damian lachte. »Uh, habe ich wohl doch einen wunden Punkt getroffen. Interessant.« Er hob die Hand und lief Richtung Foyer. »Bis bald, Caldwell. Vielleicht statte ich deiner Süßen dann einen Besuch ab, wenn sie hier ganz allein ist und auf euch drei wartet.«

Sein Lachen hallte im Flur wider und rasende Wut erfüllte mich. Konnte es sein, dass Alec wirklich beschissen hatte, oder dachten sich diese Wichser das aus, um irgendetwas gegen uns in der Hand zu haben?

Es war eine Todesfalle, wenn wir bei Choi aufkreuzten, aber wenn wir es nicht taten, ebenso. Es gab nur einen Weg: Wir mussten ihm zuvorkommen. Ihn erledigen, bevor er uns erledigte.

Und Seraphina? Es wäre das Beste, wenn wir sie heimschickten. Sie aus dem Schussfeld brachten, weil sie die Letzte war, die etwas mit der ganzen Sache zu tun hatte. Aber gerade jetzt, wo sie sich heute Abend ein wenig geöffnet hatte?

Ich ballte meine Hände zu Fäusten, ließ sie mit einem frustrierten Knurren auf die Tischplatte krachen.

Fuck.

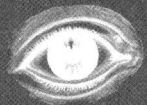

SCHMUTZIGES KLEINES GEHEIMNIS

»Die Wände von Blackwood hallen wider von ungesagten Versprechen und zerbrochenen Träumen. Alles, was hier existiert, ist dunkel und böse. Je größer seine Schönheit, umso tödlicher sein Gift.«

- Margaret Holloway, 1880

Ich musste vollständig durchgedreht sein. Auf was hatte ich mich nur eingelassen? Wieso hatte ich Zachary angefleht, diese Dinge mit mir zu tun? Sie hatten mich so weit bekommen, dass ich nicht mehr wusste, was ich wollte.

Und dann noch die Eiseskälte in seinen Worten. Er hatte mich nicht einmal angesehen, als er diesem Typen gesagt hatte, dass es Bessere gab als mich. Dass ich nur irgendeine Schlampe war, nachdem er mir mitten auf dem Tisch den besten Orgasmus meines Lebens geschenkt und mir danach so tief in die Augen gesehen hatte, dass ich das Gefühl bekam, es bedeutete ihm genauso viel wie mir. Aber nein. Auch das war ein Trugschluss. Ein Versuch, mich zu manipulieren, mich zu lenken. Mich beschlich das Gefühl, dass sie irgendein perfides Spiel mit mir trieben, mich für irgendetwas benutzten. Aber ich würde es durchschauen. Von wegen, er wollte mir nur helfen. Dass ich nicht lachte.

Zurück in meinem Zimmer schaute ich aus dem Fenster und wartete auf den Augenblick, in dem ich diesen verdammten Umschlag aus dem Garten holen konnte, ohne dass es jemand mitbekam. Ich musste verharren, bis es so spät war, dass die meisten schliefen.

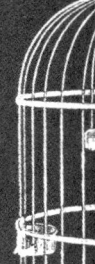

Mit offenen Augen lag ich in meinem Bett auf dem Rücken und starrte gegen die Stofflagen des Himmels, während ich unruhig mit den Fingern auf meinen Bauch trommelte.

Erinnerungen drangen immer noch in meinen Kopf. An Zach. An Xavier. An Alec. Jeder der Männer hatte irgendetwas an sich, was mich anzog, obwohl ich es nicht wollte.

Alec schien ebenfalls traumatische Erfahrungen gemacht zu haben, die es ihm ermöglichten, mich auf eine Weise zu verstehen, wie es niemand sonst konnte. Zachary faszinierte mich durch seine Intelligenz, oder waren es nur seine manipulativen Fähigkeiten, die in mir den Drang weckten, ihn zu durchschauen? Und Xavier strahlte eine rohe Kraft aus, die mich unweigerlich anzog. Ich seufzte und presste die Augenlider zusammen, versuchte, die Bilder an sie zu verdrängen.

Das Fenster war einen Spaltbreit geöffnet und plötzlich hörte ich erste Regentropfen, die rhythmisch auf der Fensterbank aufkamen. Ruckartig setzte ich mich auf. O nein. Fuck, nein!

Hoffentlich war der Umschlag so weit geschützt, dass er sich nicht unter dem Regen, der immer stärker wurde, auflöste.

Es ärgerte mich, dass ich mich Zachary nicht mehr widersetzt hatte, als er mich bat, mit ihm zu essen. Denn was hatte es mir gebracht? Nur dass ich erfahren musste, was er wirklich von mir hielt.

Ich stand auf und tigerte unruhig in meinem Zimmer herum. Irgendwann musste ich nach unten gehen, sonst wären alle Informationen verloren.

Also wagte ich es. Schlich erneut nach draußen, den Flur entlang und bis zum Foyer. Die Lichter waren gedämmt und es wirkte tatsächlich so, als ob ein Großteil der Menschen hier schlief. Meine Hoffnung war, dass die Zimmer der Männer in einem anderen Bereich des Hauses untergebracht waren, aber ich hatte ohnehin keine Wahl.

Wenige Minuten später eilte ich über den Kiesweg und suchte die Hecken ab. Ich schob sie zur Seite, die Äste zerkratzten meine Haut, doch es war mir egal. Ein Gefühl von Glück stieg in mir auf, als ich das braune Papier sah und danach fischte.

»Endlich«, wisperte ich und presste den Umschlag an meine Brust. Mit rasendem Herzen eilte ich zurück in mein Zimmer und schloss leise die Tür, atmete tief durch. Ich hatte es geschafft.

Doch leider hatte der Umschlag tatsächlich viel mehr von dem Regen abbekommen, als gut gewesen wäre. Ich schmiss ihn auf das Bett. Der dünne Klebestreifen, der alles zusammenhielt, hatte sich bereits gelöst. Gespannt zog ich die Unterlagen daraus hervor. Die Tinte auf den weißen Blättern war verschwommen, hatte sich an manchen Stellen fast vollständig aufgelöst. Ich fluchte innerlich, bis ich endlich etwas fand, das ich lesen konnte.

An einem Blatt war ein altes Foto mit einer Büroklammer befestigt. Es war an den Ecken geknickt und leicht vergilbt, aber es zeigte eine Frau mit dunklem Haar und großen, puppenhaften Augen. Ihr Blick, mit dem sie direkt in die Kamera schaute, war leer und kalt und schickte eine Gänsehaut über meinen Rücken.

Ich entzifferte einige Wörter auf dem Blatt darunter. »Evelyn Donovan, geborene ... Verdammt.«

Die restlichen Buchstaben waren unleserlich. Meine Hände zitterten, als ich umblätterte, auf der Suche nach weiteren Hinweisen.

Ein Abschnitt war etwas besser lesbar. »Evelyn Donovan, eingewiesen aufgrund psychischer Störungen, behandelt von Dr. Caldwell senior ...«

Zacharys Vater? Mein Atem stockte. Die Gedanken rasten

durch meinen Kopf. Wieso hatten mich diese Unterlagen erreicht? »Behandlungsmethoden: elektrokonvulsive Therapie ... reagiert nicht auf Medikation ... schwerwiegende Anfälle ... Selbstmordversuch ... aggressives Verhalten ...«

Ich schluckte schwer. Evelyn Donovan hatte offensichtlich eine harte Zeit in Blackwood Hall durchgemacht. Die Akte schien aus einer Zeit zu stammen, in der Dr. Caldwell senior noch die Anstalt geleitet hatte. Warum war ihre Geschichte hier versteckt?

Ich griff nach dem nächsten Blatt, auf dem einige handschriftliche Notizen zu finden waren, aber nichts, was mich irgendwie weiterbrachte. Bis mir ein kalter Schauer über den Rücken lief, als ich ein einzelnes verschwommenes Wort lesen konnte.

Holloway.

Evelyn Donovan, geborene Holloway.

Hielt ich hier wirklich die Unterlagen einer Frau in der Hand, die etwas mit der Verfasserin der Tagebücher zu tun hatte? War Evelyn der Schlüssel? Aber was hatte das mit mir zu tun? Was spielte ich für eine Rolle darin?

Ich legte die Unterlagen zurück auf das Bett. Rieb mir die brennenden Augen und spürte die Erschöpfung in meinen schweren Gliedern.

Eines war sicher: Ich musste mehr darüber herausfinden und auch, wieso mir der Schatten diese Unterlagen überreicht hatte. Und das ging nur auf eine Art: Ich musste ihn fragen.

Sorgfältig versteckte ich die Akten unter meiner Matratze und setzte mich zurück auf das Bett. Evelyn Donovan ... Holloway ... Margaret. Ihre Geschichten waren noch lange nicht zu Ende erzählt. Und ich war entschlossen, sie zu einem Abschluss zu bringen, egal, welche Geheimnisse ich dabei aufdeckte.

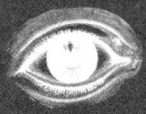

SCHMUTZIGES KLEINES GEHEIMNIS

»Jede Lüge in Blackwood Hall ist ein kunstvoll gewebter Faden in einem Netz aus Täuschung. Würde man an einem der Enden ziehen, würde sich alles in Luft auflösen. Ich habe nur keine Ahnung, ob ich mich damit selbst befreie oder den größten Fehler meines Lebens begehe.«

- Margaret Holloway, 1880

21

ZACHARY

»Nein.« Meine Stimme ließ die anderen beiden verstummen. Xavier blieb stehen und lief nicht mehr im Raum auf und ab. Alec verschränkte die Arme vor der Brust und ließ sich tiefer in den Sessel neben dem Kamin sinken. Ich nahm das Glas und schwenkte den bernsteinfarbenen Whisky, ehe ich daran nippte. Der Alkohol rann brennend meine Kehle hinab und breitete sich als warmes Gefühl in meinem Magen aus. Genau das, was ich jetzt gerade brauchte. »Wir werden sie nicht nach Hause schicken«, sagte ich. »Sie ist Damian aufgefallen. Wir werden Seraphina für diese ganze Sache nutzen.«

Xavier nickte, während Alec den Kopf schüttelte. »Du hörst dich an wie dein Vater, Zach.«

Mein Blick wanderte zu ihm. Wäre er nicht wie ein Bruder für mich, hätte die Dunkelheit in mir ihm schon längst diese dummen Flausen aus dem Kopf geprügelt. »Hast du vergessen, warum wir in dieser Situation stecken?«, fragte ich und stellte das Glas mit einem Knall auf meinem Schreibtisch ab. »Wir haben uns diese verdammten Jahre mit Choi nicht aufgebaut, damit du sie mit einer bescheuerten Aktion zunichte machst.«

»Scheiß auf Choi«, stieß Alec aus. »Er ist nicht der Einzige, bei dem wir das kriegen, was wir brauchen. Er hat schon lange einen Dämpfer gebraucht.«

»Glaubst du wirklich, er wird einfach darüber hinwegsehen, wenn wir bei ihm hineinspazieren und ihm sagen, dass wir die Zusammenarbeit beenden, weil er ein Bastard ist?«, fragte Xavier und schnaubte. »Denk nach! Er hat genau die Art von Beweise, die einen Exbullen wie Marcus von einem Spinner zu einem Helden machen! Ich würde so gerne deinen Arsch dafür versohlen, dass du das alles nur als Spiel siehst!«

»Komm doch«, erwiderte Alec und stand auf. »Mehr als leere Worte bringst du doch ohnehin nicht zustande.«

Xaviers Gesicht wurde zu einer wütenden Fratze. »Gerade du, in Anbetracht all der Dinge, für die du verantwortlich bist, stellst dich hier hin und willst allen Ernstes ...«

»Stopp«, sagte ich und lehnte mich zurück. Ihre Blicke ruckten zu mir. »Es bringt nichts, wenn wir uns gegenseitig zerfleischen. Wir lassen uns etwas einfallen. Wir laden Choi zu uns ein, veranstalten eine Party für ihn.«

»Eine Party für diesen Schwanzlutscher?«, fragte Alec verächtlich.

»Ganz genau. Und Seraphina wird der Schlüssel zu unserem Erfolg sein.« Ich lehnte mich auf meinem Stuhl zurück. »Aber bis dahin müssen wir alles tun, um ihr Vertrauen zu gewinnen. Sie muss uns verfallen, für uns in den Tod stürzen, wenn wir das verlangen. Sie muss absolut abhängig von uns werden, süchtig, weil wir die Einzigen sind, die ihr das geben können, wonach sie sich insgeheim verzehrt.«

»Und die Wette?«, fragte Xavier.

»Gilt immer noch.« Ich konnte nicht riskieren, dass wir ihr ebenso erlagen. Nichts durfte uns auf dem Weg nach oben ablenken. Gar. Nichts.

Xavier nickte, während Alec grinste. »Wer sind hier die

Idioten?«, fragte er lachend. »Ihr lasst euch diese Gelegenheit, sie zu genießen, wegen eines einfachen Einsatzes entgehen?« Er wusste nicht, dass Seraphina der Einsatz war. »Wie schön, dass ich nicht Teil eurer bescheuerten Wette bin.«

Der Raum war in schummriges Licht getaucht, die Luft war kühl und ruhig. Perfekt für das, was ich mit Seraphina vorhatte. Gestern Abend hatte ich den anderen beiden unmissverständlich klargemacht, was ich von ihnen erwartete und wie wir die Sache aus der Welt schaffen würden. Wir hatten nicht mehr viel Zeit, um es durchzuziehen.

Es klopfte an der Tür. »Herein«, sagte ich und da war sie. Seraphina trug ein knielanges Kleid mit langen Ärmeln und einem ausgesprochen hübschen Ausschnitt. Ihre langen Haare fielen in dunklen Wellen über ihre Schultern. Ihre Augen waren vorsichtig, fast sogar etwas ängstlich. Wieder einmal sprach mich dieser Ausdruck mehr als an.

Ich machte es mir in dem großen Ledersessel bequem und deutete auf die Couch vor mir. »Nimm Platz.«

Sie zögerte, aber setzte sich endlich in Bewegung. Nervös rieb sie über die Narbe und drehte den Ring an ihrem kleinen Finger, nachdem sie sich auf den Polstern niedergelassen hatte. »Wie geht es dir?«, fragte ich.

»Du meinst nach gestern, nachdem du mich wie eine Prostituierte behandelt hast?«

Ich konnte nicht anders, als amüsiert zu sein. Alles an ihr war ein Widerspruch, der mich faszinierte. Ihre Atmung ging schnell, ihr Körper zeigte Zeichen von Nervosität und Angst. Doch ihr Blick war fest, ihre Worte schneidend. Kampflustig. »Wie wolltest du denn, dass ich dich behandle? Dachtest du etwa, das, was ich mit dir mache, geht über deine Therapie hinaus? Dass wir am Ende verliebt in den Sonnenuntergang reiten?«

Sie schnaubte. »Natürlich nicht! Es hätte gar nicht so weit kommen dürfen!«

»Wer sagt das?«

»Du bist mein Psychologe! Gelten für dich nicht genau die gleichen Regeln wie für alle anderen Ärzte?«

»Wir machen unsere eigenen Regeln, Darling.«

»Das dachte ich mir schon«, erwiderte sie schnippisch.

Ich atmete tief ein und aus, lehnte mich nach vorne und legte die Unterarme auf meinen Oberschenkeln ab. »Aber was, wenn ich dir sage, dass ich es durchaus genossen habe?« Röte trat auf ihre Wangen. Sie dachte daran. Vielleicht genauso oft wie ich letzte Nacht. »Dein Geschmack auf meiner Zunge, dein Stöhnen in meinem Ohr, wie hart und heftig du durch meinen Mund gekommen bist. Wie hat es sich für dich angefühlt? Ich meine wirklich angefühlt, wenn du sämtliche Konventionen beiseiteschiebst?« Sie leckte sich über die Lippen, ihre Augen flackerten nervös durch den Raum und wieder zurück zu mir. »Sag es«, befahl ich mit harter Stimme. »Sprich es aus.«

»Gut, verdammt«, wisperte sie. »Gut hat es sich angefühlt.«

»Also wieso dagegen ankämpfen?«

»Weil ich immer noch nicht weiß, wie mir das helfen soll.«

»Du denkst zu kurz.« Ich rutschte wieder zurück und betrachtete sie. »Ich werde dich heute nicht berühren«, sagte ich und ein Ausdruck trat in ihr Gesicht, den ich zuerst nicht deuten konnte. »Was löst das in dir aus?«

»Erleichterung.« Da war der Funken in ihrem Blick, der mir die Wahrheit zeigte.

»Wieso lügst du mich an, kleine Nachtigall?«, fragte ich mit einem Lächeln auf den Lippen. »Leg dich auf die Couch.«

»Wieso?«

»Vertrau mir«, raunte ich. »Ich bleibe bei meiner Aussage, ich werde dich nicht berühren. Aber dir helfen, Fragmente aus deinen Erinnerungen zu lösen.«

»Wie?«

»Wurdest du schon einmal hypnotisiert?«

»Nein, und das möchte ich auch nicht. Du könntest alles mit mir tun!«

»Du meinst Dinge, die du ohnehin möchtest, dass ich sie mache.« Sie presste die Lippen aufeinander. »Aber nein, so gerne ich das auch tun würde, heute nicht. Heute bin ich nur dein Psychologe«, sagte ich und konnte mir das Schmunzeln nicht verkneifen. »Außer du bittest mich darum.«

»Ganz bestimmt nicht«, murmelte sie.

Wir werden sehen.

»Ich verspreche dir, es könnte dich einen ziemlich großen Schritt nach vorne bringen.«

Sie musterte mich einige Sekunden und legte sich daraufhin endlich mit einem Seufzen hin. »Habe ich eine andere Wahl?«, fragte sie, aber ich sparte mir die Antwort. Nein. Hatte sie nicht. Und das wusste sie glücklicherweise genauso gut wie ich.

Ich stand auf und zog die Vorhänge weiter vor die hohen Rundbogenfenster, ehe ich erneut Platz nahm und ein Bein auf dem anderen ablegte.

Seraphina drehte den Kopf und schaute zu mir, ihre Atmung beschleunigte sich.

»Schließe die Augen und atme tief ein«, sagte ich leise mit sanfter, aber fester Stimme. Sie zögerte einen Moment, aber dann tat sie, was ich ihr gesagt hatte. Ich beobachtete, wie sich ihre Brust hob und senkte, während sie die Luft einatmete und wieder ausstieß. »Konzentriere dich auf den Klang meiner Stimme«, fuhr ich fort. »Lass alle anderen Gedanken los. Atme ein ... und aus. Ein ... und aus. Dir wird nichts passieren, dafür bürge ich.« Ich ließ meine Worte langsam und beruhigend klingen, spürte, wie sie allmählich entspannte. »Du bist hier sicher, Seraphina. Nichts kann dir etwas anhaben. Atme weiter tief ein und aus.« Langsam senkte sich ihre Anspannung, und ich spürte, dass sie bereit war. »Stell dir vor, du gehst eine Treppe hinunter«, sagte ich. »Jede Stufe bringt dich tiefer in einen Zustand der Entspannung. Eins ... zwei ... drei ... immer tiefer und tiefer.«

Ihre Atmung wurde ruhiger, ihr Körper schien schwerer zu werden. »Du bist jetzt an einem Ort, an dem du dich vollkommen sicher und entspannt fühlst. Ein Ort, an dem du all deine Sorgen loslassen kannst.« Ich wartete einen Moment, beobachtete ihr Gesicht, um sicherzugehen, dass sie in der richtigen Verfassung war. »Seraphina, ich möchte, dass du dich an einen Moment in deiner Kindheit erinnerst. Einen Moment, an dem du glücklich warst. Kannst du das tun?«

Sie nickte leicht, ihre Lippen bewegten sich kaum. »Ja.«

»Gut«, murmelte ich. »Beschreibe mir diesen Moment.«

»Ich ... ich bin in einem Garten«, flüsterte sie. »Es ist Sommer. Die Sonne scheint, meine Eltern bereiten im Haus Essen vor.«

»Wie fühlst du dich?«

»Glücklich«, hauchte sie.

»Wie alt bist du, Seraphina?«

»Ich glaube ... es ist mein fünfter Geburtstag. Da auf dem Tisch steht ein Kuchen mit einer Zahl. Nein ...« Sie stieß zittrig den Atem aus. »Sechs. Mein sechster Geburtstag Aber ... da ist noch jemand im Garten.« Sie runzelte die Stirn und meine Aufmerksamkeit war geweckt.

»Wer ist es? Siehst du diese Person?«

»Ja«, wisperte sie. Ihre Hände ballten sich zu Fäusten. »Es ist ein Mädchen.«

»Wie sieht sie aus?«

»Nett. Fast so wie ich. Wir lachen, rennen durch den

Garten, durch Moms Blumenbeet bis zu dem Tisch, auf dem der Kuchen steht.«

»Wer ist das Mädchen?«

»Ich ... ich weiß es nicht.«

»Eine Freundin?« Seraphina schüttelte den Kopf.

»Mom ruft uns. Sie sagt, wir sollen die Teller verteilen. Ich und ... meine Schwester.«

»Also ist das Mädchen deine Schwester?«

Sie nickte. »Aber ... irgendetwas passiert gerade. Sie kommt auf mich zu, will mich töten!« Ihre Stimme klang schmerzhaft verzerrt. »Wolken ziehen auf, es wird ganz dunkel!« Sie hob die Hände, als wollte sie sich verteidigen. »Nein!«, schrie sie und wandte sich von links nach rechts. Zügig ging ich zu ihr und berührte ihre Schulter, spürte das Zittern, das durch ihren Körper lief.

»Seraphina, hör auf meine Stimme«, sagte ich ruhig. »Es ist in Ordnung, du bist sicher. Hier bei mir. Atme tief ein und aus.«

»Nein!«, schrie sie erneut, ihre Hände suchten Halt, krallten sich in das Revers meines Jacketts. Ihre Stimme klang so verzweifelt, als würde sie in den Tiefen ihrer Gedanken untergehen.

»Du bist sicher«, wiederholte ich eindringlich. »Ich werde dich jetzt zurückholen. Atme tief ein und aus. Du bist nicht mehr in der Vergangenheit, du bist hier, in diesem Raum, mit mir.«

Langsam begann sie, ruhiger zu atmen. Ihre Hände sanken zurück und ihre Gesichtszüge entspannten sich. »Ich werde jetzt bis drei zählen, und mit jeder Zahl wirst du mehr und mehr in das Hier und Jetzt zurückkehren. Verstehst du?«

Sie nickte schwach mit noch immer geschlossenen Augen. »Ja.«

»Gut. Eins ... du fühlst dich immer sicherer und ruhiger.

Zwei ... die Vergangenheit verblasst, du kommst zurück. Drei ... öffne langsam deine Augen.«

Ihre Augenlider flatterten, schließlich öffnete sie diese. Sie wirkte erschöpft, aber auch erleichtert, zurück in der Realität zu sein. »Zachary ...«, murmelte sie mit heiserer Stimme. Ich lehnte immer noch über ihr.

»Du hast es geschafft«, erwiderte ich. Meine Hand lag weiterhin auf ihrer Schulter.

Sie sah mich an und ich konnte tausend Emotionen in ihren Augen erkennen – Angst, Erleichterung und etwas, das viel tiefer ging. Das sich in ihrer Psyche festgekrallt hatte und sie Stück für Stück in den Abgrund zog. Wir hatten es heute ein wenig gelöst, aber es dauerte, bis sie vollständig davon befreit war.

»Was weißt du noch?«

Sie zog die Brauen zusammen. »Nicht viel. Meine Eltern ... unser Garten ...«

»Mehr?« Wusste sie von ihrer Schwester oder war diese nur der Teil ihres Unterbewusstseins, gegen den sie ankämpfte? Der Teil von ihr, den sie abstreifen wollte und keine wirkliche, reale Person?

»Nein«, hauchte sie. Tränen traten in ihre Augen und sie öffnete den Mund, um noch etwas zu sagen, aber keine Worte kamen heraus. Stattdessen flog ihr Blick zu meinen Lippen und sie schlang plötzlich die Arme um meinen Hals, zog mich näher zu sich. Immer noch schwebte ihr Bewusstsein halb in dem Traum, halb in der Realität. Ich spürte ihren warmen Atem an meiner Wange und ihren schnellen Herzschlag an meiner Brust.

»Zachary ...«, flüsterte sie, ihre Stimme bebte vor Emotionen. »Ich ...«

Bevor sie den Satz beenden konnte, überbrückte ich diesen verdammten Abstand zwischen uns und presste meine Lippen auf ihre. Der Kuss war unerwartet, intensiv, voller Verzweiflung und Leidenschaft. Ihre Hände vergruben sich in meinem Haar und ich zog sie näher an mich, spürte die Hitze ihres Körpers, der sich gegen meinen drängte.

Unser Kuss vertiefte sich, wurde fordernder, als die aufgestaute Spannung zwischen uns explodierte. Ich konnte den Geschmack ihrer Tränen auf meinen Lippen schmecken, aber auch die Lust, die uns beide ergriff. Meine Hände wanderten über ihren Rücken, hielten sie fest, packten in ihre Strähnen und drückten sie noch enger gegen mich. Unsere Atemzüge gingen schneller, vermischten sich zu einem einzigen, fiebrigen Rhythmus und ein kleines Stöhnen verließ ihre Lippen.

Mit einer Hand fuhr ich zu ihrem Oberschenkel, schob den Stoff des Kleides nach oben, bis ich leicht ihr Höschen streifte. Fuck. Ich wollte sie über die Lehne dieser verdammten Couch werfen und sie vögeln, bis sie sich in ihrer Lust auflöste. Wollte sie endlich besitzen, den Durst meiner unerträglichen Faszination stillen.

Meine Hände strichen zum Bund ihres Slips, den ich ungeduldig zur Seite streifte, um meine Finger zu ihrem Eingang gleiten zu lassen. Sie stöhnte in unseren Kuss, als ich meinen Zeigefinger in sie schob, sie hart damit stieß. Aber diesmal reichte es nicht aus. Ich wollte mehr. Wollte zumindest ein Stückchen von ihr markieren, wenigstens einen Hauch meines Namens in ihre geschundene Seele brennen.

Also zog ich mich zurück und stand auf, thronte über ihr. Der sehnsüchtige, gierige Blick aus ihren grauen Augen war kaum auszuhalten. Sie setzte sich langsam auf und wusste genau, was ich wollte, legte die Hände auf meine Oberschenkel und fuhr mit den Fingern zum Verschluss meines Gürtels.

Doch es reichte mir nicht, es ging nicht schnell genug. Schon lange hatte mich nicht mehr solch eine Ungeduld gepackt wie gerade. Ich nahm ihre Finger und schob sie sanft zur Seite, griff mit einer Hand nach ihrem Gesicht und drückte Daumen und Zeigefinger in ihre Wangen, sodass sie den Mund öffnen musste. Dabei hantierte ich an meinem Gürtel und Reißverschluss. »Beim ersten Mal ging es um dich, Darling, jetzt möchte ich, dass du dich um mich kümmerst. Ich werde deinen hübschen Mund benutzen und möchte, dass du jeden Tropfen schluckst, den ich dir schenke. Hast du das verstanden?« Meine Finger drückten sich tiefer in ihre Haut. Das Verlangen, ihre Lippen um meinen Schwanz zu fühlen, hatte mich vollständig im Griff. Technisch gesehen war es kein Sex, aber selbst wenn, war mir diese verdammte Wette in diesem Moment völlig egal.

Ich befreite meinen Schwanz aus meiner Boxerbrief und trat einen Schritt näher zu ihr. Ihr Blick fiel darauf und sie sog die Luft ein. »Du wirst das schaffen«, raunte ich heiser. »Bis in deine hübsche Kehle, Darling.«

Ich zog sie an ihrem Gesicht näher zu mir, mein Schwanz verschwand langsam zwischen ihren feuchten, weichen Lippen und ich konnte nicht anders. Ich legte den Kopf in den Nacken und seufzte, doch ich musste es sehen. Musste sehen, wie sie mich in sich aufnahm, wie ich ihren Körper an mich riss und mir dabei ihre Seele verfiel. Meine Hand fuhr zu ihrem Haar, strich erst sanft über ihren Hinterkopf, dann packte ich ihre Strähnen. »Entspannen«, knurrte ich und schob mich noch tiefer in sie, zog mich zurück und ließ sie Luft holen. Aber nur kurz, immer schneller fickte ich ihren Mund. Feuchtigkeit tropfte von ihrem Kinn, doch sie hielt mir stand. Nahm meine Grobheit in sich auf. Ihre Hände lagen auf meinen Oberschenkeln, aber nur, um Halt zu finden, nicht, um mich aufzuhalten. Ich verlagerte etwas das Gewicht, um noch tiefer in sie stoßen zu können, bis ich das Kribbeln spürte, das sich in mir ausbreitete. »Fuck, du bist unglaublich«, keuchte ich. »Du machst mich verrückt.« Mein Schwanz schwoll an und ich hielt inne, ihre Lippen spannten sich fest um meinen Schaft. Als ich spürte, wie sie zu saugen begann, war es um mich geschehen. Ich kam heftig in ihrem Mund, alle Muskeln meines Körpers zogen sich krampfhaft zusammen, während ich meinen Samen in sie spritzte, sie endlich markierte und der animalische Part in mir triumphierte.

Ich zog mich zurück und schaute voller Stolz zu ihr hinunter. Sie wischte sich über ihr Kinn und wirkte atemlos, jedoch nicht unglücklich. Bevor ich mich wieder in den Sessel setzte, schloss ich meine Hose. »Und jetzt schieb dein Kleid hoch und zeig mir mit deinen Fingern, wie ich dich ficken soll, kleine Nachtigall.«

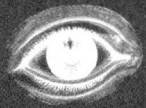

SCHMUTZIGES KLEINES GEHEIMNIS

»Seine Nähe ist ein Feuer, das mich verzehrt und doch am Leben hält. Er schändet meinen Körper und dennoch verfalle ich ihm mit jedem Stück, das er dabei aus meiner Seele reißt, mehr.«

- Margaret Holloway, 1880

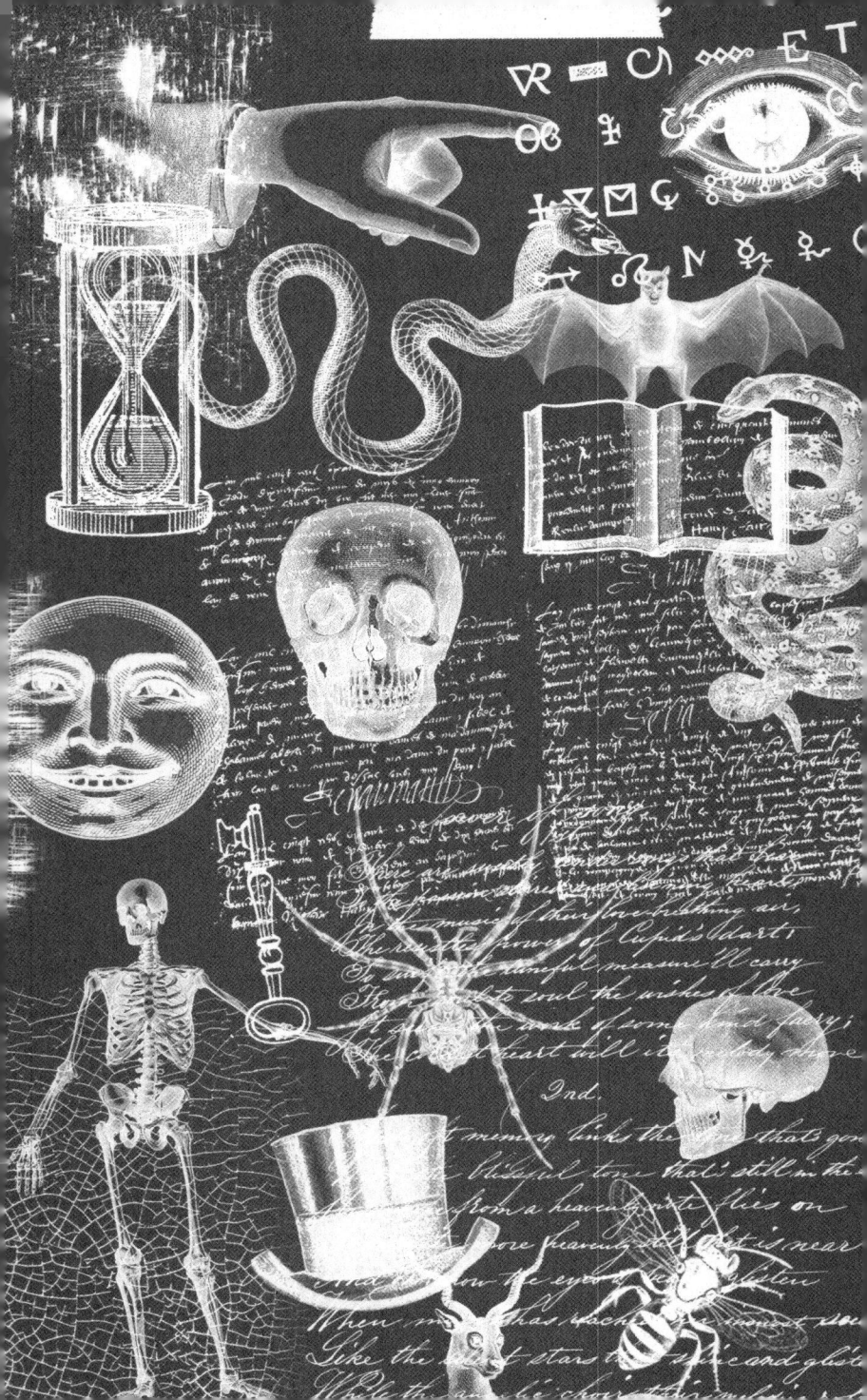

22

SERAPHINA

Und erneut brachte mich alles an Zachary um den Verstand. Das Letzte, das ich gewollt hatte, war, noch einmal in eine Situation wie gestern zu geraten. Doch dem Feuer, das in seinen Augen für mich loderte, war ich nicht gewachsen. Diese Momente der Lust und des Verlangens waren die einzigen Augenblicke, die sich wirklich echt, wirklich wahrhaftig anfühlten. Als würde der wahre Zachary nur in ihnen existieren.

Das, was er mit mir tat, war noch besser als alles, was ich mir je vorgestellt hatte. Noch besser als jeder verruchte Gedanke, der mir vor ihm so falsch vorgekommen war. Sobald ich in seiner Nähe war, fühlte es sich richtig an, als würde ich explodieren, könnte ich dieses Verlangen nicht ausleben.

»Und jetzt schieb dein Kleid hoch und zeig mir mit deinen Fingern, wie ich dich ficken soll, kleine Nachtigall.« Seine Stimme war heiser, sein dunkles Keuchen, als er gekommen war, klang immer noch in meinen Ohren nach. Immer noch schmeckte ich ihn auf meiner Zunge.

Ich rutschte zurück, schob den Rock meines Kleides dabei über meine Oberschenkel. »Zieh dein Höschen aus«, wies er mich an und ich befolgte seinen Befehl. Ich konnte gar nicht

255

anders. Alles in mir pulsierte, meine Mitte zog sich sehnsüchtig zusammen, lechzte nach einem Höhepunkt, wie ich ihn gestern gespürt hatte.

»So ist es gut«, lobte er mich. »Jetzt stell deine Beine auf und spreize sie, schenk mir einen Blick auf deine hübsche Pussy, Darling.« Ich fühlte gleichzeitig Scham und fiebriges Verlangen, als ich seinen Worten Folge leistete. Meine Hände zitterten leicht vor Anspannung. »Gut so«, murmelte er. »Zeig mir, was du dir wünschst.«

Voller angespannter Erwartung führte ich meine Finger zu meiner Mitte, meine Haut prickelte unter seinem intensiven Blick. Langsam strich ich über meine empfindlichsten Stellen, spürte, wie meine Erregung noch weiter wuchs. »So?«, flüsterte ich, mein Atem ging schnell und abgehackt, als ich meinen Kitzler umkreiste.

»Tiefer«, befahl er und ich gehorchte, ließ meinen Finger in mich gleiten. »Zeig mir, wie tief du mich willst.«

Ein ersticktes Stöhnen entkam mir, mein Körper bebte unter der Anspannung. Zacharys Augen verfolgten jede meiner Bewegungen. »Sehr gut«, sagte er leise. »Aber das reicht mir nicht. Nimm einen zweiten hinzu und fick dich, Seraphina. Hart.« Er seufzte, rieb über die erneut wachsende Beule in seinem Schritt. »Oh, fuck, das gierige Schmatzen deiner Pussy ist fast nicht auszuhalten. Genau so will ich dich ficken.«

Mein Kopf fiel zurück, meine eigenen Berührungen und seine dunkle, raue Stimme überwältigten mich. »Zachary«, stöhnte ich. Mein Körper schob sich meinen Fingern entgegen, das Kribbeln baute sich immer schneller in mir auf.

»Sag mir, dass du es willst«, forderte er, seine Stimme war ein tiefes, animalisches Flüstern. »Sag mir, dass du mich willst.«

»Ich will dich«, keuchte ich. »Bitte ...«

»Du bist so verdammt heiß, so verdammt faszinierend,

Seraphina.« Ich hob den Kopf, schaute ihn direkt an, während ich den Höhepunkt anrauschen spürte. »Schau mir in die Augen, wenn du kommst.« Ein Schrei entkam meinen Lippen, als meine eigenen Finger immer schneller und härter in mich eindrangen, während ich mir vorstellte, dass Zachary an ihrer Stelle war. Jeder Stoß brachte mich näher an den Rand, näher an den Abgrund, näher an die Dunkelheit, die er ausstrahlte. »Fick dich härter«, keuchte er und als hätte er gestern ein Tor geöffnet, das lange verschlossen gewesen war, explodierte ich. Mein Körper wand sich unter den Wellen meiner Lust, die über mich hineinbrachen. Ich presste die Oberschenkel zusammen, weil mich das Gefühl überwältigte. Sternchen tanzten in meinem Blickfeld. Mein Verstand befand sich längst auf dem Abstellgleis, nur langsam lichtete sich der Schleier, der mich umgeben hatte. Ich zog meine Finger zurück, wusste nicht so recht, wie ich mit der Situation umgehen sollte. Damit, wie schnell diese eskaliert war.

Doch Zachary stand auf und packte mein Handgelenk, führte die Finger, die eben noch in mir gewesen waren, an seine Lippen und saugte sie in seinen Mund. Mit einem genüsslichen Brummen entließ er sie. »Ich werde dich nicht gehen lassen«, sagte er so ernst, dass mir ein Schauer den Rücken hinunterfloss. Was meinte er? Jetzt gerade oder grundsätzlich?

Ich wollte etwas erwidern. Ich wollte ihm sagen, wie ich fühlte. Dass ich gar nicht mehr gehen wollte, auch wenn dieser gesamte Ort voller Geheimnisse war. Ich wollte ihm sagen, wie lebendig ich mich bei ihm fühlte. Aber ich konnte es nicht. Es kam nicht über meine Lippen. Es war nur Lust. Er nur der erste Mann, der meine Fantasien endlich erfüllte. Da gab es keine tiefere Verbindung, nichts, das uns beide veränderte. Ich sollte immer noch Angst vor ihm haben, ihm nicht vertrauen.

Doch als er mein Gesicht zwischen seine Hände nahm,

mir tief in die Augen schaute, wusste ich nicht mehr, was ich fühlen sollte.

Alles. Und. Nichts.

Freude. Und. Schmerz.

Verlangen. Und. Misstrauen.

Glück. Und. Tiefschwarzes Unglück.

Nach der Sache mit Zachary hatte ich mich in die Bibliothek zurückgezogen. Zum einen, um darüber nachzudenken, was ich nun tun sollte, zum anderen um weitere Nachforschungen anzustellen. Vielleicht erfuhr ich mehr über Margaret, mehr über Evelyn und mehr über den Schatten, der mir diese Informationen aus irgendeinem Grund zugespielt hatte.

Ich hatte noch eine Stunde, bis ich mich mit Xavier zu einer weiteren *Therapiestunde* draußen treffen sollte. Was auch immer er sich diesmal für einen kranken Mist ausgedacht hatte.

Ich blätterte durch alte Aufzeichnungen, aber die meisten waren uninteressant und hatten vor allem nichts mit Evelyn und Margaret zu tun. Natürlich würden hier nicht einfach Patientenakten für jeden frei zugänglich herumliegen, was machte ich mir eigentlich vor?

Ich ließ die Schultern sinken und schob ein altes, ledergebundenes Buch zurück in eines der eng beieinanderstehenden Regale, als ich ein Geräusch vernahm.

Ich hielt inne und atmete flacher. War es Alec, der ebenso einen Ort zum Durchatmen suchte und sich hier mit seiner Gitarre zurückgezogen hatte?

Da war es wieder. Eindeutig ein Knacken des alten Holzfußbodens, der unter dem Gewicht von jemandes Schritten nachgab. Ich presste mich enger gegen das Regal und schaute von links nach rechts. Die Anwesenheit von jemandem füllte den Raum mit elektrischer Spannung und die Härchen an meinen Armen stellten sich auf.

Plötzlich tauchte Xavier vor mir auf, seine Augen funkelten vor dunkler Intensität. »Versteckst du dich vor mir, kleine Rebellin?« Seine Stimme war ein tiefes, bedrohliches Grollen.

»Ich habe nur meine Zeit totgeschlagen«, log ich und versuchte, meine aufkommende Nervosität zu verbergen. Etwas an Xavier machte mir Angst. Seine Unberechenbarkeit. Dass er meine Unsicherheit spüren konnte wie ein Raubtier, das mit der Panik seiner Beute spielte.

»Bis wir uns wiedersehen?«, fragte er mit einem Schmunzeln. Mir fiel auf, dass er ein Buch in der Hand hielt.

»Anscheinend bin ich nicht die Einzige.«

Er drehte den Einband und ich erkannte den Schriftzug. »Vielleicht hat uns das Gleiche hierhergeführt.«

»Du magst Lyrik? John Keats, wirklich?«, fragte ich und er steckte das dünne Buch in den hinteren Bund seiner Hose, trat einige Schritte näher zu mir. Es fiel mir schwer, ihn zu durchschauen, was eine aufgeregte, prickelnde Energie in mir aufscheuchte.

»Überrascht es dich, dass jemand wie ich auch andere Seiten haben kann als die, die du kennengelernt hast?«

Er stützte die Hand gegen ein Regalbrett knapp oberhalb meines Kopfes. Ich musste zu ihm aufsehen. »Ich dachte, du wärst nur die ausführende Kraft und Zachary der Kopf.«

Er schmunzelte. »Und deshalb nimmst du an, dass ich nur eine Seite habe?« Er hob die Hand und strich sanft mit dem Daumen über meine Unterlippe. »Hast du nichts bei uns gelernt, meine Schöne?«, wisperte er rau und löste seine Hand, schaute mir tief in die Augen. »Jeder hat eine dunkle und eine helle Seite. Jeder hat gute und schlechte Angewohnheiten, mehrere Facetten. Es gibt kein Richtig und Falsch, kein

Gut und Böse. Es gibt nur dich, als Ganzes. Du musst bloß erkennen, wie perfekt du bist.«

»Das redet ihr euch ein? Damit ihr begründen könnt, wieso ihr andere Menschen so behandelt? Damit sie erkennen, wie sie wirklich sind?« Ich lachte trocken. Die Stimmung zwischen uns schien sich aufzuheizen. »Das ist ganz schön scheinheilig, oder nicht? Ihr lebt nur eure kranken Adern aus und sucht irgendeinen Grund, damit ihr immer noch in einen Spiegel schauen könnt.«

Ein kaltes Lächeln erschien auf Xaviers Lippen. »Ich habe schon lange aufgegeben, in einen Spiegel zu sehen«, gab er zurück. »Aber nicht aus den Gründen, die du annimmst.«

Seine Hand strich eine meiner Strähnen hinter mein Ohr und ich schlug sie zur Seite. »Fass mich nicht an«, zischte ich, versuchte, einen Schritt zurückzuweichen, doch das Regal in meinem Rücken ließ mir keinen Raum. »Du hast kein Recht, mich so zu behandeln, kein Recht, andere so zu behandeln!«

»Ach wirklich? Und wer soll mich aufhalten, meine Schöne? Du?« Seine Hand legte sich sanft um meine Kehle. »Du willst es doch auch, Seraphina. Dein Körper schreit nach mir. Hör endlich auf, es abzustreiten.«

»Nein«, widersprach ich, aber meine Stimme klang schwach und unsicher. »Ich hasse dich, Xavier.«

»Du kannst mich hassen so viel du willst«, murmelte er und drückte mich fester gegen das Regal. »Aber du kannst nicht abstreiten, dass du mich auch willst. Es liegt in deiner Natur. Das Dunkle zieht dich an, das Gefährliche, das Undurchschaubare. Verabscheue diese Seite an dir und werde unglücklich.« Er senkte den Kopf. »Oder nimm sie an und erlebe das pure Glück.« Seine Lippen fanden meine, bevor ich weiter protestieren konnte. Der Kuss war rau und fordernd, und trotz meiner Abscheu konnte ich nicht anders, als eine winzige Sekunde nachzugeben. In ihn und die Berührung seiner Lippen zu fallen. Doch dann besann ich mich wieder.

Meine Hände schlugen gegen seine harte Brust, versuchten, ihn wegzudrücken, aber er hielt mich fest, ließ mir keine Chance zur Flucht.

»Hör auf, dich zu wehren«, flüsterte er gegen meine Lippen. »Du weißt, dass es mich nur umso härter macht. Es ist zwecklos, mir zu entkommen.«

»Fahr zur Hölle«, keuchte ich, aber meine Worte verloren sich in einem Stöhnen, als seine freie Hand unter den Saum meines Rockes fuhr. Ich hasste ihn für das, was er mir angetan hatte, und doch konnte ich nicht leugnen, dass mein Körper auf seine Berührungen reagierte. Sich nach ihnen sehnte. Insgeheim wusste, dass seine Worte Sinn ergaben.

»Du bist ein widersprüchliches, kleines Ding«, raunte er und schob meine Beine auseinander. Seine Finger fanden den Weg zu meiner Mitte. »Du sagst Nein, aber dein Körper sagt Ja.«

»Ich werde dich nie freiwillig wollen«, flüsterte ich, doch meine Stimme verriet mich, zitterte vor Verlangen.

»Du lügst«, murmelte er, schob meinen Slip zur Seite und drang mit zwei seiner Finger in mich ein. Ein Stöhnen kroch meine Kehle hinauf und ich biss die Zähne zusammen, um es zu unterdrücken.

»Hör auf«, flehte ich. Meine Hände schlugen schwach gegen Xaviers Schultern, seine Finger zogen sich dichter um meinen Hals zusammen und zündeten alles in mir an. In kürzester Zeit befand ich mich am Abgrund eines Höhepunktes. »Bitte, Xavier.«

»Sag mir, dass du mich willst«, forderte er, seine Bewegungen zwischen meinen Beinen wurden schneller, intensiver. »Sag es.« Mein Becken krümmte sich ihm entgegen, meine Finger krallten sich in sein Hemd.

»Nein«, wehrte ich mich, doch mein Körper verriet meine wahren Gefühle. Was taten sie mit mir? Ich fühlte mich, als hätte ich einen Rausch. Versetzten sie mein Essen mit

Drogen, um mich gefügig zu machen? Denn es konnte nicht sein, dass ich mich so schnell ergab, sobald sie mich berührten.

»Sag es«, wiederholte er, seine Stimme ein tiefes Grollen, das meine Widerstände zu brechen drohte.

»Ich ...«, begann ich, doch mehr brachte ich nicht hervor. Alles in mir krampfte sich zusammen, spürte bereits das erlösende Pochen in meiner Mitte. Plötzlich stoppte Xavier die Bewegungen, ließ mich über dem Abgrund hängen, ohne mich hineinzuschubsen. Ich presste die Augenlider zusammen. »Ich will dich«, gab ich schließlich zu, mein Körper bebte vor Erregung. »Bitte, Xavier, ich will dich!«

Ich öffnete die Augen. Ein triumphierendes Lächeln breitete sich auf seinen Lippen aus, das ich ihm am liebsten aus dem Gesicht geschlagen hätte. »Gut, kleine Rebellin. Denn du gehörst mir. Je früher du das verstehst, umso besser. Irgendwann werde ich dich nehmen, bis du mich anflehst, nie wieder damit aufzuhören.« Seine Finger drangen mit einem harten Stoß in mich. Ein ersticktes Stöhnen entkam meinen Lippen, als er mich mit dreien davon ausfüllte. Seine Augen brannten vor Verlangen, während seine Bewegungen schnell und fordernd wurden. Jeder Stoß ließ meine Welt weiter zerfallen, bis nichts mehr davon übrig war. Seine Finger zogen sich so fest um meinen Hals zusammen, dass mir die Luft wegblieb. Dunkelheit erschien an den Rändern meines Sichtfeldes. Und ich konnte nicht anders. Ich gab mich ihm hin, nahm ihn an. Vertraute ihm. Fand in seiner Schwärze etwas, nach dem ich mich so lange gesehnt hatte. Dachte nicht mehr. Fühlte. Er lockerte seine Hand um meinen Hals und küsste mich, als ich vollständig zerbrach. Ich zuckte um seine Finger, hörte sein heiseres Keuchen, als ich so heftig kam, dass er mich stützen musste.

Für einen winzigen Augenblick war ich vollständig. Alles war perfekt. Sollte für immer anhalten.

Dann löste er sich von mir, strich mir erneut eine Strähne

aus dem Gesicht und schenkte mir ein anerkennendes Lächeln. »Was würdest du sagen, wenn ich behaupte, dass mein heutiger Plan für dich eigentlich ein anderer war?«, murmelte er, klang dabei selbst ungläubig.

Ich strich meinen Rock glatt und unterdrückte die leisen Stimmen, die mir zuflüsterten, dass es falsch gewesen war, was ich mit mir hatte machen lassen. Dass ich falsch war.

»Mich wundert es, dass du überhaupt Pläne machst.«

»Ich bin immer für eine Überraschung gut«, erwiderte er mit einem Grinsen, das mein Herz für einen kurzen Augenblick aus dem Takt brachte. Er wirkte verändert. Plötzlich unbeschwert. Und nur, weil ich zugegeben hatte, dass mein Körper auf abartige Weise etwas für ihn empfand? »Du willst etwas über mich erfahren? Über uns alle?«, fragte er leise. In seinen Augen flackerte Unsicherheit, wahre menschliche Emotionen. Er war nicht nur grausam. Irgendetwas hatte ihn dazu gemacht.

Ich nickte. »Ja. Möchte ich.«

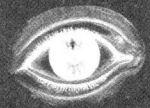

SCHMUTZIGES KLEINES GEHEIMNIS

»Und plötzlich ist da noch mehr, als der bloße Blick auf ihn erkennen lässt. Es ist genauso dunkel, genauso gefährlich, wie ich dachte, aber auch wahr. Real. Und roh. Und diese Wahrheit raubt mir den Atem, bis ich zu ersticken drohe.«

- Margaret Holloway, 1880

23

SERAPHINA

I ch hatte vermutet, dass wir das Auto nehmen würden, als
wir gemeinsam nach draußen gingen, doch stattdessen
bogen wir in den Garten ab. Der Kies war von dem gestrigen
Regen, der über dem Anwesen gewütet hatte, noch aufge-
weicht und feucht, die Sonne hinter den dichten Wolken nicht
zu sehen. Einige Vögel kreisten über unseren Köpfen. Blackwood Hall wirkte, als bestünde es aus zwei verschiedenen
Welten. Hell und Dunkel. Schön und grausam. Und ich hatte
immer noch keine Ahnung, was mich davon mehr anzog.

Xavier nahm meine Hand, als wir auf das Labyrinth
zusteuerten. Mein Körper spannte sich an und Erinnerungen
daran, was sich hier zugetragen hatte, fluteten augenblicklich
meinen Kopf.

Sollte ich Xavier von dem Mann erzählen? Der voller
Widersprüche war? Mich zuerst überfallen hatte, nur um mir
daraufhin zu helfen?

Doch als wir links von den hohen Hecken entlangwanderten und einen Pfad zwischen den Bäumen einschlugen,
verkniff ich es mir. Wenn ich von ihm erzählte, kam vielleicht
heraus, dass er mir gestern diese Unterlagen hatte zukommen

lassen – und dann? Was würden Xavier und Zachary tun, wenn sie wüssten, dass ich diese hatte?

Nein, ich behielt es für mich, als wir über einen Trampelpfad liefen, der durch den dichten Wald führte.

»Du willst mich hier aber nicht auf irgendeinem Stein opfern, oder?«, fragte ich.

Xavier lachte rau und zog mich an meiner Hand näher zu sich. Es war seltsam, dass von ihm Gefahr auszugehen schien und ich mich trotzdem sicher an seiner Seite fühlte. »Kommt drauf an ... würde es dich scharf machen?« Ich schnaubte. »Mich definitiv.«

»Okay, lassen wir das Thema besser«, erwiderte ich mit einem leichten Lächeln. »Wo gehen wir hin?«

»Wirst du gleich sehen.« Er schob einige Zweige zur Seite, die in unserem Weg hingen, und ließ mich vor. »Hinter der nächsten Ecke ist es.«

Der Wald wurde immer dichter, das Blätterdach der dunkelgrünen Tannen schluckte das wenige Licht, das vom Himmel ausging. Mein Herz nahm einen bedächtigen, schnellen Rhythmus an. Auch wenn sich Xavier in diesem Moment locker und entspannt gab, konnte seine Laune umschlagen wie das Wetter.

Plötzlich erkannte ich etwas zwischen den verschlungenen Ästen. Es schien wie verschmolzen mit der Umgebung, als wäre es im gleichen Atemzug wie dieser Wald entstanden. Wir traten näher und mein Blick wanderte über das zugewucherte, rostige Tor, das mit einem Vorhängeschloss gesichert war. Ein hoher Zaun aus Stacheldraht führte links und rechts von dem Tor ab.

»Was ist das hier?«, wisperte ich, weil die ganze Atmosphäre sich bedächtig und drückend anfühlte.

Xavier trat neben mich, ich spürte seinen breiten Arm, wie er meinen streifte.

»Ein Ort voller Dämonen«, murmelte er ähnlich leise. Er

schaute mich an und ich erwiderte seinen Blick. »Aber er wird dir vielleicht die Antworten liefern, die du brauchst.« Xavier nahm meine Hand und zog mich an dem Tor vorbei bis zu einer Stelle im Zaun, an der ein Loch klaffte. Er schob den Draht zur Seite und nickte hinein.

»Weiß Zachary, wo wir sind?«

»Er meidet diesen Ort seit Jahren, also nein.«

»Was würde er tun, wüsste er es?«

»Er würde mich zum Teufel jagen«, antwortete Xavier mit einem leichten Grinsen. »Aber das hast du schon oft genug versucht und deine Versuche sind alle missglückt. Also rein mit dir.«

Ich zögerte einen Moment, bevor ich mich durch das Loch im Zaun zwängte. Mit klopfendem Herzen trat ich auf das Gelände und eine bedrückende Stille legte sich wie ein dichter Schleier über uns. Ich spürte, dass Xavier mir folgte.

Verfallene Fahrgeschäfte ragten gespenstisch in den düsteren Himmel. Ein Riesenrad war nur noch ein rostiger Koloss, dessen Gondeln im Wind knarrten und mir eine Gänsehaut verschafften. Eine verlassene Geisterbahn stand schief in ihrem Gleis, die gruseligen Figuren waren verwittert und wirkten wie grotesk verzerrte Masken. Der Geruch von Verfall und Moder hing in der Luft, vermischte sich mit dem schwachen Duft von verrottendem Holz.

»Das hier ist ...«, begann ich, doch meine Worte verblassten im Nichts. Es gab keinen Ausdruck für das, was dieser Ort in mir auslöste. Furcht und Faszination zugleich.

»Ein Schatten seiner selbst«, vollendete Xavier meinen Satz und führte mich weiter. Wir gingen an einem Karussell vorbei, dessen bemalte Pferde von der Zeit und dem Wetter gezeichnet waren. Ihre ehemaligen Gesichter waren jetzt zu grausigen Fratzen entstellt, einige Köpfe lagen auf dem Boden. Die Stille wurde nur von gelegentlichem Knarren und Knirschen unterbrochen, als der Wind durch die Überreste des Parks fuhr.

»Warum hast du mich hierhergebracht?«, fragte ich und konnte den leichten Schauer, der über meinen Nacken fuhr, nicht verbergen.

»Weil hier der Anfang war und das Ende ist.« Xavier blieb vor einem alten Schießstand stehen, dessen bunte Zielscheiben nur noch schwach zu erkennen waren. »Dieser Ort ist unsere Vergangenheit und lässt uns auch in unserer Zukunft nicht los«, sagte er und drehte sich zu mir um. »Er ist verlassen, gebrochen und doch ... immer noch hier.«

Ich trat näher, meine Hand fuhr über das raue Holz des Standes. »Was hat das mit mir zu tun?«, wisperte ich.

»Mehr als du denkst«, murmelte Xavier und sah mich an. Seine Augen waren dunkler als die Schatten um uns herum. »Manchmal müssen wir uns unseren Dämonen stellen, um die Wahrheit zu finden.«

Seine Worte trafen mich tief. Dieser Ort, so düster und verfallen er auch war, spiegelte irgendetwas in mir wider. Sprach etwas in mir an. Etwas, das ich bisher zu verdrängen versucht hatte. »Und wie lautet deine Wahrheit, Xavier?«, fragte ich leise.

Er lächelte kühl. »Meine Wahrheit ist, dass ich genauso verrottet bin wie dieser Ort. Nicht nur ich, wir alle. Es gibt keine Hoffnung, dass er jemals wieder zu dem wird, was er einmal war, und vielleicht ist das gut so. Er vergiftet, genauso wie Blackwood Hall. Er bindet Menschen an sich, um sie mit in seine Tiefen zu ziehen. Aber ...« Er nahm einen tiefen Atemzug, als müsste er sich für das wappnen, was er sagen wollte. »Aber dann schaue ich dich an, schaue hinter die Mauer aus Unsicherheit und Scham, die du vor dir errichtet hast, um dich zu schützen, und sehe etwas Starkes. Etwas, das es schaffen könnte, sich da rauszukämpfen. Und bei Gott, vielleicht gibt es doch einen winzigen Funken Hoffnung.«

»Forderst du mich deshalb ständig heraus?« Wollte er mich nicht etwa brechen, sondern stärker machen?

Sein Lächeln wurde wärmer, sein Daumen strich sanft über mein Kinn. »Ich möchte dir noch etwas zeigen.«

Wir gingen weiter, vorbei an einem Spiegelkabinett, dessen Scheiben gesprungen und blind vor Staub waren. Die wenigen intakten Spiegel warfen verzerrte Reflexionen zurück. Xaviers Griff an meiner Hand wurde fester, als ob er befürchtete, mich an die Dunkelheit zu verlieren. Oder hatte er Angst, selbst nicht mehr heil aus dieser Sache herauszukommen?

»Was hat dich hierhergebracht?«, fragte ich schließlich und schaute ihn an. Studierte sein Profil. Die Nase, die wirkte, als hätte sie durch vergangene Kämpfe bereits einiges abbekommen. Seine vollen Lippen, die langen Wimpern, die dunklen, fast schwarzen Augen. »Was ist deine Verbindung zu diesem Ort?«

Wir blieben vor einem alten Zelt stehen. Der rostbraune Stoff war an manchen Stellen zerrissen, sodass ich den Blick auf eine kleine Manege werfen konnte. »Alec hat diesen Typen mit einem Messer niedergestreckt, oder? Vor der Bar?« Ich nickte. »Hast du dich nicht gefragt, wieso er so gut zielen kann?«

»Übung?«, gab ich vorsichtig zurück.

»Ziemlich viel Übung, würde ich behaupten. Schon als Kind, wenn man noch nicht einmal weiß, was ein bloßes Messer überhaupt anrichten kann.«

Mein Blick wanderte zurück zu dem Zelt. In der Manege stand ein Kreuz aus verwittertem Holz. Überall in ihm befanden sich Risse und Narben. Narben wie von Messern. Narben wie jene, die sich auf Alecs Oberkörper befanden. Ich riss die Augen auf und schaute zurück zu Xavier.

»Ich würde sagen, unsere Väter hatten eines gemeinsam«, sagte er ruhig. »Sie waren sadistische, kranke Wichser und hatten einen ziemlichen Spaß daran, ihre Söhne mit ihren

Methoden zu richtigen Männern zu erziehen.« Ich wusste nicht, was ich fühlen sollte. Ich empfand unendliches Mitleid, war geschockt und gleichzeitig so wütend. »Ich sage es ja, an diesem Ort hat alles begonnen und gleichzeitig geendet. Und dennoch ...« Er schluckte. »Findet es auch jetzt noch kein wirkliches Ende. Ich komme hin und wieder her, um mich gleichzeitig zu erinnern und zu vergessen.«

»Danke, dass du das mit mir teilst«, sagte ich leise. Er wollte mir mehr von sich zeigen, damit auch ich mich ihm öffnete. Konnte ich das denn? Konnte ich irgendwann das annehmen, was in mir schlug? Das, was auch die Männer auf eine Art anzusprechen schien? »Was ist mit deinem ... Vater?«, fragte ich leise.

»Menschen tun mittlerweile so, als wären sie diszipliniert, aber in Wirklichkeit stecken immer noch Tiere in ihnen. Wusstest du, dass die Wetten für einen Kampf zwischen Kindern und Tieren deutlich höher sind?« Mir wurde übel bei seinen Worten. »Und dass man sich eine goldene Nase damit verdienen kann, wenn der minderjährige Sohn der Beste im Ring ist?« Xaviers Worte klangen verbittert, erneut trat diese unnachgiebige Kälte in seinen Blick, die mir Angst machte, doch jetzt konnte ich sie sogar verstehen. Man musste abstumpfen, wenn man solche Dinge erlebt hatte. »Deine Amnesie ist das Beste, was dir hätte passieren können«, wisperte er rau.

»Weißt du mehr ...«, wollte ich fragen, doch ich verstummte, als ich ein Knacken im Unterholz hörte. Ein metallisches Rasseln. Dann sah ich eine Bewegung. Etwas Großes tauchte hinter einer der Buden auf. Etwas Dunkles.

Der Schatten. Das Monster. Der Dämon. Er war vollständig vermummt, doch diesmal konnte ich seine dunklen Augen erkennen, die direkt auf mich gerichtet waren. Als würde er Xavier gar nicht wahrnehmen.

»Fuck«, fluchte Xavier. »Lauf, Sera«, flüsterte er knurrend und zog ein Messer aus seiner Tasche, das er aufschnappen ließ. »Los, verdammt, lauf!«

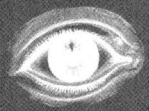

SCHMUTZIGES KLEINES GEHEIMNIS

»Ich kann ihm nicht entkommen. Egal, wie sehr ich versuche, mich aus seiner Dunkelheit zu schälen, er haftet an mir, bleibt mir auf den Fersen. Ich habe angenommen, dass es Liebe ist, die ich für ihn empfinde, doch das ist ein Trugschluss. Es ist Abhängigkeit. Eine Mischung aus Faszination, Angst und Hass, die sich zu einem gefährlichen Cocktail zusammenfügt, der meine Sinne vernebelt.«

- Margaret Holloway, 1880

D er Schattenmann schaute mich noch immer an, und auch wenn Xavier wollte, dass ich lief, irgendetwas sagte mir, dass er mir nichts tun würde. Oder? War auch das nur ein Trugschluss?

Doch der Moment dauerte nur eine Sekunde. Dann stürzte der Schatten los. Xavier ebenfalls, das Messer nach vorne ausgerichtet. Meine Angst um ihn war größer als um mich selbst. Dennoch reagierte ich endlich und lief. Ich drehte mich um und rannte, mein Atem kam schnell und abgehackt. Leicht rutschten meine Sneakers auf den feuchten Blättern, die auf dem Boden lagen, aus, als ich um eine Ecke bog. Ich schaute mich um. Drehte mich im Kreis. Hatte keine Ahnung, wohin ich sollte. Ob ich Xavier allein lassen sollte.

Hinter mir hörte ich die Geräusche eines Kampfes, das dumpfe Aufprallen von Fäusten. Ein dunkles Knurren, das mir Gänsehaut den Rücken hinunterjagte. Der Schatten würde mich sehen, wenn ich in die Richtung des Ausgangs lief. Ich musste mich verstecken, warten, bis das alles ein Ende hatte.

Mein Puls pochte lautstark in meinen Ohren, ich war

unfähig, einen klaren Gedanken zu fassen. Plötzlich hörte ich Schritte hinter mir. Verdammt.

Ich lief weiter, drückte mich an den Buden und Fahrgeschäften entlang, bis ich eine Tür entdeckte, die einen Spaltbreit geöffnet war. Ich stürzte hinein, die Dunkelheit darin verschluckte mich. Mein Herz hämmerte in meiner Brust, als ich mich nach vorne tastete, über etwas Metallisches auf dem Boden stolperte. Waren das Schienen? Fast verlor ich das Gleichgewicht, konnte mich jedoch an einem hölzernen, hohen Gegenstand festhalten. Ich ging weiter, meine Augen gewöhnten sich langsam an die Dunkelheit, doch immer noch konnte ich nicht wirklich etwas erkennen. Ich hörte das Knarren der Tür hinter mir, als sie geöffnet wurde. Ein heller Lichtstrahl drang herein, strahlte eine Fratze vor mir an. Mit einem leisen Schrei schreckte ich zurück. Ich war geradewegs in die Geisterbahn gelaufen.

Die Schritte wurden lauter, ich spürte die Anwesenheit eines anderen Menschen. Sie prickelte auf meiner Haut wie tausend kleine Wasserbläschen.

Fest presste ich mich an eine der Wände, versuchte meine rasende Atmung zu kontrollieren und drückte die Hand auf Nase und Mund. Was, wenn es Xavier war? Aber was, wenn es der Schatten war? Lebte er etwa hier draußen? Und was wollte er verdammt noch mal von mir?

Die Hoffnung, dass Xavier mich gefunden hatte, wurde erstickt, als der Schatten neben mir nach vorne trat. Ich befand mich nur wenige Schritte von ihm entfernt und drückte meine Hand fester auf meinen Mund.

Er schaute sich um, sein Gesicht und sein Kopf waren wieder von einer schwarzen Hoodiemütze verdeckt. Sein Rücken war breit und trainiert. In einem Kampf hätte ich keinerlei Chance gegen ihn, ich hatte es schon einmal versucht.

Plötzlich war es, als spürte er meine Anwesenheit, genauso, wie ich seine zuvor gefühlt hatte. Er drehte sich in meine Richtung und ein erstickter Schrei entkam mir, als er sich auf mich stürzte.

Mit der einen Hand an meiner Kehle pinnte er mich an der Wand fest, mit den Fingern der anderen strich er mir leicht über meine Schläfe. Ein Schluchzen entkam mir, und ich presste schnell die Lippen aufeinander.

»Was willst du von mir?«, würgte ich hervor.

Er legte nur den Kopf etwas schief. Er war mir so nah, dass ich seinen warmen Atem auf meiner Haut spürte, die unter seiner Berührung brannte. Es war so dunkel, dass ich ihn nur noch schemenhaft erkennen konnte.

Das hier war anders als bei Zachary und Xavier oder Alec. Es war noch deutlich intensiver, weil mich die Angst lähmte. Das Adrenalin rauschte durch meine Adern, ließ alle Alarmglocken in mir schrillen. »Wieso hast du mir den Umschlag gegeben?«, flüsterte ich, weil ich sicherlich nicht noch eine Gelegenheit dazu haben würde. Seine Finger drückten tiefer in meine Haut und ich hielt einen Moment den Atem an. Er antwortete nicht. Zog mich nur näher zu sich. Sein Griff war fest, aber nicht so stark, dass ich erstickte. Sein Schweigen war beängstigender, als Worte es jemals sein könnten.

Plötzlich ließ er meine Kehle los und packte meine Hüfte, zog mich gegen seinen harten Körper. Ich konnte den Duft von Leder wahrnehmen, der mich umhüllte. Meine Sinne verbrannte. Mich verwirrte. Wie hatte Xavier es genannt? Mein Körper verarbeitete Reize falsch? Angst wurde zu Lust. Panik zu Verlangen.

Seine Finger wanderten langsam meinen Rücken hinauf und zogen mein Shirt hoch, sodass meine Haut in der kühlen Luft prickelte. Erneut entkam mir ein Schluchzen, und ich versuchte, mich aus seinem Griff zu winden, doch er hielt mich unerbittlich fest.

Ich war mir bewusst, dass jede meiner Bewegungen, jede Abwehr meinerseits ihn nur noch mehr anstachelten. Und mein Körper reagierte auf eine Weise, die ich nicht erklären konnte.

Seine Finger strichen über meine nackte Haut, als wollte er sie sich einprägen. Er war fast sanft, als er mit einer Hand zu meiner Brust fuhr und diese umfasste. Sein Griff war fest, aber nicht schmerzhaft, und ein Keuchen entkam meinen Lippen, das die Scham in meine Wangen trieb. Er presste mich fester gegen die Wand, bis ich die Kälte an meinem Rücken spürte. »Bitte«, flüsterte ich, ohne zu wissen, um was ich überhaupt bat. Dass er aufhörte? Um Gnade? Oder Erlösung?

Langsam beugte er sich vor und ich spürte seinen warmen Atem an meinem Hals. Er biss leicht in meine Haut und ich zuckte zusammen, als eine Welle von Verlangen durch meinen Körper schoss. Es war ein seltsames Gefühl, eine Mischung aus Angst und Lust, die mich fast überwältigte.

Er drückte seinen Unterkörper an mich, rieb damit leicht über meine Mitte, die sich pulsierend dem Gefühl seiner Härte ergab. Was war falsch mit mir, dass ich so reagierte? Dass ich mich nicht mehr wehrte, nicht mehr in seinem Griff wand?

Seine Zunge leckte eine feuchte Spur von meinem Hals bis zu meinem Ohr, seine Finger umfassten meine Brust fester, schoben meinen BH herunter und berührten zum ersten Mal die aufgestellte Knospe, die um Aufmerksamkeit flehte. Der Stoff seines Hoodies war weich an meinem nackten Bauch, als er meine Brustwarze zwischen zwei Finger nahm und sie fast schon schmerzhaft zwirbelte, im gleichen Moment seinen Mund zu meinem führte. Man hörte nur das heisere Keuchen unseres erregten Atems. Jeder Zentimeter meines Körpers brannte und mir war mehr als bewusst, dass ich ein gewaltiges Problem hatte.

Doch plötzlich war da mehr. Ich hörte Schritte, die näher kamen. Der Moment war gebrochen und ich hoffte inständig, dass Xavier auftauchen und mich retten würde. Der Schatten ließ mich immer noch nicht los. Auch wenn ich seine Augen nicht erkennen konnte, spürte ich doch seinen Blick, der sich in meinen brannte. Sie schienen förmlich in der Dunkelheit zu glühen.

Die Tür der Geisterbahn öffnete sich mit einem lauten Knall und Xavier stürzte hinein. »Seraphina!« Der Schatten trat zurück. Ich schob mein Shirt nach unten, fühlte mich benutzt und voller Reue, mich so leicht ergeben zu haben.

»Lass sie verdammt noch mal los!«, brüllte Xavier und stürzte sich auf den Schatten. Dieser wich zurück, doch nur kurz. Die beiden krachten aufeinander, rissen sich gegenseitig zu Boden. Durch die geöffnete Tür drang genug Licht herein, dass ich sehen konnte, wie ihre Fäuste unbarmherzig aufeinanderprallten. Ich sah das Glitzern von Xaviers Klinge. Hörte ein zischendes, dunkles Knurren voller Schmerz. Dann ein letzter Schubs. Der Schatten richtete sich auf, taumelte, aber fing sich schnell wieder, hielt sich den Hals und verschwand in der Dunkelheit.

Ich war immer noch wie gebannt von der gesamten Situation, wusste nicht, was ich fühlen sollte. Xavier rappelte sich auf und eilte zu mir, tastete mich überall ab, als müsste er sich vergewissern, dass alles in Ordnung war.

»Geht es dir gut?«, keuchte er. »Fuck!«

»Ja, ja«, hauchte ich. »Er hat mir nichts getan.« Xavier trat zurück, hielt sich einen Augenblick die Schulter. »Aber ist bei dir alles in Ordnung?«

»Mach dir darüber keine Sorgen. Komm, lass uns von hier verschwinden, er könnte zurückkommen.«

»Wer ist er?«

»Niemand. Komm.« Xavier packte meine Hand und zog mich hinaus in das Licht. Erst hier konnte ich erkennen, wie sehr es ihn wirklich erwischt hatte. Sein linkes Auge war zugeschwollen, an seiner Lippe befand sich ein Riss. Er hatte gekämpft. Für mich.

Ich hielt ihn an seinem breiten Arm fest und er drehte sich fragend zu mir um. »Du bist verletzt.«

»Er wird zurückkommen. Ich muss dich von hier fortschaffen und ich trage dich, wenn es sein muss«, knurrte er. Seine Brust hob und senkte sich schnell unter seinen hektischen Atemzügen.

Ich nickte. »Okay, ist schon gut, lass uns verschwinden.«

Auf dem Weg zurück durch den verlassenen Park wirkten die Geräusche noch bedrohlicher und die Schatten noch dunkler.

Als wir endlich den Zaun erreichten und hindurchschlüpften, konnte ich kaum glauben, dass wir es geschafft hatten. Doch in meinem Kopf hallte immer noch das Bild des Schattens nach, und ich wusste, dass dies nicht das Ende war.

Dieser Besuch hatte einige Fragen beantwortet, aber auch viele weitere aufgeworfen. Und ich brauchte Antworten. Das war alles, was ich wollte.

»Hab gehört, Xavier hat sich auch für dich geprügelt.« Alec grinste, als ich ihm die Tür zu meinem Zimmer öffnete. Er lehnte seitlich am Rahmen und fuhr sich mit der Hand durch die zerzausten Haare. »Hat ganz schön was abbekommen.«

»Das ist nicht witzig«, zischte ich, während die Erinnerung an das, was wir vor wenigen Stunden erlebt hatten, in mir aufstieg. Xavier hatte mich zuerst zurück auf mein Zimmer gebracht, um sich dann um sich selbst zu kümmern. Laut ihm nur einige Kratzer, aber genug, dass ich mir Sorgen machte.

»Darf ich reinkommen oder soll ich weiterhin auf deinem Flur herumlungern?«

Ich trat seufzend einen Schritt zurück und schloss die Tür hinter ihm. Alec warf sich sofort auf mein Bett und grinste mich weiterhin breit an.

»Was ist los? Willst du nicht zu mir kommen?«, fragte er. Ich blieb stehen und mein Blick fiel auf die Unterlagen, die aus der Matratze gerutscht waren. Verdammt.

»Nein, ganz bestimmt nicht.«

»Nicht? Dabei dachte ich, wir wären nach unserer Spritztour bereits viel weiter. Du schuldest mir noch einen Kuss dafür, dass ich dich ebenfalls beschützt habe.«

Ich verdrehte die Augen und verschränkte die Arme vor der Brust. »Da musst du dir schon ein wenig mehr einfallen lassen.«

»Ach ja?« Er erhob sich und schob sich vor zur Bettkante, hakte seinen Finger in den Bund meiner Jeans und zog mich zu sich. Die Stimmung veränderte sich schlagartig. »Ich habe noch gar nicht gefragt, wie es dir geht«, sagte er leise und strich mit seinen Daumen links und rechts an meinen Oberschenkeln entlang. Ich stand zwischen seinen Beinen, meine verschränkten Arme lösten sich und meine Hände legten sich auf seine Schultern. »Muss beängstigend gewesen sein«, wisperte er und plötzlich schwang mehr in seiner Stimme mit als bloßer Spott.

»Du hast gesagt, ich soll mich von den Dämonen fernhalten. Ihr kennt ihn, richtig?«

»Kennen ist zu viel gesagt«, erwiderte er leise und fuhr mit den Händen über meine seitlichen Oberschenkel bis zu dem Streifen Haut, der über dem Bund meiner Jeans hervorblitzte. »Wir gehen ihm so gut es geht aus dem Weg und haben ihn schon lange nicht mehr getroffen. Aber du ... scheinst ihn angelockt zu haben.«

»Wo kommt er her?«

»Von überall und nirgendwo«, antwortete Alec nichtssagend. »Ehrlich gesagt ist es mir scheißegal. Er soll sich verpissen, das ist alles, was ich weiß.«

»Und ihr könnt nichts gegen ihn ausrichten?«

»Nope«, erwiderte er. Alec sah zu mir auf. Wir waren uns

so nah, dass ich mit den Händen durch seine Strähnen fahren könnte. Ich erinnerte mich an das, was Xavier mir erzählt hatte. Die Messer. Alecs Vater. Hatte er ihn als menschliche Zielscheibe benutzt? Für Erfolg und Geld?

»Seit wann ist der Vergnügungspark schon geschlossen?«, wollte ich wissen. Alec packte meine Hüften fester, seine Hände fuhren nach hinten zu meinem Po. Sollte ich es zulassen? Oder wollte er mich nur berühren, um sich abzulenken? Um nicht in seinen Gedanken zu versinken?

Auch zwischen uns war unbestreitbar etwas, das uns verband, das mich zu ihm hinzog. Auch wenn es mehr als verrückt war, sich zu gleich drei Männern hingezogen zu fühlen.

Drei Männern und einem Schatten, flüsterte die Stimme in mir, aber ich ignorierte sie.

»Viele Jahre«, antwortete er ausweichend.

»Hast du dort gelebt?«

Er packte meine Hüften und drehte mich herum, schmiss mich mit dem Rücken auf das Bett und stützte sich rechts und links von mir ab, lehnte sich über mich. »Genug von der Vergangenheit, ich möchte mich viel lieber um das Hier und Jetzt kümmern«, sagte er und zeigte ein jungenhaftes Grinsen. Seine Haare fielen ihm in die Stirn und die langen Ketten berührten meinen Ausschnitt, als er sich ein Stück zu mir nach unten beugte. Ich hob die Hand und strich ihm eine Strähne nach hinten. Zum ersten Mal berührte ich ihn bewusst und von mir aus. Als hätte ich ein Recht darauf.

»Ich möchte euch nur verstehen«, wisperte ich. »Und ergründen, wieso ich überhaupt hier bin.«

Alecs Blick verdunkelte sich. Seufzend schmiss er sich neben mich und starrte gegen die Decke. Anscheinend hatte ich etwas Falsches gesagt. »Keine Ahnung, wieso Xavier dich überhaupt dahin geschleppt hat.« Er drehte den Kopf zu mir. »Weil es dich im Grunde einen Scheiß angeht. Alles hier.«

Ich zuckte aufgrund der Härte seiner Worte zusammen und setzte mich auf. »Ja, du hast recht. Allerdings kann ich auch nicht einfach gehen.«

»Nein, wieso nicht?« Er drehte sich auf die Seite und stütze den Kopf auf seiner Hand ab. »Verschwinde, so lange du noch vollständig bist. Das hätte ich auch tun sollen.«

Ich schaute ihn an. Seine harten Worte waren nicht gegen mich gerichtet, sie galten ihm selbst. Ein Schutzmechanismus, genau wie meine Amnesie, Zacharys Kälte und Xaviers Härte. Alec zog entweder alles ins Lächerliche oder stieß Menschen von sich.

»Wahrscheinlich hast du recht. Aber ...« Ich hatte keine Ahnung, wie ich es erklären sollte. »Irgendwie fühlt es sich so an, als müsste ich hier sein. Als gäbe es etwas, das ich hier herausfinden muss.«

»Das ist nur ein Trugschluss, Principessa«, erwiderte Alec und drehte sich wieder auf den Rücken. »Das habe ich auch gedacht, aber mittlerweile denke ich, wir sollten diesen Laden hier einfach abfackeln und verschwinden.« Er wandte den Kopf zu mir und streckte die Hand aus, fuhr über meinen Oberschenkel und folgte seiner Berührung mit den Augen. »Irgendwann hängst auch du so tief drin, bis Blackwood Hall dich verschluckt«, flüsterte er, und als er mich ansah, schlug mir Alecs gesamte Traurigkeit entgegen, die in ihm festsaß. Er blinzelte, und der ehrliche Ausdruck wich etwas Abgeklärtem. »Aber versprich mir, dass du unseren Kuss nicht vergisst, bevor du gehst.« Er grinste, doch der Ausdruck erreichte seine Augen nicht.

Ich legte mich ebenfalls wieder hin, ihm gegenüber. »Bist du hier, weil dich jemand geschickt hat, um nach mir zu sehen?«, fragte ich leise.

»Nein«, raunte er. »Weil ich sehen wollte, ob es dir gut geht.«

»Mir geht es gut«, bestätigte ich, auch wenn ich nicht wusste, ob es vollständig der Wahrheit entsprach.

»Okay.« Er erhob sich schwungvoll und hüpfte vom Bett. »Dann kann ich jetzt ja wieder gehen. Gute Nacht, Principessa.«

Er zwinkerte mir zu und lief zur Tür. Ich hatte das Gefühl, er flüchtete vor etwas. Vielleicht vor seinen eigenen Gefühlen? Die aufgrund meiner Fragen wieder in ihm geweckt worden waren?

»Alec?«, fragte ich und er blieb stehen. Ich schaute gegen seinen Rücken. »Geht es dir denn gut?«

Langsam drehte er sich um und lachte trocken. »Ich glaube, das hat mich schon ziemlich lange niemand mehr gefragt.« Seine Gesichtsmuskeln spannten sich für einen Augenblick an. »Ich denke schon.«

»Wie wäre es, wenn wir es jetzt versuchen«, wisperte ich und hielt fest seinen Blick.

»Was?«, fragte er mit rauchiger Stimme.

»Den Kuss.« In meinen Adern pulsierte das Blut. Es lag etwas in seinen Augen, das mich fesselte.

Alec lächelte sanft, und mein Herz zog sich zusammen. Er sah unglaublich aus, wenn er ehrlich zeigte, was er fühlte. »Das ist nicht der richtige Moment, Principessa.« Er steckte die Hände in die Hosentaschen, ich spürte sein Zögern, die Frage, die offensichtlich im Raum hing. Nach dem, was wir waren. Ob wir überhaupt irgendetwas waren. »Gute Nacht, Seraphina«, flüsterte er und wandte sich ab. Er zog die Tür hinter sich zu und ging. Und ich schaute seufzend an die stuckverzierte Decke. Wahrscheinlich hatte er recht. Er war verletzt, alter Schmerz hielt ihn im Griff und ich war einfach nur einsam und verwirrt. Dennoch hätte ich ihn gewollt, mit allem, was in mir pulsierte. Diesen Kuss. Und Alecs Nähe.

Diesmal ganz von mir aus. Ohne Zweifel. Oder Scham.

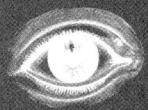

SCHMUTZIGES KLEINES GEHEIMNIS

*» Und plötzlich ergibt alles Sinn. In seinen Schatten finde ich
Wahrheiten, die im Licht niemals zu erkennen gewesen wären.
Die ich niemals gesehen hätte, wenn ich nur im Licht geblieben
wäre. «*

- Margaret Holloway, 1880

25

SERAPHINA

I ch reiße meine Hände hoch, doch meine Arme bewegen sich nicht. Ein Schrei entfährt mir. Ich rüttle an den Fesseln, die an den Seiten des Bettes befestigt sind. Panik strömt in meinen Körper wie Wasser durch einen gebrochenen Damm. Entflammt in meiner Brust. Ich rufe nach Hilfe. Schreie. Doch nichts tut sich. Also halte ich still, versuche, den Sturm meiner Gedanken zu sortieren.

Etwas tickt in einem rhythmischen Takt.

Tick. Tack. Tick. Tack.

Es macht mich wahnsinnig, zerrt an meinen Nerven.

Tick. Tack.

Ich winde meinen Kopf von links nach rechts, denn er ist das Einzige, das ich bewegen kann,

Ticktackticktackticktacktickticktickticktick.

Es ist zu spät. Ich spüre, wie der Wahnsinn in mich kriecht, mich beschmutzt, sich um meine Nerven windet und verhakt, sodass ich ihn niemals wieder aus mir herausbekomme. Es tut weh. Mein Körper krampft sich zusammen, meine Kehle füllt sich mit blassem Schaum, der aus meinen Mundwinkeln läuft.

Bis sich plötzlich jemand über mich lehnt. Nein. Etwas lehnt sich über mich. Es hat dunkle Augen. Schaut auf mich herunter,

*beobachtet mich dabei, wie ich leide und mich winde und versu-
che, zu atmen.*

*Ich kann es nicht greifen, es ist wie ein Schatten, der sich bei
einem einzigen Windhauch auflöst. Als hätte es nie existiert. Als
wäre es eine bloße Einbildung.*

*Etwas streift meine Wange. Ich öffne den Mund und will
schreien. Will mich wehren, aber ich kann plötzlich nicht mehr.
Etwas presst sich auf meine Lippen. Nimmt mir die Luft.
Nimmt mir den letzten Rest meines Verstandes.*

Tick. Tack. Tick. Tick. Tick. Tick. Tick.

Ich schreckte aus dem Schlaf hoch und schnappte nach Luft.
Meine Hand wanderte zu meiner brennenden Kehle. Panisch
schaute ich mich um und entdeckte mein Zimmer in Black-
wood Hall. Die Sonne strömte leicht durch die halboffenen
Vorhänge, ich vernahm den leisen Gesang von einigen Vögeln,
die auf der Fensterbank saßen. Alles war okay. Alles war okay.
Es war nur ein Traum. Ein verdammt beängstigender Traum.
Aber nur ein Traum.

Mittlerweile waren einige Tage seit dem Angriff des Schattens auf Xavier und mich vergangen. Xavier hatte mir gesagt,
dass wir die Therapie eine Weile aussetzen würden, damit ich
das Erlebnis verdauen konnte. Außerdem hatte Zach geschäft-
lich zu tun und war für ein paar Tage vereist. Was auch immer
das bedeutete. Machte er als Psychologe Hausbesuche? Es war
kein wirkliches Vermissen, das ich fühlte, aber doch ein Bedau-
ern, dass Zach und Xavier mir so aus dem Weg zu gehen schienen. Wäre es nicht besser, ich würde über all das mit jemandem
sprechen, der mir helfen konnte? Aber vielleicht war Zach zu
nah dran, konnte die Sache nicht objektiv betrachten.

Einzig Alec traf ich einmal am Tag entweder im Schwimmbad, bei meiner täglichen Schwimmrunde, oder er besuchte

mich auf meinem Zimmer. Doch immer waren seine Besuche von ausreichend Abstand begleitet. Er berührte mich nicht und wir unterhielten uns über Belangloses. Einmal hatte ich ihn gebeten, mir etwas auf seiner Gitarre vorzuspielen, aber er hatte nur abgewunken und eine Ausrede vorgeschoben, weshalb er das nicht konnte. Also hatte ich es nicht mehr versucht.

Ich fühlte mich einsam und zurückgelassen, was verrückt war, denn es war noch gar nicht so lange her, dass ich mir gewünscht hatte, dass die Männer mich in Ruhe ließen.

Doch die Hoffnung, dass dies nicht auf Dauer so sein würde, konnte ich nicht abstreiten. Später würde ich Alec fragen, was das alles sollte, auch wenn ich jetzt schon wusste, dass er mir keine Antwort geben würde.

Ich hatte keine andere Wahl, als einfach weiterzumachen und mir diesen verdammten Albtraum von eben abzuwaschen. Also stieg ich aus dem Bett und ging ins Badezimmer, duschte und putzte mir die Zähne, ehe ich mich in einen Bademantel kuschelte und zurück ins Zimmer lief, um mir etwas zum Anziehen zu suchen.

Plötzlich klopfte es an der Tür. Ich ging hinüber und öffnete sie, spürte, wie mich ein gewisses Gefühl von Vorfreude erfüllte, wenn ich nur daran dachte, es könnte Zach oder Xavier sein.

»Hey, Seraphina«, sagte Beth, die ein rechteckiges Päckchen in der Hand hielt. Ich versuchte, meine Enttäuschung zu verbergen.

»Guten Morgen, Beth. Komm rein.« Ich trat zurück und Beth ging zum Bett, legte das Päckchen darauf ab.

»Was ist das?«, fragte ich und runzelte die Stirn.

»Mach es auf, es ist für dich.«

»Von wem?«

»Dr. Caldwell«, erwiderte sie und ich fuhr sanft mit dem

Finger über die seidene, cremefarbene Schleife, die den Karton zusammenhielt.

Vorsichtig zog ich daran und löste sie, legte neugierig den Deckel zur Seite. Auf hellem Seidenpapier lag das atemberaubendste Kleid, das ich je gesehen hatte mit dazu passenden Schuhen.

Das satte Rot des Stoffes schien fast zu leuchten, als es im sanften Licht schimmerte. »Großer Gott, das ist ... aber ...« Ich fand gar keine Worte. Noch nie hatte ich etwas derart Schönes besessen, geschweige denn in den Händen gehalten.

»Schau es dir an«, ermutigte mich Beth sanft.

Vorsichtig hob ich es heraus, ließ den weichen Stoff über meine Finger gleiten. Es war aus fließender Seide, die sich kühl und luxuriös anfühlte.

Der tiefe, schulterfreie Ausschnitt war elegant und verführerisch zugleich, betonte die Linien des Dekolletés und ließ genug Haut sehen, um Aufmerksamkeit zu erregen, ohne zu viel zu enthüllen.

Das Kleid war eng an der Taille, bevor es in einer sanften, verlockenden Kurve ganz zu Boden fiel. Ein hoher Beinschlitz, der bis weit über den Oberschenkel reichte, verlieh dem Ganzen eine aufregende Note.

»Wow«, murmelte ich, unfähig, meinen Blick davon zu lösen. »Es ist wunderschön. Aber ... wofür?«

»Hast du nicht nach einer Veranstaltung gefragt?« Beth lächelte breit. »Heute Abend ist es so weit.«

»Heute ... Abend?«, stotterte ich, unfähig, auch nur einen Gedanken zu halten. »Was ist dann?«

»Es ist der Jahrestag der Gründung von Blackwood Hall. Eine Feier, um die Vergangenheit zu ehren und die Zukunft zu begrüßen. Aber es ist auch eine Wohltätigkeitsveranstaltung, um Geld für die Forschung und Entwicklung von Therapieansätzen zu sammeln. Viele einflussreiche Persönlichkeiten werden dort sein. Und Dr. Caldwell hat ausdrücklich darum gebeten, dass du ebenfalls anwesend sein sollst. Im Übrigen hat er einen ausgezeichneten Geschmack, oder nicht? Du wirst umwerfend aussehen.«

Er hatte es selbst ausgewählt? Nur für mich?

»Wow, danke, ich weiß gar nicht, was ich sagen soll.«

»Gar nichts. Jemand wird dich abholen und in den Veranstaltungssaal bringen, mach dich gegen sieben Uhr fertig. «Sie wandte sich zur Tür. »Wir sehen uns später sicherlich dort!«

Wir verabschiedeten uns und ich konnte nicht anders. Ich schälte mich aus dem Bademantel und ließ den Stoff über meinen Körper gleiten, spürte, wie er sich kühl und weich an meine Rundungen schmiegte. Als hätte Zachary es auf meinen Leib schneidern lassen.

Der tiefe Ausschnitt weckte eine Mischung aus Nervosität und Vorfreude in mir. Der Schlitz im Rock enthüllte bei jeder Bewegung mehr von meinem Bein, als ich es gewohnt war.

Ich sah in den großen Spiegel an der Wand. Das Kleid ließ mich selbstbewusst und stark wirken. Der Stoff schwang bei jeder Bewegung mit und umspielte meine Kurven.

Heute Abend würde ich nicht nur die Blicke auf mich ziehen, sondern auch zeigen, dass ich mehr war als das verängstigte Mädchen, das hier angekommen war. Heute Abend würde ich stark und unerschütterlich sein, in der Lage, mich den Dämonen zu stellen, die in den Schatten lauerten. Sollten sie nur alle kommen. Ich fühlte mich bereit.

Vor allem aber fühlte ich mich bereit, allen drei Männern gleichzeitig entgegenzutreten. Alec. Xavier. Und Zachary.

Um Punkt sieben klopfte es an meiner Tür und ich spürte, wie mich Aufregung erfasste. Den gesamten Tag über hatte ich mich auf meinem Zimmer herumgetrieben, weil ich nicht im Weg hatte stehen wollen, als massenhaft Transporter mit Deko und Essen angerollt waren. Ich konnte die Stimmen zahlreicher Menschen im Flur hören, und war es nicht gewohnt, dass plötzlich so viel Leben in dem Anwesen war.

Ich warf einen schnellen Blick in den Spiegel. Bei meinen Haaren hatte ich mir besonders viel Mühe gegeben, um dem schönen Kleid gerecht zu werden. Nun fielen meine dunkelbraunen Wellen weich und seidig über meine Schultern. Mein Gesicht hatte ich dezent geschminkt.

Erneut klopfte es. »Ich komme sofort!«, rief ich und eilte zur Tür. Als ich diese öffnete, dauerte es einen Augenblick, bis ich den eleganten Smoking mit Fliege mit Alec in Verbindung brachte.

»Heilige Scheiße! Was ... aber ... verdammt, du bist unfassbar heiß«, stotterte er und nahm meine Hand, drehte mich vor sich im Kreis, bis ich lachen musste.

»Ist ja gut, gleich wird mir schwindelig!«

»Das ist mir egal, dieses Kleid ... fuck, wieso haben wir nicht früher so etwas veranstaltet? Zach, der alte Geizkragen, kann ab sofort öfter was springen lassen, wenn du dafür so etwas trägst.«

Alec zog mich an meiner Taille zu sich und hauchte mir ein Küsschen auf die Wange. Ich fühlte mich mehr wie eine Prinzessin als die Patientin einer Nervenheilanstalt.

»Du siehst auch ausgesprochen gut aus.« Ich strich eine seiner Haarsträhnen zurück. Egal, was er tat, er war ein einziges Chaos und dabei dennoch unverschämt attraktiv. Der Smoking schmiegte sich an seinen großen Körper, seine Schultern und seinen flachen, trainierten Bauch.

»Ungewohnt, aber danke«, erwiderte er mit einem charmanten Grinsen. »Gewöhn dich nicht an diesen Anblick, meine Shirts sind mir tausendmal lieber.«

Plötzlich hob er die Hand und entließ eine wunderschöne goldene Kette mit einem blutroten Diamanten als Anhänger daraus. »Dreh dich um, damit ich sie dir anziehen kann«, sagte er und ich nahm einen tiefen Atemzug.

»Daran könnte ich mich definitiv gewöhnen«, murmelte ich, während Alecs Finger über meine Haut strichen und mir die Kette anlegten, die weit in den tiefen Ausschnitt hing. »Danke«, hauchte ich und tastete nach dem kühlen Diamanten. Nun war mein Outfit definitiv mehr wert als meine gesamte Garderobe.

Sanft drehte er mich zurück zu sich. »Perfekt.« Er hielt mir einen Arm hin und verbeugte sich knapp. »Madame, darf ich Sie entführen?«

»Definitiv dürfen Sie das.«

Ich schnappte mir meine Handtasche von der Garderobe sowie den Schlüssel des Zimmers und zog die Tür hinter mir zu. Als wir den Flur entlangliefen, hörte ich bereits die leise Musik im Saal. Der weiche, rote Teppich schluckte die Schritte meiner Pumps in der gleichen Farbe des Kleides. Schon lange hatte ich nicht mehr auf so hohen Schuhen gestanden, aber ich hoffte, dass ich den Abend dennoch überstehen würde.

Bereits im Foyer sah ich die ersten Gäste und musste lächeln. Es war schön, für sich zu sein, um sich ganz auf sich selbst konzentrieren zu können, aber dennoch fühlte sich ein Abend wie dieser gut an. Ein Abend, um alles zu vergessen und nur ein wenig Spaß zu haben.

Unauffällig schaute ich mich nach Zach und Xavier um, während wir die Treppe hinabstiegen, konnte sie aber nirgendwo entdecken.

Alec lehnte sich zu mir herunter, während wir durch das prächtige Foyer liefen. »Spürst du ihre Blicke?« Ich schaute mich um und nickte einigen Menschen zu, die ebenfalls in schicker Abendgarderobe gekleidet waren. »Du bist unglaublich und ich bin der Glückliche, der dich an seiner Seite hat«, sagte Alec und ich lächelte ihn an.

»Ich glaube, die Frauen haben eher ein anderes Ziel im Auge.«

»Na gut, ich will nicht abstreiten, dass ich ein ziemlich heißer Mistkerl bin«, scherzte er und ich musste lachen. »Dennoch strahlst du hundertmal heller.«

»Du Charmeur, diese Seite hast du mir noch gar nicht gezeigt.«

Wir folgten der Menge einen Flur entlang und betraten einen Raum, in dem ich zuvor noch nie gewesen war. »Gewöhne dich auch nicht zu sehr daran«, raunte er und führte mich weiter hinein. »Ich würde immer den Mistkerl wählen, der sich nimmt, was er begehrt.« Seine Hand rutschte etwas tiefer bis zum Ansatz meines Pos und ich sog unauffällig die Luft ein. Bis der Anblick vor uns mich vollständig vereinnahmte.

Der Ballsaal entfaltete sich in einem atemberaubenden Glanz. Das Licht des riesigen Kristallleuchters über uns tauchte alles in ein warmes, goldenes Leuchten, das sich in den polierten Marmorböden und den verspiegelten Wänden brach. Jeder Schritt ließ den Boden unter meinen Füßen sanft schimmern, und ich fühlte mich, als würde ich auf einem Pfad aus Licht wandeln. Die Wände waren mit kunstvollen, goldenen Verzierungen geschmückt und in der Mitte erstreckte sich eine weitläufige Tanzfläche, umgeben von elegant gedeckten Tischen. Weiße Tischdecken und goldene Kerzenständer reflektierten das Licht des Kronleuchters. Auf jedem Tisch befanden sich kunstvoll arrangierte Blumensträuße aus schneeweißen Rosen, deren betörender Duft die Luft erfüllte und mich fast schon benommen machte.

»Sind Veranstaltungen hier immer so?«, fragte ich beeindruckt, während mich Alec durch den Raum führte, vorbei an Gesichtern, die ich noch nie in meinem Leben gesehen hatte. Einigen von ihnen nickte Alec zu, blieb aber nirgendwo stehen, um sich zu unterhalten.

»Manche«, antwortete er und führte mich zu der Bar, die am Rand des Raumes errichtet worden war. »Die meisten sind kleiner, so etwas Großes hat tatsächlich schon recht lange nicht mehr stattgefunden.« Alec bestellte zwei Champagner, während ich mich weiter umsah, durch die hohen Fenster einen Blick in den Garten werfen konnte, der durch die sommerliche Abendsonne in Glanz gehüllt war. Kurz überlegte ich, ob der Schatten uns von draußen beobachtete. Ob er auch heute angreifen würde, falls ich den Garten betreten sollte. »Hier, bitte.« Alec hielt mir das Glas entgegen und riss mich aus meinen Gedanken.

»Danke«, erwiderte ich und stieß es gegen seines.

»Wenn du mich fragst, wäre mir ein kühles Bier lieber, aber ich glaube, das entspricht nicht den heutigen Erwartungen«, sagte er und kippte den Inhalt des Glases in einem herunter, ehe er es zurück auf die Bar stellte.

Eine kleine Orchestergruppe am Ende des Raumes erfüllte plötzlich alles mit einem schnellen Stück. Das Klirren der Gläser und die Gespräche der Anwesenden begleiteten ihren Klang. Alec schlang den Arm um meine Taille und zog mich näher zu sich. Meine Lippen wurden trocken und ich leckte mir kurz darüber. Sein Blick folgte meiner Zunge, ehe er mir erneut in die Augen sah. »Übrigens können Zach und Xav ruhig fortbleiben, wenn ich den Abend dann allein mit dir verbringen kann«, raunte er und führte seinen Mund an mein Ohr. »Hast du es schon einmal während einer öffentlichen Feier getrieben, Principessa?« Seine raue Stimme floss mir wie warmes Öl den Rücken hinab. Seine Finger strichen über meine Taille, zogen mich noch etwas dichter an sich heran, während sich seine Nähe als Prickeln auf meine Haut legte. »Wenn die anderen Anwesenden keine Ahnung haben, was du in einem der Nebenzimmer anstellst. Jederzeit könnte jemand hereinplatzen, du erwischt werden.«

Ich drehte den Kopf in seine Richtung. Dachte an unsere

erste Begegnung und genau diese Situation. »Ist das dein Ding? Erwischt werden?«, flüsterte ich und spürte, wie mich die Hitze langsam in Besitz nahm.

»Aktuell bist nur du mein Ding«, gab er leise zurück. Plötzlich flackerte etwas in seinem Blick und er schaute an mir vorbei. Ich drehte den Kopf und entdeckte einen schmalen Mann mittleren Alters in einem nachtblauen Smoking, der in der Eingangstür stand. Seine dunklen Haare waren zurückgekämmt, mit einem Lächeln schaute er sich um, einzig die Narbe über seiner Wange gab ihm ein zwielichtiges Aussehen. Ein anderer Mann trat an seine Seite. Er war etwas größer und sein Gesichtsausdruck war nicht ganz so freundlich wie der des anderen. Ich erkannte in ihm sofort den Mann, der Zach und mich damals im Esszimmer erwischt hatte.

Alec packte meine Hand. »Komm mit«, wisperte er und zog mich mit sich, in die entgegengesetzte Richtung der zwei Männer. Ich eilte ihm hinterher.

»Aber wo ...« Alec öffnete eine schmale Tür an der Seite, unauffällig schlüpften wir hindurch. Der Raum dahinter lag in Stille, sanft hörte man die Klänge des Balles durch das Holz der Tür oder die Wände. Ich schaute mich um und erkannte eine Art kleineren Salon. Mein Blick fiel auf eine geschwungene, weinrote Chaiselongue mit einer hohen Lehne und ähnlich passenden Möbeln.

Plötzlich spürte ich Alec hinter mir, sein starker Körper drückte sich an mich, seine Hand fuhr von meiner Taille zu meinem Oberschenkel, strich ganz leicht den Stoff zur Seite und öffnete den Beinschlitz weiter.

»Endlich allein«, raunte er in mein Ohr und hauchte mir einen Kuss auf den Hals.

»So lange waren wir doch gar nicht auf der Party«, erwiderte ich, aber mit einem Lächeln auf den Lippen.

»Lange genug, dass ich es nicht mehr ausgehalten habe, dich in diesem Kleid zu sehen und nicht unsittlich berühren zu dürfen.« Er griff nach meiner Hand und drehte mich um. Mein Atem wurde schneller, im Hintergrund vernahm ich nach wie vor leise die Geräusche der Veranstaltung. Immer heftiger klopfte mein Herz in meiner Brust.

Alec umfasste mein Gesicht mit den Händen. »Spürst du das Adrenalin, das deine Lust noch ein wenig mehr steigert?«, wisperte er. »Herzlich willkommen in meiner Welt.« Er lächelte schief. »Übrigens ist jetzt der richtige Moment.«

»Für was?«, hauchte ich und Alec senkte den Kopf zu mir herab.

»Dafür«, murmelte er gegen meine Lippen und drückte seinen Mund auf meinen. Erst verharrte er sachte, ließ uns den Moment vollständig auskosten, doch dann packte ihn ein Hunger, der mich mit sich riss.

Seine Zunge strich ganz sanft über meine Lippen, bat um Einlass, und ich gewährte ihm diesen. Seine Küsse wurden intensiver, fordernder, als wollte er mich vollständig besitzen. Meine Hände fanden Halt an seinen Schultern, klammerten sich an den Stoff des Jacketts, während mein Körper sich ihm entgegenbog. Ich konnte nicht anders, als mich seinen Berührungen und Küssen zu ergeben.

»Alec«, flüsterte ich atemlos, als seine Lippen sich von meinen lösten und meinen Hals entlangwanderten. Jede Berührung seiner Zunge und seiner Zähne ließ ein Prickeln über meine Haut laufen. Ich spürte, wie meine Beine weich wurden und sich flammende Hitze in meinem Unterleib ausbreitete.

»Ich will dich jetzt«, murmelte er gegen meine Haut. Seine Stimme war ein tiefes, raues Grollen. »Hier und jetzt.« Seine Hände glitten über meinen Rücken, hinab zu meinem Po, wo er den Stoff meines Kleides ergriff und langsam hochschob. Ich konnte die Kühle der Luft auf meiner nackten Haut spüren, als er das Kleid bis zu meinen Hüften hochzog.

»Was, wenn uns jemand sieht?«, fragte ich, aber in meiner

Stimme lag keine echte Angst. Nur ein erregtes Zittern. Wir standen immer noch mitten im Raum, auf der anderen Seite befanden sich hunderte von Menschen. Es musste sich nur jemand in der Tür irren, so wie es mir passiert war.

»Das ist doch genau das, was du willst, oder?«, antwortete Alec und zog mein Höschen zur Seite. Er ließ seine Finger über meine feuchte Hitze gleiten, seine Berührung war gleichzeitig sanft und beherrschend. Ein leises Stöhnen entkam mir, als er begann, mich zu streicheln, durch meine Spalte bis zu meinem Eingang fuhr.

»Du bist so nass, Principessa«, flüsterte er. »Hast du etwa genau auf diesen Moment gewartet?« Immer noch verharrte er, drang nicht in mich ein, reizte mich, ließ mich bis auf den Höhepunkt meiner Lust wandern. »Hast du dir vorgestellt, wie es sein würde? Wenn ich dich küsse, berühre?«

»Ja«, hauchte ich.

»Was noch, was hast du dir vorgestellt? Erzähl mir davon, alles. Erzähl mir deine schmutzigen Fantasien, Kleines.«

»Ich will ...« Ich keuchte, als er seine Fingerkuppe in mich schob. »Ich will euch alle drei.«

»Zusammen? Wir sollen dich gleichzeitig ficken?« Ich presste die Lippen aufeinander. Alecs Finger spielten mit mir, neckten und reizten mich, während seine andere Hand den Stoff meines Kleides noch fester zusammenraffte und mich gegen sich drückte. Seine Augen sahen mich so durchdringend an, dass ich ihm niemals die Wahrheit hätte verschweigen können. »Wärst du denn bereit für uns?« Endlich schob er seinen Finger bis zum Anschlag in mich. Ich presste die Lippen aufeinander, damit man mein Stöhnen nicht draußen hören konnte.

»Ja«, keuchte ich.

Ein selbstgefälliges Grinsen huschte über sein Gesicht. »Du weißt, dass wir dich alle drei begehren, Seraphina, oder?« Er stieß härter in mich, schneller. Endlich baute sich ein überwältigendes Gefühl in mir auf. »Dass egal, was passiert, sich nichts daran ändert.« Seine Worte rauschten in meinen Ohren wie ein Strom. Ich hörte sie, aber verstand die Bedeutung dahinter nicht. Vielleicht gab es auch gar keine weitere. Vielleicht war Alec genauso in dem Moment gefangen wie ich. »Willst du, dass ich dich nehme?«, keuchte er. »Willst du mehr? Dass ich dich ausfülle, ficke?«

»Ja«, stöhnte ich. »Ja, ich will dich.« Alec küsste mich noch einmal, dann löste er sich von mir, öffnete seine Hose und holte seinen harten Schwanz hervor. Ich schnappte nach Luft, als er mehrere Male in seine eigene Hand pumpte und dann mit einer fließenden Bewegung mein Bein anhob, sodass es sich um seine Hüfte schlang. Er positionierte sich an meinem Eingang, ich spürte, wie seine dicke Spitze leichten Druck ausübte. Wir schauten uns tief in die Augen und ich erkannte etwas, wonach ich vielleicht mein ganzes Leben gesucht hatte. Halt.

Ohne Vorwarnung stieß er in mich, und ein Schrei der Lust entfuhr mir. Mit der einen Hand hielt er mein Bein, die andere presste er auf meinen Mund, um meine Laute zu zügeln. Er begann, sich in einem langsamen, quälenden Rhythmus zu bewegen, zog sich fast vollständig zurück, nur um dann wieder tief in mich einzudringen. Jede seiner Bewegungen war präzise und kontrolliert, als wollte er mich an den Rand des Wahnsinns treiben. Ich konnte die Anspannung in meinen Muskeln spüren, das Aufbäumen meines Körpers, der nach mehr verlangte. »Fuck, du fühlst dich unglaublich an«, knurrte er. »So nass und eng.« Wieder stieß er in mich, doch es war nicht genug. Ich brauchte mehr, krallte mich immer noch an ihm fest.

»Fick mich, Alec«, entwich mir und seine Augen leuchteten dunkel auf.

»Wie du wünschst«, raunte er und erhöhte das Tempo. Seine Stöße wurden härter, fordernder und ich klammerte mich verzweifelt an seine Schultern, meine Fingernägel gruben sich tief in den Stoff. Die Geräusche der Veranstaltung schienen weit weg zu sein, während mein ganzer Fokus auf Alec gerichtet war.

Ich keuchte, als eine weitere Welle der Ekstase über mich hinwegrollte. Meine Beine zitterten und ich konnte kaum noch stehen. Alec zog sich aus mir zurück und drückte mich zu der Chaiselongue.

»Leg dich hin und spreiz deine schönen Beine für mich.« Er schaute auf mich herunter, wie ich atemlos und voller Verlangen vor ihm lag. Entblößt in allen Facetten. »Und dann werde ich dir deinen Wunsch endlich erfüllen.«

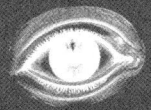

SCHMUTZIGES KLEINES GEHEIMNIS

*»In seinen Armen vergesse ich, dass es noch eine Welt außerhalb
dieser Mauern gibt. Eine Welt, in die ich irgendwann
zurückkehren muss, auch wenn ich mir gar nicht mehr vorstellen
kann, wie ich darin ohne ihn überleben soll. Ohne sie alle.«*

- Margaret Holloway, 1880

26

SERAPHINA

Was meinte er? Welchen Wunsch?

»Hallo, kleine Rebellin«, hörte ich da Xaviers Stimme und drehte meinen Kopf in seine Richtung. Ich wusste nicht, wie ich reagieren sollte. Er hatte mich und Alec erwischt. War er wütend?

Ich wollte mein Kleid nach unten ziehen, doch Alec schnalzte mit der Zunge. »Das bleibt schön oben, verstanden?«

Alec nickte Xavier zu und trat einen Schritt zurück. Ich wollte wissen, wo er gewesen war, wollte wissen, wie er sich nach der ganzen Sache fühlte, ob seine Verletzungen vielleicht doch schlimmer waren als gedacht. Aber er wirkte wie immer. Unerschütterlich. Einzig der kleine Cut an seiner Lippe zeugte noch von der Auseinandersetzung.

Er trug anders als Alec keinen Smoking, sondern eine schwarze Anzughose und ein farblich passendes Hemd, an dem die beiden oberen Knöpfe seine breite, tätowierte Brust enthüllten. Sein Blick wanderte über mich, das Kleid, meine Rundungen, bis zu meiner entblößten Mitte. Ich sah, wie er zuerst die Hände zu Fäusten ballte und sie daraufhin in seine Hosentasche steckte. War er wütend? Und wieso machte ich

mir Sorgen darüber? Ich war eine freie Frau, ich konnte tun und lassen, was ich wollte, oder?

»Ich habe dich vermisst«, sagte er mit rauer Stimme. »Hast du mich auch vermisst?« Ich nickte vorsichtig. Behielt alle Fragen für mich, weil ich meiner Stimme nicht traute. Außerdem wollte ich ihm nicht zeigen, wie es in mir aussah. Vielleicht aus Trotz, weil er mich einfach zurückgelassen hatte, vielleicht aus Selbstschutz. Denn sobald ich offenbarte, was ich fühlte, hatten sie etwas gegen mich in der Hand.

Lust war das eine. Echte Gefühle etwas ganz anderes. Es machte verletzlich. Angreifbar.

Doch Xavier sank vor mir zu Boden und zog mich an meinen Kniekehlen bis an die Sitzfläche. »Zach hat sich mit dem Kleid selbst übertroffen, du bist zum Anbeißen«, murmelte er, ehe er den Mund an meine Mitte legte und meine Klit zwischen seine Zähne nahm. Ich keuchte auf, als er sanft zubiss, während mein Blick zu Alec glitt, der danebenstand und seinen Schwanz mit langsamen Bewegungen wichste. Mein Körper stand in lodernden Flammen, wusste nicht, wie er reagieren sollte. *Richtig und falsch. Richtig und falsch.* Meine Gedanken kreisten wie auf einem Karussell, aber nur kurz. Xavier löste seinen Mund von mir, stand auf und trat zurück.

»Bist du dir sicher, dass du sie dir nicht nehmen willst?«, fragte Alec und Xavier nickte. »Ihr seid zwei Idioten, wenn ihr auf so eine Schönheit freiwillig verzichtet«, murmelte er und kam zu mir, kniete sich halb auf die Sitzfläche. Was meinte er mit den Worten, die er an Xavier gerichtet hatte? »Hey«, hauchte er und mein Blick wanderte zu ihm. »Sieh mich an.« Ich schluckte, spürte das heiße Pulsieren zwischen meinen Beinen, die Leere, die ausgefüllt werden wollte. Alec postierte sich und senkte den Mund zu mir herab, um mich zu küssen, bis ich mich wieder entspannte. Ich spürte Xaviers Blicke auf meiner Haut, während Alec mich küsste und mit einem Stoß in mich eindrang. Noch nie hatte ich mich so begehrt gefühlt, so frei und vollkommen.

Xavier trat näher, stellte sich neben das Sofa und öffnete seinen Gürtel. »Zumindest kannst du mir zeigen, wie sehr du mich vermisst hast, meine Schöne«, raunte er. Er zog seine Hose ein Stück nach unten und legte seinen Schwanz frei. Mein Atem stockte, als Alec sich immer wieder in mich schob, seine Bewegungen gleichmäßig und kontrolliert ausführte.

»Wie fühlt sie sich an?«, fragte Xavier, seine Augen waren immer noch auf meine gerichtet.

»Fuck, sie ist so verdammt eng und nass«, stöhnte Alec mit rauer Stimme.

Xavier griff nach meinem Kinn und hielt mich fest. Mit der anderen Hand tastete er nach dem Ausschnitt meines Kleides, zog den Stoff so weit herunter, dass meine Brüste entblößt waren. Kühle Luft strich darüber und meine Brustwarzen zogen sich augenblicklich zusammen. Fast grob fuhr er darüber, als könnte er die Lust, die ihn selbst gepackt hatte, nicht mehr aushalten. »Öffne deinen Mund«, befahl er und ich gehorchte. Meine Lippen teilten sich, um ihn ebenfalls in mich aufzunehmen. Er stieß langsam in meinen Mund, seine Hände vergruben sich in meinem Haar und zogen es leicht, während er sich tief in meinem Rachen versenkte. Der Geschmack von ihm war intensiv, und das Gefühl, gleichzeitig von zwei Männern genommen zu werden, überwältigte meine Sinne. Alec erhöhte das Tempo, seine Stöße wurden härter, und jeder Aufprall schickte Wellen durch meinen Körper.

Xavier schob sich tiefer vor, ein Würgen baute sich in meiner Kehle auf, doch bevor es ausbrechen konnte, zog er sich wieder ein Stück zurück. Seine Größe strapazierte die Muskeln an meinem Kiefer. »Siehst du, wie gut du das machst?«, flüsterte Xavier, während er meinen Kopf führte und seine Augen sich vor Lust in meine brannten. »Du bist so ein braves Mädchen, Seraphina. So perfekt für uns.«

Ich stöhnte um ihn, meine Zunge umkreiste seine Eichel, während Alec mich mit harten Stößen gegen Xaviers Schwanz trieb. Das Zusammenspiel ihrer Bewegungen, die Dominanz, die sie ausstrahlten, brachte mich an den Rand des Wahnsinns. Noch nie hatte ich so etwas gefühlt. Meine Brust platzte förmlich voller Gefühl.

»Verdammt, sie fühlt sich so gut an«, keuchte Alec. »Ich kann kaum glauben, dass wir uns das so lange verwehrt haben. Ich halte das nicht viel länger aus.«

Xavier zog sich aus meinem Mund zurück und ich konnte sehen, wie seine Augen vor Verlangen glühten. »Noch nicht, Alec.«

Alec stoppte seine Bewegungen, zog sich ebenfalls langsam aus mir zurück, während Xavier mich auf die Knie zwang. Ich stützte mich mit den Händen gegen die Lehne der Couch. Xavier stellte sich davor und Alec kniete sich hinter mich, schob den Rock meines Kleides nach oben.

»Alles in Ordnung?«, fragte Xavier und seine Stimme war dunkel und gefährlich. Dennoch wäre ich ihm in diesem Moment in jede Tiefe gefolgt, wenn er darum gebeten hätte. Also nickte ich, unfähig, Worte zu finden.

Die Tür öffnete sich und ich spannte mich an. Zachary. Etwas breitete sich in mir aus. Ein Gefühl von Erleichterung. Sehnsucht. Verlangen. Er kam herein und zog die Tür hinter sich zu, stellte sich in einigem Abstand zu uns und musterte nur mich, schenkte den anderen beiden nicht einen einzigen Blick. Ich konnte nicht anders, als zu ihm zu sehen. Erneut beschlich mich das Gefühl von Scham, als würde ich in diesem Moment etwas tun, was ganz und gar nicht okay war. Doch die anderen beiden schienen das nicht so zu sehen.

»Willkommen auf unserer Privatparty, Zach«, sagte Xavier und strich mir leicht über das Gesicht bis unter mein Kinn, sodass ich ihn ansehen musste. »Bist du wirklich bereit?«, wisperte er. »Das eben war erst der Anfang. Wir werden dich jetzt ficken, Seraphina. Wirklich ficken. Deinen Körper genauso sehr wie deine Seele. Hast du das verstanden?«

»Ja«, erwiderte ich mit kratziger Stimme.

»Danach gibt es kein Zurück mehr.« Ich schaute kurz zu Zachary, der mich immer noch musterte. Ich wollte zu ihm, wollte ihn ebenso küssen wie die anderen beiden, wollte ihn spüren, wollte seine Nähe. Doch er blieb unbeweglich, beobachtete uns in deutlich zu großem Abstand. Auch seine Hände ballten sich zu Fäusten und mein Blick fiel darauf. Seine Fingerknöchel waren lädiert, verheilende Wunden waren dort zu sehen, als hätte er voller Wut gegen etwas geschlagen. Was war in den letzten Tagen passiert? Was brachte ihn so durcheinander?

»Meine Schöne«, raunte Xavier und ich richtete meine Aufmerksamkeit wieder auf ihn.

»Ich will es«, sagte ich fest.

»Ich hab doch gesagt, dass du perfekt bist, oder?«

Alecs Finger gruben sich in meine Hüften, während Xavier in meine Haare griff. Beide Männer postierten sich, und in einem synchronen Rhythmus stießen sie in mich. Schmerz und Lust vermischten sich zu einer gewaltigen Welle der Ekstase. Meine Finger gruben sich in den Stoff der Couch, um das Gleichgewicht zu halten, doch das war überhaupt nicht nötig. Die beiden Männer benutzten mich, hielten mich und nahmen mich, wie es ihnen passte. Xavier schob seinen Schwanz rücksichtslos in meinen Hals, bis mir der Atem stockte. Panik stieg in mir auf, doch bevor ich wirklich keine Luft mehr bekam, zog er sich wieder zurück. Alecs Schwanz hämmerte von hinten in mich, berührte dabei einen Punkt, der alles in mir zum Vibrieren brachte. Ich spürte, wie die Feuchtigkeit meiner unersättlichen Lust meine Beine entlanglief.

»Ja, nimm uns, du kleine Rebellin«, stöhnte Xavier. Jeder

Stoß, jede Berührung, jeder Blick brachte mich näher an den Rand des Verderbens. Schickte mich tiefer in die Dunkelheit, der ich immer weiter verfiel.

»Verdammt, du bist fucking perfekt«, keuchte Alec. »Fühlst du das, Xavier?«

»Teufel, ja«, murmelte dieser, seine Stimme war ein raues Grollen. »Ich fühle verfickt noch mal alles.«

Es kam plötzlich, als hätte man mir ohne Vorwarnung einen Stromstoß verpasst. Meine Muskeln krampften zusammen und Xavier zog sich einen Augenblick aus mir zurück. Meine Schreie füllten den Raum, als der Höhepunkt mich mit einer Gewalt überrollte, die ich noch nie erlebt hatte. Mein Körper zitterte, spannte sich an, während die Lust mich überwältigte. Xavier stieß erneut in mich, gemeinsam verlängerten sie meinen Orgasmus, bis ich das Gefühl hatte, unter ihnen zu zerspringen. Alec und Xavier folgten kurz darauf, ich spürte, wie ihr heißer Samen mich füllte, sie sich mit einem letzten tiefen Stoß in mir vergruben.

Langsam ließ die Intensität nach und sie zogen sich aus mir zurück. Erschöpft sank ich auf das Sofa. Das Kleid und meine Frisur waren ruiniert, aber das war mir mehr als egal. Alec zog mich in seine Arme, während Xavier sich neben uns legte, seine Finger sanft durch mein Haar strichen.

»Das war ...«, versuchte ich, Worte zu finden. »Unglaublich«, flüsterte ich und rang nach Luft.

»Das war nur der Anfang«, murmelte Alec und ein gefährliches Lächeln tauchte auf seinen Lippen auf.

Plötzlich erklang das Schlagen einer Tür und ich schaute auf. Zachary war gegangen. Er war einfach gegangen.

»Ist okay, lass ihn, er hat seine Gründe«, sagte Alec, aber ich konnte es nicht. Ich wollte zumindest mit ihm sprechen, ihn fragen, was passiert war, wieso er mir aus dem Weg gegangen war.

Ich stand auf und richtete mein Kleid, strich mein Haar

zumindest wieder etwas glatt. Mein Herz raste immer noch, mein Verstand hatte bei Weitem nicht verdaut, was eben passiert war. »Ich muss mit ihm reden. Kurz.«

Xavier erhob sich ebenfalls und reichte mir ein Stofftaschentuch, mit dem ich mich notdürftig säubern konnte. Danach schimmerte etwas in seinem Blick, das ich nicht deuten konnte. »Ich gebe dir fünf Minuten, dann komme ich nach.«

Ich nickte. Das reichte mir aus.

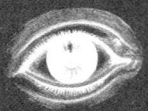

SCHMUTZIGES KLEINES GEHEIMNIS

»Himmel oder Hölle?
Es liegt auf der Hand, was ich wählen werde.«

- Margaret Holloway, 1880

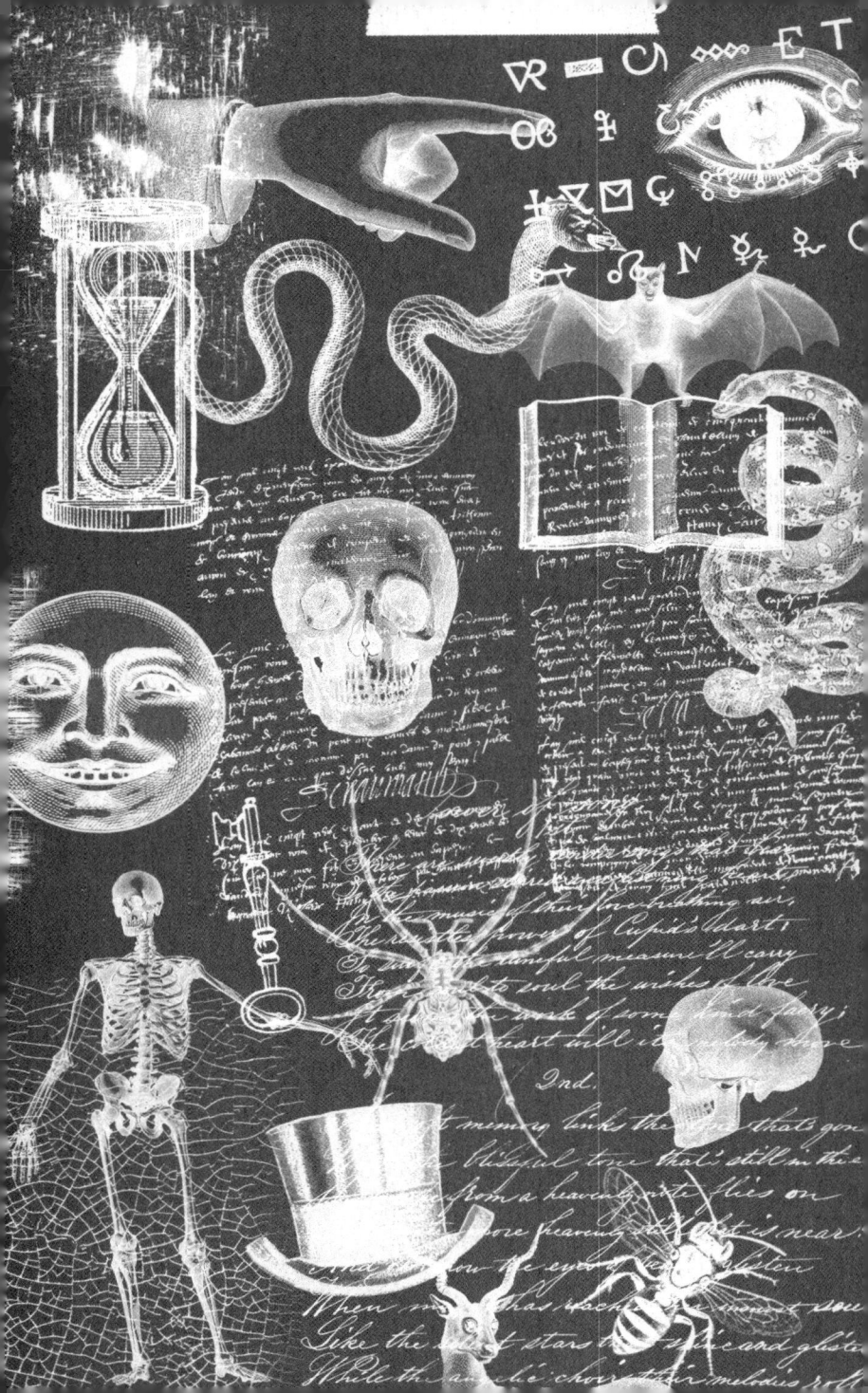

Es hatte sich nichts an dem Plan geändert.

Fucking beschissen noch mal nichts.

Das ganze Leben bestand aus Opfern.

Man opferte seine Seele dafür, dass man andere retten konnte. Man opferte sein Glück, seine Unschuld, seine Naivität, seine Freiheit.

Man opferte den ersten Menschen, der es geschafft hatte, Hoffnung in einem zu wecken.

Hoffnung, dass doch nicht alles sinnlos war. Hoffnung, dass das Leben nicht nur beschissen und grausam war und man Dinge tun musste, um irgendwie zu überleben. Furchtbare Dinge. Schreckliche Dinge. Dinge, die unverzeihlich waren. Für was? Für seine eigenen Prinzipien.

Ein Opfer für ein anderes.

Eine Liebe für einen Bruder.

Nein. Es hatte sich nichts an dem Plan geändert.

Fucking. Beschissen. Noch mal. Gar. Nichts.

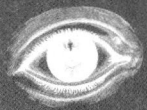

SCHMUTZIGES KLEINES GEHEIMNIS

»Immer die Hölle.«

- Margaret Holloway, 1880

28

SERAPHINA

I ch eilte den Flur hinunter an fremden Menschen vorbei. Eilte durch Türen, weitere Flure entlang. In der Hoffnung, dass ich ihn fand. Mit ihm sprechen konnte.

War es falsch gewesen, mich Alec und Xavier hinzugeben? Hatte es Zachary wütend gemacht? Es gab immer noch so viele Fragen und nicht einmal die Hälfte davon würde jemals beantwortet werden.

Ich drückte die Tür zu Zacharys Büro auf. Der Raum lag in völliger Stille da. Ohrenbetäubende Stille.

Mein Herz stockte, als ich ihn vor dem Fenster stehen sah. Er hatte mir den Rücken zugewandt. Seine Hände steckten in den Taschen seiner Smokinghose. Allein der Anblick von ihm schürte das Brennen in mir um ein Vielfaches.

»Zachary«, flüsterte ich. »Es tut mir leid.«

Langsam drehte er sich zu mir um. Sein Gesichtsausdruck war hart. Kalt. Eiskalt. »Es gibt nichts, was dir leid tun muss«, antwortete er reserviert.

Ich ging einen Schritt auf ihn zu, der Rock des Kleides raschelte bei meiner Bewegung. Kurz flackerte etwas in seinem Blick auf und seine Augen wanderten über meinen Körper.

Weckten eine Sehnsucht in mir, die ich kaum unter Kontrolle bekam. »Doch. Wenn es dich verletzt hat, tut es mir leid«, sagte ich und blieb stehen.

»Ich verstehe dein Begehren, ich verstehe deine Sehnsüchte besser als du selbst, Seraphina. Ich empfinde keine Eifersucht, es ist mehr als okay, wenn du dich entfaltest«, sagte er.

Ich runzelte die Stirn. »Was ist es dann? Ich verstehe es nicht, wieso bist du wütend auf mich?«

Er schluckte. Zögerte. »Ich bin nicht wütend auf dich«, wisperte er.

In dem Moment öffnete sich die Tür in meinem Rücken und ich drehte mich um. Der Mann kam herein, den ich eben schon auf dem Ball gesehen hatte, gefolgt von dem anderen.

Er lächelte freundlich, als er mich erfasste. Sie schlossen die Tür. Mein Blick flackerte zurück zu Zachary. »Ich lasse euch allein, sprechen wir später noch mal?«, fragte ich leise, weil ich ihn bei seinen geschäftlichen Terminen nicht stören wollte.

»Bleib«, sagte Zachary hart.

Dieser Mann trat näher zu mir und hielt mir eine Hand hin. »Es ist mir eine Freude, Adrian Choi mein Name.« Ich ergriff seine Finger und er hauchte mir einen Kuss auf den Handrücken.

»Seraphina Collins«, erwiderte ich zurückhaltend.

Er ließ mich los und schaute zu dem anderen Mann. »Das ist sie, Damian?«, fragte er und dieser Damian nickte.

»Das ist sie, Chef«, bestätigte der mit einem Grinsen, das mir eisig den Rücken hinunterfloss.

Choi lachte trocken auf. »Dass ich das noch mal erleben darf, Zachary. Wer sagt mir, dass sie dir wirklich genug wert ist, dass es ausreicht, wenn du sie für das Fehlverhalten deines Partners eintauschst?«

Eintauschen? Ich schaute zu Zachary, aber er ignorierte

mich, schenkte mir nicht einmal einen einzigen Blick. Seine Haltung war starr, kein Funken Gefühl zeugte davon, dass Zachary überhaupt ein Mensch war. »Du hast mein Wort, Adrian«, sagte er kühl. »Bisher habe ich dich noch nie hintergangen. Unsere Geschäftsbeziehung bleibt weiterhin bestehen, es hat sich nichts geändert.«

»Du tauscht mich für ein Geschäft ein?«, fragte ich nun lauter. »Ich gehöre dir nicht! Was ...« Ich versuchte, mein vor Panik rasendes Herz zu beruhigen. »Wissen die anderen beiden davon? Wussten Alec und Xavier, was du vorhast, bevor sie mich gefickt haben?«, schrie ich und hörte Chois amüsiertes Lachen. Aber es interessierte mich nicht. Ich stürmte auf Zachary zu und schubste ihn mit meiner gesamten Kraft gegen die Brust. Endlich schaute er mich an. Endlich sah ich etwas in seinen Augen, doch es brachte mich schier um. Reue. »Sie wussten es«, flüsterte ich und Zachary presste die Lippen aufeinander. »Du hast zugelassen, dass sie solche Sachen mit mir machen, während du nur danebenstandest und wusstest, dass du mich wenige Minuten später wie einen Gegenstand eintauschst?« Meine Augen brannten und Tränen flossen meine Wangen hinunter. Mein Körper loderte vor Wut. »Ich hasse dich, Zachary Caldwell! Ich hasse dich und dieses verdammte Haus!«, schrie ich und schubste erneut gegen seine Brust. Er blieb stehen wie ein Baum. Unbeugsam. »Du hast weder ein Herz noch eine Seele!« Mit all meiner Kraft trommelte ich auf seine Brust ein, doch er packte meine Hände und schaute mich an. Und da war noch etwas anderes in seinem Blick. Angst. Um sich selbst? Er verlagerte das Gewicht und der Kragen seines Hemdes verrutschte, sodass mein Blick auf seinen Hals fiel. Auf den vier Zentimeter langen Schnitt. Ein Schnitt wie ... von einem Messer. Etwas explodierte in meinem Brustkorb, riss mich in tausend Stücke. »Du?«, flüsterte ich. Doch plötzlich packte mich jemand von hinten und ein Tuch drückte sich auf meinen Mund. Mir wurde schwindelig. Als Letztes sah ich Zacharys hellblaue Augen. Er verschwamm vor mir. Und ließ meine Hände los, ehe ich zu Boden sank und sich meine Welt in Dunkelheit hüllte.

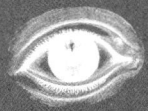

SCHMUTZIGES KLEINES GEHEIMNIS

»Der schlimmste Schmerz ist nicht derjenige, der einem von seinen Feinden zugefügt wird, sondern der, der von den Händen derjenigen kommt, die man am meisten liebt und denen man sein Herz anvertraut hat.«

- Margaret Holloway, 1880

29

ZACHARY

E in Opfer für ein anderes.
Eine Liebe für einen Bruder.
Mein Herz für das Leben eines anderen.
Meine Seele für den Teufel.

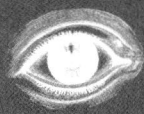

SCHMUTZIGES KLEINES GEHEIMNIS

»Die Dunkelheit, die in mir wohnt, verdient weder Licht noch Liebe. Margaret schenkte mir ihr Herz, doch in meinen Händen verblasst seine strahlende Reinheit. Ich bin kein Mann, der Liebe kennt oder ihrer würdig ist. Jede Berührung, jeder Kuss von ihr erinnert mich daran, wie ungerechtfertigt meine Glücksmomente sind. Sie verdient einen Helden, doch was sie bekommt, ist ein Monster.

Es gibt Nächte, in denen ich sie anschaue und mir wünsche, ich könnte der Mann sein, den sie in mir sieht. Doch tief in mir weiß ich, dass ich sie nur in den Abgrund ziehe, der mein Leben ist. Die Dämonen, die mich verfolgen, lassen niemals zu, dass ich Frieden finde.

Liebe sollte eine Befreiung sein, doch für mich ist sie ein Fluch. Ich habe keine Liebe verdient, und doch kann ich mich nicht von ihr lösen. Meine Existenz ist ein Widerspruch, ein dunkler Schatten, der über ihrem strahlenden Licht liegt.

Ich hoffe, dass sie eines Tages die Kraft findet, mich zu verlassen,

bevor ich ihr endgültig das Herz breche. Denn wenn es etwas
gibt, das ich gelernt habe, dann ist es dies: Die größte Gnade, die
ich Margaret erweisen kann, ist, sie von mir zu erlösen.«

- Gideon Blackwood, 1880

30

SERAPHINA

E in Schleier lichtete sich, der sich über meinen Verstand gelegt hatte. Ganz langsam wich die Dunkelheit von mir und meinem Geist. Mein Körper war schwer, so schwer. Meine Glieder drückten sich tief in die weiche Matratze unter mir. Ich wollte die Augen öffnen, doch meine Lider waren wie festgeklebt. Plötzlich strahlte mich ein helles Licht an und ich gab ein Stöhnen von mir.

»Ist sie bei Bewusstsein?«, hörte ich eine Stimme. Zachary? Xavier? Alec? Nein.

»Es scheint so«, antwortete jemand anderes. Das Licht verschwand. Ich versuchte zu schlucken, aber meine Kehle war wie ausgedörrt. Es fühlte sich an, als wollte ich Rasierklingen meinen Rachen hinunterzwingen.

»Miss Collins? Seraphina?«

Endlich schaffte ich es, meine Augen zu öffnen. Ich wollte mir das Brennen hinausreiben, doch es ging nicht. Meine Arme lagen immer noch schwer auf dem Bett. Oder? Was ... Ich zerrte an ihnen. Waren sie festgebunden?

Erinnerungen strömten in meinen Kopf. Der Ball. Die Männer. Choi! Zacharys Verrat!

Panik erfasste mich und ich riss die Augen auf, lag in

331

einem Zimmer, das ich nicht kannte. Mein Kopf ruckte von links nach rechts. Ich erkannte eine Frau im Raum. Beth? Was machte sie hier?

Ich wollte ihren Namen sagen, sie fragen, was das alles sollte, aber ich bekam keinen Ton heraus.

»Beruhigen Sie sich, Seraphina«, sagte wieder eine Stimme und eine Hand legte sich auf meine Schulter. Ich drehte den Kopf. Schaute direkt in Chois Augen und zuckte zusammen. Er hatte mich entführt! Mich gekidnappt! »Es ist alles in Ordnung«, sagte er mit ruhiger Stimme. Nichts war in Ordnung! »Sie sind sicher!«

Wieso sprach er so? Er hatte mein Bewusstsein geraubt, mich entführt, mitgenommen wie einen Gegenstand! Ich räusperte mich. »Meine Arme ...«

»Das ist nur zu Ihrem und auch zu unserem Schutz.« Mein Blick fiel auf eine recht frische Narbe, die sich auf seiner Wange befand. Sie sah anders aus als das erste Mal, als ich ihn gesehen hatte. Was meinte er, mit zu seinem Schutz? Hatte ich ihn etwa verletzt?

»Wo ...« Ich schluckte schwer. »Wo bin ich?«, kratzte meine Stimme durch meine Kehle.

Choi warf Beth einen beunruhigten Blick zu, ehe er sich wieder an mich wandte. Erst jetzt fiel mir auf, dass er eine Art weißen Kittel trug. Was zur ... »Seraphina, das ist vielleicht nicht leicht zu verstehen, Sie ...«

»Wo bin ich?«, fragte ich lauter.

»Sie sind im psychiatrischen Zentrum Ravenwood.«

»Aber ...« Mein Kopf schmerzte, meine Gedanken wollten aus ihm herausplatzen. »Seit wann?«

»Sie sind nun seit einem Jahr bei uns«, antwortete Choi. Seit einem Jahr? »Ich bin seitdem Ihr Arzt. Dr. Choi, erkennen Sie mich heute, Seraphina? Sie haben gute und weniger gute Tage, was ist heute für einer?«, fragte er sanft.

Die Kraft wich aus meinem Körper. Mein Kopf kippte zur

Seite und mein Blick fiel auf den weißen Nachttisch, der neben meinem Krankenbett stand. Ein Buch lag darauf. Ich konnte den goldenen Titel auf dem Rücken lesen.

Blackwood Hall - die Memoiren der Margaret Holloway.

ES GEHT WEITER ...

Am 28.1.2025 geht es direkt weiter!

Willkommen zurück in Blackwood Hall, wo sich die Spielregeln geändert haben und die Geheimnisse noch tödlicher werden. Doch was, wenn jeder Schritt, den du tiefer in ihre Dunkelheit wagst, dich nur noch mehr fasziniert? Was, wenn du dich mittlerweile sogar nach ihrer grausamen Düsterkeit sehnst?

Dieses Spiel hat keine Regeln, nur Überlebende. Und du stehst im Zentrum des Sturms. Wirst du die Stärke finden, die Rätsel von Blackwood Hall zu lüften, oder wirst du im Strudel der Leidenschaft untergehen?

Zwischen den Mauern von Blackwood Hall wird ein gefährliches Spiel gespielt. Und der Einsatz? Dein Herz, deine Seele und dein Verstand.

PROLOG
ZACHARY

Damals

Ich blinzelte gegen das Brennen und die Schwere in meinen Augen an. Mein Schädel dröhnte, als hätte mir jemand etwas übergezogen, jeder Muskel in meinem Rücken, auf dem ich lag, schmerzte. Ein schwaches Stöhnen verließ meine Lippen, während ich mit der Hand an meinen Hinterkopf tastete. Feucht. Meine Finger wurden feucht und ich zog sie zurück. Etwas Dunkles, Zähes klebte an ihnen. Durch die Dunkelheit der Nacht konnte ich es nicht richtig erkennen. War das ... Blut? Mein Blut?

Alles verschwamm vor meinem Blick. Meine Hände. Der Nachthimmel über mir. Die Sterne.

Es fühlte sich an wie die Detonation einer Bombe, als die Erinnerung in meinem Hirn platzte. Das Labyrinth. Nacht. Ich war nicht alleine gewesen. Jemand war bei mir ... aber wer? Und plötzlich war alles schwarz gewesen, als wäre mein Bewusstsein einfach ausgeknipst worden.

Keuchend setzte ich mich auf, Kieselsteinchen und

vertrocknete Blätter klebten an meinen nackten Unterarmen. Doch das war nicht alles. Überall über meine Haut und meine Kleidung gesprenkelt befand sich das Blut.

Mit rasendem Herzen tastete ich erneut nach meinem Kopf, in meinen Haaren war irgendetwas eingetrocknet. War ich gestürzt, mit dem Schädel irgendwo draufgeknallt? Nein. Jemand hatte mich geschlagen. Jemand hatte sich *gewehrt*.

Blitze schossen durch meinen Geist. Erinnerungsfetzen, die sich anfühlten wie die Erzählungen eines anderen. Als wäre nicht ich es gewesen, der sie erlebt hatte. Als erlebte ich gerade ein Déjà-Vu.

Ich schaute mich um, erkannte die meterhohen Hecken des Labyrinths. Den Ort, den ich neben dem Verlies am meisten fürchtete, am meisten hasste. Dad hatte mich hier so oft alleine und mich selbst überlassen, angeblich um mich stärker zu machen. Dad. Dad!

Mein Blick wanderte zu dem dunklen Schemen in der Ecke, der mir zuerst gar nicht aufgefallen war. Er lag auf dem Boden, mit dem Rücken zu mir. Reglos. Was war verdammt nochmal passiert? Ich erinnerte mich nicht! Und das machte mich wahnsinnig! Verrückt! Ich drehte durch, die Panik raubte mich all meiner Sinne!

Dennoch rappelte ich mich auf, die Erde schwankte unter mir, als stünde ich auf einem Karussell des Jahrmarktes. Doch ich kämpfte mich voran, musste wissen, wer dort lag und ob dieser Jemand noch atmete. Ob ich etwas damit zu tun hatte, dass er ... Nein. Nein, das konnte nicht sein. Ich war siebzehn. Ich kannte Schmerz. Ich kannte Wut. Ich kannte Hass. Aber ich würde nicht ... insgeheim wusste ich, dass ich mich gerade selbst belog. Denn ich sehnte mich nach nichts mehr als nach Freiheit. Aber ich wusste auch, dass ich es nicht musste. Nicht mehr *ich* musste mir die Finger schmutzig machen und die Dinge aus dem Weg räumen, die mich zerstören wollten. Dafür hatte ich *ihn*. Auf den ich mich verlassen konnte. Der für mich da war. Seit dieser einen Nacht im Verlies. Seitdem spürte ich hin und wieder seine Anwesenheit und mir war bewusst, dass ich nicht alleine war. Ich musste mich der Dunkelheit nicht alleine stellen. Er war da und er wusste, was zu tun war. Der Schatten ohne Namen.

Dad hatte mich als ein Experiment gesehen. Er wollte mich verstehen, sezieren, auseinandernehmen, dabei war es ihm scheißegal gewesen, ob sich die auseinandergerissenen Stücke jemals wieder zusammensetzen ließen. Das hatte er jetzt davon. Der Schatten hatte reagiert. Sich gerächt.

Ich blieb vor dem Häufchen stehen, das zu meinen Füßen auf dem Boden lag. Es war das erste Mal, dass mir der Anblick meines Vaters keine Angst machte. Mit dem Fuß tippte ich gegen seinen Oberschenkel.

Er rührte sich nicht.

»Steh auf«, wisperte ich und trat etwas fester. »Steh auf, du verdammter Bastard!«, schrie ich und etwas weiter entfernt stoben einige Vögel in den dunklen Nachthimmel. Ich kniff die Augen zusammen, öffnete sie wieder und lehnte mich ein Stück herunter.

Dads Gesicht war blutüberströmt, sein Schädel völlig demoliert, Blut war überall. Ein eingetrockneter Schnitt befand sich an seinem Hals, seinen Unterarmen, seiner Wange. Für einen Moment wurde mir übel und ich musste schlucken, damit ich mich nicht an Ort und Stelle erbrach. Ich hatte ihn gehasst, aber das hier war ein reines Massaker.

Etwas auf dem Boden glänzte im Licht des Mondes. Ein blutverschmiertes Messer lag neben ihm. Ein kleines silbernes Klappmesser aber es hatte ausgereicht, um meinem Vater den Tod zu bringen. Ich schaute erneut auf meine Hände und wusste insgeheim, dass der Schatten mich gerettet hatte. Er war in dem Moment eingesprungen, als ich nicht mehr weiterwusste. Als mein Vater kurz davor gewesen war, mich an diesem Ort komplett zu zerstören.

Ich griff nach dem Messer und säuberte seine Klinge an meinem T-Shirt, während ich immer noch auf meinen Vater heruntersah. Meinen Peiniger. Mein Leid. Mein Schmerz. Mit ihm hätte ich keine Zukunft gehabt, aber jetzt war ich endlich frei. Der Augenblick, nach dem ich mich so lange gesehnt hatte, war eingetreten. Es war, als würde sich ein Knoten in meiner Brust lösen und mich zum ersten Mal atmen lassen.

Und ich wusste, der Schatten hatte es verdient, einen Namen zu bekommen. Zaiden.

Zaiden und Zachary. Eins und dennoch getrennt. Als wäre er der dunkle Zwilling, der die Dinge tat, die getan werden mussten.

»Zach! Zach!«

Ich hörte Stimmen hinter mir und drehte mich um. Xavier erschien am Eingang zum Labyrinth, neben ihm kam Alec zum Stehen. Meine Verbündeten. Die einzigen Freunde, die ich hatte und die mich verstehen konnten, weil wir das gleiche Schicksal mit unseren Vätern teilten, die uns wie Dreck behandelten. Als wären wir nichts mehr wert als ein Ball für ihre kranken Spiele.

Xaviers Blick fiel auf meinen Vater. »Fuck«, flüsterte er und schaute zurück zu mir.

»Was ist ...«, setzte Alec an, doch er verstummte. »Scheißegal, los, wir müssen ihn wegschaffen, bevor jemand aus der Anstalt etwas mitbekommt.«

»Aber ...« Ich schluckte die Angst hinunter, meine Freunde mithineinzuziehen. Nur ich trug die Verantwortung für den Tod meines Vaters.

Doch Xavier zog bereits seine Jacke aus und krempelte die Ärmel seines Longsleeves nach oben. Vor einem halben Jahr hatte er sich zum ersten Mal tätowieren lassen und seitdem waren zahlreiche neue Tattoos hinzugekommen. »Los, nimm einer seine Füße«, sagte er und trat zum Kopf meines Vaters. Für einen Augenblick erkannte ich die Abscheu in Xaviers

Blick und dass er sich einen Moment sammeln musste, als er den Schädel meines Vaters gesehen hatte.

Ich zog mich aus meiner Starre und ging auf die andere Seite. »Ihr müsste das nicht tun«, startete ich einen letzten Versuch und wir schauten uns alle drei in die Augen.

»Doch, das müssen wir«, sagte Alec. »Weil wir uns gegenseitig helfen werden, uns zu befreien«, flüsterte er.

Xavier nickte. »Das ist nur der Anfang.« Er hielt eine Hand in die Mitte. Ich schluckte, zögerte.

Doch Alec legte seine oben drauf. Wir waren verlorene Kinder, die kurz vor dem Abgrund standen. Wir hatten nichts zu verlieren, selbst wenn wir hinunterstürzten. Selbst wenn wir freiwillig sprangen.

Langsam legte ich meine ebenfalls darauf und Xavier nickte. »Einer für alle.«

»Machst du jetzt einen auf Musketiere, oder was?«, scherzte Alec und die Anspannung brach aus uns heraus. Wir begannen zu lachen, bis uns die Tränen von den Wangen liefen. Diese Situation war so verkorkst, so krank, so falsch, aber das waren genau die Worte, die unsere Leben beschrieben.

»Einer für alle«, sagte ich immer noch mit einem Lächeln auf den Lippen.

»Einer für alle«, erwiderte auch Alec.

Einer für alle, dachte Zaiden. Der Schatten. Mein Retter. Und meine Dunkelheit.

DARK ROMANTASY

A MONSTER SO CURSED

Schöne und das Biest Vibes und eine düstere, atmosphärische Fantasywelt verbunden mit einer epischen Liebesgeschichte!

Caelan, der finstere König der Mitternacht und Thronerbe des Nacht-Clans, leidet unter einem grausamen Blutfluch, der sein Reich und seine Seele in Finsternis gefangen hält. Um diesen zu brechen, braucht er die Kräfte der Tochter des Lichts. In einem schicksalhaften Moment entführt er Alethria, in der Hoffnung, dass sie die Erlösung für sein verfluchtes Land sein wird.

In den Schatten seines düsteren Reiches verschwimmen die Linien zwischen Tag und Nacht, zwischen Erlösung und Verdammnis, Liebe und Hass. Während Thria um die Kontrolle ihrer Kräfte ringt und Caelan von Pflicht und Verlangen zerrissen wird, enthüllt sich eine größere Bedrohung. Können zwei verlorene Seelen zusammenfinden, um ihr Volk zu retten, oder werden sie im Strudel uralter Gefahren untergehen?

Ab März 2025 – A Monster so cursed